UN VOTO POR LA ESPERANZA

Albert Salvadó

A Mª Creu, Meritxell, Laura y Miquel,
mi pequeño Gran Universo.

ISBN: 978-99920-1-936-8
Depósito legal: AND.210-2012

© *Albert Salvadó* ®

www.albertsalvado.com
Diseño de la cubierta: Sarabia Photo

ÍNDICE

1 – LA MUERTE DE UN PONTÍFICE

El cielo estaba encapotado y una fina lluvia caía besando suavemente los cristales de mi apartamento en Roma, resbalaba perezosamente y saltaba al vacío en busca del frío asfalto de la calle. Gina seguía durmiendo, mientras yo permanecía en la oscuridad. Hacía tres horas que había concluido mi artículo sobre la muerte del Papa y no podía conciliar el sueño. De manera que me había levantado y me había acercado a la ventana. A mis espaldas escuché rezongar a Gina.

—No me sucede nada —le dije—. Simplemente no puedo dormir.

—¿Te preparo algo? —me preguntó con voz somnolienta.

—No, gracias. Anda, duérmete.

La escuché murmurar palabras ininteligibles y darse media vuelta. Roma, la Ciudad Eterna, permanecía silenciosa y triste. Los cristales lloraban la muerte del pontífice y las calles se habían quedado desiertas.

No estaba preocupado por nada en particular. Simplemente me levanté y busqué la bata a tientas. Hacía un poco de frío y no deseaba exponerme a pillar un resfriado, porque se avecinaban días de mucho ajetreo en los que deberíamos hacer horas extraordinarias para permanecer al tanto de todo. La muerte de un pontífice es un sarampión para los periodistas. Hay que moverse, buscar la noticia, informar de todo cuanto se cuece, desde el instante del óbito hasta la nueva coronación, con todo lo que ese proceso conlleva: llegada de los cardenales, funeral, listas de *papabili*, consultas, perfiles humanos, pastorales y psicológicos, el cónclave, el sucesor, sus ideas, pensamientos, proyectos... Una enciclopedia condensada en pocos artículos, aunque sustanciosos por la enorme carga de datos.

No, no me preocupaba el trabajo. Ya estuve metido en el ajo cuando eligieron a Pío XIII y conocía a la perfección las reglas del juego, sobre todo gracias a los largos años de experiencia en temas relacionados con el Vaticano y a la «amistad» que me unía al cardenal Bolone, quien en varias ocasiones me había proporcionado primicias que me valieron sendos triunfos. A cambio yo le procuré ciertas informaciones vitales que le permitieron resolver situaciones delicadas antes de que llegasen al gran público. Incluso, cuando el asunto era en extremo delicado, habíamos concertado un sistema de contacto utilizando a su inmediato colaborador, Pasquale Chigi, un sacerdote de aspecto tímido y muy reservado al que casi nunca podía arrancarle más palabras de las estrictamente necesarias. Aunque, por otro lado, era de destacar que se trataba de persona muy eficiente en su labor. Bolone lo había escogido por su discreción. Y el cardenal era un lince juzgando a la gente.

Aparté la mirada de las centelleantes gotas de agua

que reflejaban la luz de las farolas y la posé en Gina que dormía plácidamente. Desde que la conocí, nuestras relaciones eran inmejorables, aunque también tuviéramos algún que otro roce, tan natural en una pareja.

Gina es el reverso de mi esposa, cuyo único acto caritativo hacia mi persona fue morirse y dejarme en paz. Jamás consintió en divorciarse. Iba en contra de sus creencias. Sin embargo, atormentarme continuamente no formaba parte de su lista de posibles faltas y pecados y, evidentemente, no sentía el menor remordimiento por ello.

Me casé con Carla fascinado por su belleza y tardé apenas unos meses en descubrir su neurosis. Fue a partir de aquel instante que acepté cualquier misión informativa, cuanto más larga y lejana tanto mejor. No tuvimos hijos. ¿Cómo se puede ser padre con una esposa que se pasa el día echándote en cara que no eres nadie, que careces de ambición y que la has decepcionado? Así día tras día, hasta que sobrevino el desenlace.

En los días de que hablo tenía muy claro que no había nacido para permanecer sentado tras un escritorio, por muy rimbombante que sonara el nombre puesto al cargo. Me ilusionaba viajar, conocer mundo, mezclarme con la gente, observar y vivir con todas mis fuerzas, pero cometí el error de casarme sin pensarlo dos veces y ella se equivocó al dar crédito a las frases de elogio que me dedicaban y que pronosticaban un gran porvenir para el joven periodista que era yo. La nota más sobresaliente provenía del padre de Carla, que me había echado el ojo encima con la intención de convertirme en un político. El pobre no sabía que yo aborrezco el juego de la política. Para llegar a ser un buen político se requieren espaldas muy anchas y yo carezco de semejante virtud.

Tras seis años de matrimonio, un buen día mandé a mi suegro a paseo y a Carla a otro lugar menos digno, pero, bien sea por debilidad o por cualquier otra razón oculta, regresé a su lado y terminé por aguantar indolente cuantos insultos brotaban de sus hermosos labios, coronados de pequeñas arrugas a modo de rayos solares, tal como pintan los niños en sus infantiles dibujos. Supongo que eran los rictus de rabia que se habían vuelto crónicos y así no tenía que recordarme verbalmente su disgusto ante mi supuesto fracaso. Con sólo mirarla los recuerdos afloraban espontáneamente... Aún hoy, tras diez años de descanso absoluto, siento escalofríos al pensar en ella y mi frente se tensa como si aguardase escuchar de nuevo sus improperios.

Harto de razonar con ella, de procurar que viese la crueldad de nuestra estúpida situación, de gimotear e implorar mi libertad (para ella otra prueba más de mi debilidad), me comunicaron su muerte mientras me hallaba en Costa de Marfil. Carla había sufrido un accidente cuando viajaba en compañía de su padre y ambos habían muerto. No recuerdo que rezase por ninguno de ellos. Habían vivido muy unidos y les suponía felices por haber muerto juntos. Era lo mejor que pudo sucederles. Tampoco me apresuré en hacer el equipaje y regresar a Roma. De modo que no asistí al funeral. No habría sabido qué cara poner...

Me tomé unos días de descanso para ordenar los asuntos legales y, sobre todo, las ideas. Aún no era consciente del significado de lo sucedido. Creía ser uno de esos presos políticos sudamericanos que tras torturas y miserias sin cuento salen a la calle franqueando el muro que durante largos años ha marcado los límites de su existencia y se encuentran con que el mundo les queda demasiado grande. Yo había permanecido preso durante más de doce años.

De natural soy bastante analítico y me he pasado

horas enteras procurando desgranar las razones de mis actos, cosa que hice entonces para descubrir las razones de mi dependencia, de mis ataduras a una mujer a la que no estaba seguro de haber amado nunca y sí odiado en más de una ocasión, a la que me sentía ligado por un vínculo tenido por sagrado, sin saber con exactitud el significado de tan profundo vocablo. Si en aquellos momentos hubiese sabido cuanto la vida se ha encargado de enseñarme, me habría percatado de lo poco sagrado, de la fragilidad y de la falsedad de mi acto (voluntariamente aceptado, como suele pregonarse). Para que tal voluntad esté presente es necesario disponer de una formación de la que yo carecía por completo, una instrucción basada en el cultivo de la libertad y una responsabilidad plena de mis actos. Y no hubo nada de nada, excepto ceguera e ilusión vana y estúpida.

A Gina la conocí en una fiesta, nos gustamos y quedamos citados para otro día. A esa cita le sucedió otra y otra, hasta que se vino a vivir conmigo. Yo le llevo diez años, aunque nos compenetramos bien y su madurez alcanza con suma facilidad la mía, cosa nada extraña porque siempre he tenido un alma infantil.

Entre ella y yo media un pacto que, aunque tácito, se ha cumplido siempre. Ninguno pretende subyugar al otro; cada cual vive su propia libertad sabiendo que dispone de la ayuda y de la comprensión de su compañero, sin pedir nada a cambio, sin esperar que reaccione según los parámetros establecidos por la costumbre; el reproche no existe; el dar es tan libre como el recibir; cuanto hay en común ha surgido espontáneamente, sin imposiciones, sin negociaciones, y puede desaparecer en cualquier instante, porque dejó de cumplir su función, sin más razón que ésta; sólo existe el presente, la nostalgia murió con el pasado y el futuro se construye a cada momento; la palabra amor carece de significado en si misma, es el sentimiento quien lo tiene todo: cuanto expresa, cuanto capta, cuanto da, cuanto dice, cuanto atrae, cuanto despierta, cuanto alcanza, cuanto muestra... Nuestra unión, a medida que se hace más fuerte, se ensancha ampliando nuestras vidas y abarcando más y más.

Y ahora, cuando creo poseer la libertad necesaria para aceptar un compromiso sagrado, no necesito manifestarlo porque ya es parte de mí. ¡No deja de ser curiosa la vida!

¡En fin! Que no recuerdo con exactitud si todos esos pensamientos cruzaron por mi mente mientras permanecía contemplando las cristalinas perlas que se aferraban al cristal de la ventana, pero sí recuerdo que me sentía a gusto mirando el bulto que bajo las sábanas se movía perezosamente de tanto en tanto.

No, la preocupación que me embargaba no era nada definido ni demasiado definible. Más bien se trataba de un negro presagio o que mis pensamientos se habían contaminado con la tristeza y la melancolía de la fría y húmeda noche.

Volví a tenderme en la cama y permanecí quieto en la oscuridad, ausente por completo de cuanto me rodeaba, pensando en cómo sería el funeral. La decisión de Pablo VI de ser enterrado sin demasiada pompa se había convertido en una costumbre y pensé en Albi, el cardenal Camarlengo, tan amante del protocolo, las normas y los espectáculos en olor de multitudes. Si Pío XIII había dispuesto un funeral sencillo, Albi se llevaría un tremendo disgusto, porque cualquier pretexto le servía para organizar una representación en la que no se descuidaría el menor detalle. Se decía de él que era el perfecto Camarlengo y contaba con el respeto de los distintos diplomáticos acreditados ante la Santa Sede. Extraordinario conocedor de los secretos del Vaticano y de las triquiñuelas burocráticas, se había convertido en la antesala del pontífice, y cualquier asunto, antes de llegar a manos de Pío XIII, era cribado por él, que gozaba de más influencia que los dos secretarios particulares de Su Santidad. No era de extrañar, pues, que su nombre terminara figurando en todas las listas de candidatos a sucesor y que *L'Osservatore Romano* le situase en cabeza, delante de Brog y Duvalier, mientras que Barón pasaba a ocupar un modesto sexto puesto. El motivo de tal destierro venía justificado por los enfrentamientos con el Papa, que se ocupó de apartarle discretamente. Desde entonces Barón había perdido posibilidades, explicó un rotativo de tercera fila. Sin embargo, en tales enfrentamientos yo veía un fortalecimiento de su posición porque ganaba buena parte de los votos tercermundistas y no perdía ninguno de los demás. Nunca contó con ellos... ¡Dios, cuánto barullo!

Menos mal que mis amistades en la Oficina de Prensa del Vaticano me permitieron zafarme de las deficiencias y retrasos a que se vieron sometidos buena parte de mis compañeros de profesión. Todo el mundo andaba atareado, nervioso, de acá para allá y sin apenas tiempo para detenerse a respirar un solo instante. Era mucho lo que quedaba por hacer. Las noticias cruzaban el éter y desde *Il Corriere della Sera* hasta el *International Herald Tribune*, pasando por *Le Monde, El País, La Vanguardia, The Times, Der Spiegel* y una infinidad de publicaciones diarias, semanales o mensuales, recibieron la noticia por sus teletipos, mientras las agencias internacionales no paraban de emitir nuevos comunicados sobre el óbito, que las emisoras repetían sin cesar.

Lo cierto es que el Vaticano se había convertido en el centro de atención de todo el mundo.

Desde mi cama, en mitad de la noche, intenté

imaginarme cómo sería Roma al cabo de unos días, cuando las más altas personalidades del mundo occidental visitasen la ciudad de las siete colinas. ¡Qué horror!

Y, finalmente, acabé por dormirme. Era lo mejor que podía hacer.

A la mañana siguiente dejé a Gina durmiendo y me dirigí al Vaticano con la intención de lograr una entrevista con Bolone. La bella durmiente trabajaba como enfermera en el hospital Gemelli y aquella noche entraba de guardia.

Los cardenales se habían levantado muy temprano y el púrpura dominaba los pasillos del Palacio Pontificio. En la Porta de Sant'Anna había mucho movimiento. Seguramente Albi hacía acopio de provisiones para el cónclave que se avecinaba, tal como se podía deducir de tanto trajín.

Hallé caras conocidas, bastantes: Brie, Reverter, Duvalier, Toroli, Monsardo y un montón de obispos y cardenales. También tuve ocasión de saludar a varios colegas e intercambiar opiniones. A alguno de ellos hacía años que no le veía. Con quien más departí, y no por placer, fue con Hans Brukner, el Halcón Alemán, que siempre estaba alerta para desgarrar a la presa.

—¿Has hablado con tu amigo? —me preguntó con fingida ingenuidad.

—¿A quién te refieres? —le pregunté a mi vez. Hans nunca perdía el tiempo y más me valía no olvidarlo.

—Ese cardenal... ¿Cómo se llama...?

No respondí. Era un truco tan vulgar que ofendía a mi inteligencia, por escasa que sea. Preferí callar y hacerme el sueco.

—¡Bolone! —exclamó de improviso, como si realmente lo hubiese recordado en aquel preciso instante.

—Hace bastante que no le veo y nunca hemos comido del mismo plato, aunque me halaga mucho que me lo asignes como amigo. —Sonreí al tiempo que exhibía una buena dosis de candor en mis ojos.

—Yo creí que venías a verle y pensaba que tal vez podría acompañarte. —Hizo una ligera pausa y, ensayando la mejor de sus sonrisas, añadió—: Como en los viejos tiempos.

—No pases cuidado. Si logro verle te aviso —le mentí descaradamente, mientras le devolvía la sonrisa.

—Eso espero.

Hans Brukner y yo habíamos colaborado en otro tiempo, hasta que descubrí que todos los triunfos eran para él. El muy ladino me sonsacaba hábilmente y guardaba celosamente cuanta información llegaba a sus manos. En todas las profesiones hay gente como él, personas que desean triunfar a cualquier precio y que se sienten tan inseguros que juegan a los secretos, teniendo por arma la información que retienen. Sea por puro egoísmo o por miedo a perder la poltrona en la que han logrado sentarse, debe ser muy triste no poder confiar absolutamente en nadie y no envidio sus logros pagados al altísimo precio de la soledad. Prefiero a otro tipo de gente, con una filosofía de la vida franca, abierta y sencilla, como mi buen amigo Palaci, que dice que es mejor explicar cuanto sabes, Y así siempre descubres que hay más y que tus ideas no se agotan nunca, como si existiese una fuente interior que mana sin cesar.

Aquel sujeto era un ambicioso sin límite, un desequilibrado con manía persecutoria, dueño de unos ojos que intentaban escrutar los secretos de cualquier mente, aunque muy efectivo y contundente ante un ordenador y con un tema entre manos. El apodo de Halcón Alemán era la mejor de cuantas definiciones se le podían aplicar:

vigilante como el depredador del aire y duro, disciplinado y trabajador como corresponde a un buen esquema germano.

Me las vi y me las deseé para librarme de su acoso. No hacía más que soltar estupideces sobre el perfil del posible nuevo pontífice e intentar sonsacarme. Incluso dijo algunas frases memorables. Hans sabía muy bien que yo disponía de una puerta de entrada en el sanctasantórum, siendo, además, de los pocos que contaban con la confianza de alguien preeminente, como era el cardenal Bolone.

Hacia el mediodía logré darle esquinazo, aunque, para mi desgracia, se me había escapado el purpurado y sólo logré intercambiar algunas palabras con Pasquale Chigi, de quien poco o nada iba a sacar. Por más que intentaba un acercamiento nunca lo lograba y en aquella ocasión tampoco iba a ser diferente.

Chigi era muy escurridizo, de pocas palabras, que ante una pregunta directa se encerraba en su ostracismo y lograba que me sintiese incómodo, así que regresé a casa cansado y malhumorado. Menos mal que Gina había preparado unos suculentos tallarines, plato ante el que me siento como un niño frente a un pastel de chocolate o una bolsa de caramelos.

—No te ha ido muy bien —me dijo ella mientras engullía un bocado.

—¿Por qué lo dices?

—Porque comes deprisa, señal de que quieres apartar un mal trago con un buen bocado.

En parecidas ocasiones solía preguntarme si quien había cursado estudios de psicología era realmente yo o se trataba de un error en las papeletas y el nombre de Gina debía de sustituir al mío. Captaba mi estado de humor nada más echarme el ojo encima y adivinaba el resultado de mis gestiones por la forma en que introducía el llavín en la cerradura, cosa que a veces me halagaba, por aquello de sentirme importante para alguien que se preocupaba por mí, y, otras, me molestaba en extremo, porque me sentía desnudo y desarmado. Sin embargo, en honor a la verdad, mi disgusto no era con ella, sino que apuntaba directamente a mi falta de dominio y a mis infantilismos, que terminaba por hallar ridículos y sin fundamento.

Lo poco que había arrancado a Pasquale Chigi, el eternamente parco en palabras, se reducía a saber que Bolone no regresaría hasta la noche y, como al día siguiente tendrían lugar los preparativos para el funeral, de pocas oportunidades dispondría para abordar al cardenal y tirarle de la lengua. El cónclave se avecinaba y si las puertas se cerraban sin que yo hubiese podido conversar con mi amigo, podía despedirme de escribir un artículo impactante.

Por la tarde Gina se marchó al hospital y yo permanecí sentado frente al ventanal contemplando los tejados de Roma y sumido en profundas meditaciones y no pocos cálculos de probabilidades. Hacia las seis puse fin a mi estado pensante y me dirigí al escritorio. Minutos más tarde ya tenía confeccionada mi lista de *papabili*. Puse en marcha el ordenador y escribí mi artículo.

La lista era extraordinariamente corta. Brog ocupaba el primer puesto y partía como favorito, Albi le seguía a poca distancia y Barón cerraba el pelotón de cabeza. Tan sólo tres candidatos era mucho afinar, así que expliqué y razoné el porqué de una lista tan exigua y sus candidatos para concluir que, si la elección recaía en cualquiera de los tres (cualquiera), no tendríamos un Papa apropiado para nuestro tiempo. Lo releí y aún escribí una frase divertida, de las que había pronunciado Hans Brukner, que hacía referencia al Espíritu Santo, al que le pedía iluminación. Era una frase estúpida que acababa por apuntar la posibilidad de que tuviésemos un Papa surgido de la nada, un desconocido. Y la escribí entre comillas, repitiendo, palabra por palabra, la frase de aquel idiota. Estuve tentado de borrarla, pero la dejé tal cual. Y mandé el artículo vía Internet.

Sobre las ocho sonó el teléfono. Era Frascatti, el jefe.

—¿De veras quieres que publique lo que has escrito? —me preguntó con extrañeza.

—Para eso te lo he mandado. ¿No? —respondí.

—Es que no cuadra con tu estilo. Nunca eres tan contundente. ¿Qué te sucede?

—Me pasa lo que explico en el artículo. No me gusta ninguno de ellos, aunque sé que en esa terna se halla el nuevo pontífice —le espeté de mal talante y luego añadí—: Perdona, estoy en mis horas bajas.

—Si publico tu artículo, Bolone te va a freír en cuanto te eche el ojo encima —me advirtió Frascatti.

—Por encima de todo soy periodista y he escrito lo que siento, aunque si no te gusta me lo dices y en paz.

—Lo encuentro muy valiente y absolutamente realista y, si quieres, añadiré que es más que razonable, pero no va con tu estilo. Tú nunca quieres involucrarte en tu información y aquí, en estas líneas, puedo leer en tus entrañas. Repito la pregunta: ¿Quieres que se publique?

—Sí —respondí tajante.

—Saldrá mañana —y colgó.

Desde que L'Eau Vive, el restaurante de la Via Monterone regentado por hermosas monjas, había pasado a figurar en las guías gastronómicas como curiosidad, los cardenales no se presentaban con la frecuencia de otros tiempos y menos aún desde que Jean Beau, el controvertido reportero, captó toda la conversación del cardenal Reverter con el cardenal Polenski a propósito del rumor, cada vez más insistente, sobre la relación íntima de monseñor Capelli con una madura y bella holandesa. El escandaloso artículo hizo temblar a más de un prelado, no tanto por su contenido como por la forma en que se obtuvo la información y el uso que de ella se hacía. Beau había logrado, nadie sabe cómo, engatusar a una de las monjas camareras e introducir un pequeño emisor en la mesa reservada por Reverter. Tampoco se sabe la suerte que corrió la hermosa misionera, aunque se rumoreó que había abandonado sus hábitos agobiada por las presiones de la madre superiora.

Por fortuna, mi amistad con Bolone me permitía estar al tanto de los nuevos gustos e inclinaciones de los purpurados, quienes habían trasladado su cuartel general del arte culinario a un pequeño y tranquilo restaurante situado unos quinientos metros más allá y que regentaba un ex seminarista llamado Paresse, que daba nombre al establecimiento. Se trataba de un hombre insobornable que aplicaba una tarifa muy elevada, aunque la calidad también lo era y además garantizaba la privacidad de las conversaciones y el incógnito de sus comensales gracias a la partición del local en discretos reservados y al cuidado, casi enfermizo, con que seleccionaba a sus clientes, visitantes y, sobre todo, empleados.

Decidí tentar a la suerte en Paresse. Mis llamadas no habían dado resultado alguno, y decidí vestirme con un traje gris, muy acorde con el vestuario de los posibles comensales.

La fachada de Paresse seguía tan poco atractiva como el primer día que estuve allí, invitado por mi buen amigo el cardenal. Tenía la secreta esperanza de que el dueño me recordaría y que su memoria me asociaría a Bolone. De esta guisa, sin demasiadas preguntas, me permitiría ocupar una de las mesas del comedor general y así, desde mi punto de observación, podría ver entrar o salir a Bolone y abordarle discretamente.

Mis esperanzas se vieron colmadas en parte. Paresse se acordaba de mí y me condujo hasta una mesa privilegiadamente situada, pero la segunda parte del plan fracasó y la broma me costó un pico. No vi aparecer a ningún cardenal. Únicamente obispos y algún que otro sacerdote que había decidido tirar la casa por la ventana tras lograr empeñar su parroquia, vista la factura que me presentaron por un plato de sopa y un oso buco regado con el más barato de los vinos que figuraban en la carta. Tanto dispendio para constatar que el dueño seguía teniendo cara de cura fracasado.

A las once de la noche me encontré en mitad de la calle, furioso y con el bolsillo exhausto. Pensé que quizá no había escogido bien el día, que me había precipitado, pero tampoco podía correr el riesgo de presentarme cada noche en Paresse y pagar aquellas exorbitantes cifras. Frascatti literalmente me defenestraría si intentaba cobrarle una sola de aquellas cuentas bajo el epígrafe de gastos de representación o con cualquier otra excusa. No, una defenestración era un triste final para mi existencia. ¿Y ahora qué? ¡Buena pregunta!

2 · DESCONCIERTO PARA UNA INCÓGNITA

A la mañana siguiente leí cuantos periódicos cayeron en mis manos y comprobé que todos andábamos a ciegas. Ni un sólo artículo revelaba nada importante, excepto las listas, a cuál más increíble.

Mi artículo había salido en la tercera página, bien situado y con un hermoso título: «CONCIERTO PARA UNA INCÓGNITA». Luego, páginas y más páginas dedicadas a glosar o vapulear la actuación de Pío XIII.

Algunos le catalogaban de indeciso, otros de duro. Había quien decía que se marchaba dejando más problemas de los que heredó, aunque todos coincidían en calificar su pontificado de incómodo, opinión que yo compartía por entero. Y también era del parecer de que le faltó empuje, valentía para enfrentarse a los jesuitas, escapar de la Curia, parar los pies a algún obispo, responder a los teólogos y defenderse de los continuos ataques que llegaban de los católicos americanos descontentos por la indefinición en materias tan delicadas como las relaciones prematrimoniales, el aborto, el divorcio, la libertad de conciencia y, sobre todo, el tema candente del celibato sacerdotal. Casi todo relacionado con el sexo, por no decir todo. Quizá la prueba más evidente de que los católicos somos una pandilla de reprimidos. Me incluyo por la educación recibida y por mi vida anterior.

Por supuesto que había cosas positivas. En su haber quedaban anotadas cuantas gestiones llevó a cabo en pro de la paz y el desarme, sus constantes viajes, su peregrinar incansable, sus pródigos discursos cargados de frases de esperanza y aliento, pero moría cojo y dejaba una Iglesia en descomposición en la que los fieles eran cada vez menos y los ciegos y sordos cada vez más.

Durante su reinado también se produjeron deserciones. Varios obispos habían alzado la voz contra Roma y el poder absoluto del Papa, reclamando una dirección colegiada de la Iglesia. Cierto era que hacía años que se había iniciado un viraje, al menos de cara a la galería, y que el poder temporal y el espiritual aparecían separados, pero no menos cierto era que tal disyunción era más aparente que real. Las deserciones más notables y que más tinta hicieron correr fueron tres: monseñor Cárdenas, monseñor Bouvier y monseñor Cover, el libertario. Estos tres príncipes de la Iglesia, cansados de lanzar palabras al viento, adoptaron posturas opuestas a cuanto emanaba de la Santa Sede, aunque no todos en la misma dirección. Los dos primeros propugnaban una vuelta a los tiempos anteriores al Concilio Vaticano II, al estilo de monseñor Lefévre, pero con mucha más dureza, fuerza e insistencia y sin hallar frente a ellos y a sus tesis a un Juan Pablo II, sino a un Papa mucho más cercano a los últimos tiempos de Pablo VI. El tercero, Cover, era de signo contrario y arrastraba a un enjambre de periodistas que le seguían a donde fuera con la esperanza de recoger alguna de sus explosivas declaraciones. Era, sin lugar a dudas, el más popular, sobre todo en los Estados Unidos, donde sus propuestas despertaban entusiasmos y no pocas oposiciones. Estoy convencido que si la elección de un Papa fuese por sufragio universal, habría realizado una buena campaña y podría haberse convertido en un peligroso rival para el cardenal Brog, mucho más moderado en sus postulados, que no por ello dejaban de ser revolucionarios en comparación con las tradicionalistas y arcaicas ideas del cardenal Albi, su más directo competidor en mi artículo.

En mayor o menor grado los rotativos sacaban a la luz pública las carencias en materia de doctrina y autoridad de un Papa que vivió y reinó teniendo por compañeros inseparables los continuos choques que se producían dentro y fuera de la Iglesia, cada vez más atribulada.

El lector, ese sufrido hombre de la calle a quien todo le afecta y que nada decide, podía escoger entre una bien nutrida colección de retratos robot de cómo debería de ser el nuevo pontífice. Si uno tenía la paciencia necesaria como para dedicarse a ensamblar los bocetos de cada periodista, podía hallarse con un cuadro esperpéntico. Cualidades contrapuestas las había a docenas y, para colmo de sarcasmo, hasta hubo quien llegó a describir el aspecto físico que sería de desear para que fuese atractivo a las mujeres sin ofender a los hombres. ¡Y luego dirán que el machismo ha pasado a la historia!

Ante semejante exhibición de mercancías y géneros diversos, me sentía en el interior del templo, como un mercader más, y aguardaba que de un momento a otro apareciese el Jesús de los Evangelios para repetir el espectáculo de la expulsión de los mercaderes del templo.

¿Qué Papa necesitaba la Iglesia...? Una pregunta a

la que yo también procuraba responder. Según mi opinión, nada modesta en aquellos días, el nuevo Vicario de Cristo debería poseer autoridad, sabiduría, discreción, valentía... Vamos, en una palabra, debería ser un semidiós, un hombre por encima de todos los mortales, de todas las ideologías, tendencias e incluso creencias. Un ciudadano universal, capaz de unir, palabra que estaba en trance de desaparecer del léxico vaticano.

No estoy demasiado convencido de que en el cónclave siempre se haya pretendido hallar al hombre extraordinario, al digno sucesor de Pedro y a la verdadera cabeza visible de la Iglesia. Tan loables propósitos no se han cumplido con demasiada generosidad y la lista de pontífices que no hicieron honor al cargo se extiende más allá de lo deseable.

Gracias tenemos que dar a que el dogma de la infalibilidad pontifical no se proclamó hasta el año 1870, en el Concilio Vaticano I. Produce pánico imaginar lo que hubiese podido suceder en tiempos de los Borgia, bajo el reinado de Víctor IV, Pascual III, Calixto III, Nicolás V, Clemente VII, Benedicto XIII, Clemente VIII, Alejandro V, Félix V... o muchos más. Aunque también da que pensar la terrible tormenta que descargó cuando se proclamaba tal dogma.

Por otro lado, flaco favor hizo a los cristianos el emperador Constantino el Grande cuando acabó con las persecuciones y les encumbró. A partir de aquel instante ponía en sus manos las herramientas adecuadas para conducirles a la construcción del palacio de la arrogancia. De ahí a que el Papa dejase de ser el hombre sencillo, humilde, amable y entregado a su labor para convertirse en un rey, en un monarca absoluto con más poder temporal que espiritual, no había más que un paso. ¡Y por supuesto, lo dieron! Y si alguien duda, que eche un vistazo a la época de las cruzadas, con toda la amalgama de atrocidades que se cometieron en nombre de la Cruz, símbolo de paz y amor. Las anécdotas y detalles de tan nefasta época abundan, y para muestra un botón: el rey Federico II fue elegido por el Papa Gregorio IX para una cruzada, cuando de todos era conocido el tal monarca por su tremenda vanidad y sensualidad, patente en su harén particular. Y más chocante todavía fue el acuerdo logrado por Federico II con el sultán El-Kamil tras la conquista de San Juan de Acre. Las cláusulas estipulaban que el rey cristiano poseería las ciudades de Belén, Jerusalén y Nazaret a cambio de no atacar jamás Egipto. En caso de romper tales acuerdos, el sultán El-Kamil se comprometía a renegar de Mahoma y Federico II a comerse la mano derecha. Pocas debían de ser las muestras de fe del rey cristiano cuando el sultán prefirió la promesa de que se comería la mano derecha a la de renegar de la fe cristiana, contrapartida mucho más acorde con la promesa de sultán. En cuanto a las historias de harenes, amoríos, venganzas, rivalidades y demás bajezas se podía afirmar, sin temor a ofender a nadie, que no quedaban fuera de los muros del Vaticano, sino que figuraban en los haberes de papas, cardenales, obispos... Basta con citar a Marozia, una mujer que, al decir del vulgo, llegó a ser la madre del Papa Juan XI siendo la amante de Sergio III. Pero su palmarés va mucho más allá al ser también tía de otro pontífice, abuela de un cuarto y haber creado hasta nueve papas. Como contrapartida, tres de ellos fueron asesinados y el resto depuestos. Todo un récord histórico difícilmente superable. En cuanto a León X, se cuenta que utilizaba con harta frecuencia la escalera secreta que conducía a sus aposentos. No había que ser un lince para pensar para qué la podía utilizar. ¿Cómo podía enfrentarse a Martín Lutero y no producirse el cisma?

Me di cuenta de que la caja de Pandora que se oculta en algún lugar de mi cerebro se había destapado e hilvanaba todos los conocimientos acumulados año tras año y arremetí contra todo.

Aquello era la locura. ¿Qué decir del tribunal de la Santa Inquisición? ¿De qué le venía el nombre de «Santa»? y ¿dónde quedaba el recuerdo de las persecuciones? ¿Cuántos hombres y mujeres murieron en la hoguera tras crueles y sádicas torturas en nombre de la fe en Cristo? ¿Cuántos santos hay en los altares cuyo nombre aterrorizó a buenas gentes? ¿Cuántos judíos o musulmanes hicieron gala de una fe mucho mayor que la cristiana al preferir la muerte a renegar de sus creencias? ¿Cuántas guerras religiosas habían asolado Europa entera? ¿Cuántos monarcas habían luchado contra un Papa...?

Y, sin embargo, a pesar de tanto desastre, de tanto crimen, de tanta crueldad, de tanto castigo, la Iglesia permanecía en pie porque el Señor dijo: «Y las puertas del infierno no prevalecerán contra ella». Otro flaco favor que también Jesús hizo con tales palabras, que parecían haber sido interpretadas como: «Tranquilos, muchachos. Pase lo que pase yo estaré a vuestro lado para sacaros de cualquier apuro». Y así se obró y así se revistieron del manto de la arrogancia.

Los cristianos, más concretamente los católicos, proclamamos que somos los elegidos de Dios, aunque hemos olvidado que el pueblo judío también lo fue. A la vista de tales cambios de rumbo bien podría pensarse que Dios es un caprichoso. ¿Acaso los seguidores de Mahoma no seguían en pie? O, ¿qué sucedía con los judíos, cuyas creencias eran muy anteriores a los cristianos? ¿Habían desaparecido los budistas o los taoístas o cuantas religiones milenarias se esparcían por el globo? ¿Quiénes eran los auténticos seguidores de Cristo: los católicos, los calvinistas, los protestantes, los luteranos, los evangelistas, los mormones, los testigos de Jehová...?

¡Qué manía! Siglos y siglos confundiendo el Reino de Dios e intentando crear en la tierra una jerarquía semejante a la que se ha pintado en los infantiles libros de religión con un Dios, jefe supremo, sentado en su trono celestial y rodeado de toda la corte de coros angélicos distribuidos en categorías de ángeles, arcángeles, querubines, dominaciones, tronos, potestades... Y la pregunta que más de un triste mortal se ha formulado: ¿Adónde iré a parar yo? Quizá, si tengo suerte, me hallaré situado en la esfera tercera o segunda o primera. O, si llego tarde al reparto, quedaré relegado a la categoría setenta y dos, con lo que ya se está utilizando la sofisticada, antigua y bárbara estrategia de crear rivalidades en la tierra por la posesión de lo desconocido. ¿Acaso el paraíso no es igual para todos? Pues, parece que no. Y, luego, nos reímos del premio eterno que Mahoma promete a sus seguidores: un jardín celestial repleto de placeres terrenales, en donde hermosas doncellas estarán a nuestro servicio, aunque a la mujer le está vedada la entrada en el paraíso, y podremos gozar de ellas sin temor al pecado. Alguien puede llegar a la conclusión de que es más interesante comenzar el entrenamiento aquí en la tierra.

Dicen que la Iglesia se ha renovado al correr de los tiempos y ha perdido la práctica totalidad de sus posesiones y reinos, pero, ¿realmente es así o, sencillamente, se ha puesto al día y ha tomado modelo de los verdaderos imperios modernos, los económicos, las multinacionales? El valor de los tesoros artísticos, colecciones, joyas, edificios y demás menudencias, alcanza importes astronómicos, sin contar con las acciones y otros intereses que se reparten sabia y prudentemente en busca de un seguro equilibrio, tanto si la empresa o empresas fabrican cañones o píldoras anticonceptivas. Lo importante es la rentabilidad, los dividendos que dejan cada año. Y, luego, dirán que las fuerzas satánicas intentan destruirla. ¿Acaso desconocen que los gérmenes pueden provenir del exterior, pero que la podredumbre se engendra dentro?

¡Dios mío! Cuanto más ahondaba en la historia pasada y presente, más oscuro se me aparecía el futuro y más acuciante era la necesidad de que surgiese un papa semidiós, un «puedelotodo» y «convenceatodos», porque el declive se acusaba más y más y los ataques arreciaban.

Si he de ser sincero, hacía años que no pisaba una iglesia, aunque mi trabajo me obligaba a entrar en ellas con harta frecuencia, pero pisar una iglesia no es patearla en busca de la noticia o en visita turística. Y todo porque la palabra *religión* suena en mi interior como *corsé*. Quizás mi inconsciente la relaciona con obligaciones y deberes, cuyas auténticas razones de ser permanecen ocultas para mí, y yo busco la libertad de elección, similar al pacto tácito que me une con Gina: sin papeles, sin bendiciones, sin trabas ni alucinantes cortapisas. Habíamos deseado tener un hijo y seguíamos deseándolo, pero nos era negado. Alguien diría que era un castigo divino, como la buena de Giacomina, la mujer que procuraba mantener limpio y en orden nuestro apartamento y que aún entonces, después de tres años, no había digerido nuestra irregular situación, como la llamaba ella, y se sofocaba cuando llamaban por teléfono y preguntaban por Gina. Decir que Gina no estaba, utilizando el nombre a secas, le parecía una falta de respeto; responder que la «señora» no estaba en casa era una mentira, no era una «señora», no estábamos casados; y dejar caer un cursi «señorita» era tanto como proclamar a los cuatro vientos nuestro pecado. Así que simplemente decía «no está» y colgaba lo antes posible, con lo que nunca nos enterábamos de quién había llamado. Lo que ella ignoraba por completo era que, a pesar de nuestro abominable pecado, yo me sentía más cerca de Dios copulando libremente con Gina que escuchando una aburrida plática sobre el pecado, sus nefastas consecuencias y todos los horrores de los suplicios eternos del Averno, infinitamente mayores que cuanto pudo imaginar el portentoso Dante en su infierno.

Estaba satisfecho con el artículo que había escrito y poco me importaba si Bolone se enfurecía y me retiraba el saludo. Aunque puestos a decirlo todo, le habría cambiado el título y habría escrito: DESCONCIERTO PARA UNA INCÓGNITA.

A media mañana telefoneé al Vaticano. Me costó lo indecible lograr comunicación, y total para encontrarme con que Bolone no estaba. Colgué disgustado y me pregunté si realmente era cierto que no estaba o si era para mí que se daba tal circunstancia. La respuesta no tardaría en llegar.

Al mediodía ya tenía trazado un itinerario que me conduciría a los restaurantes más frecuentados por los purpurados. Si bien no se podía hablar de auténtica gula, excepto en el caso de algún cardenal como Duvalier, sí se podía confeccionar una extensa lista de *gourmets* y amantes de la buena cocina, de exquisitos y refinados manjares entre los que destacaban las pastas italianas, el buen pescado, la cocina francesa y los buenos caldos españoles y galos, desde el Burdeos a los Rioja. Como dice más de uno: si la mesa no es el primer placer, es el segundo, pero no cae más allá.

Con el itinerario en las manos me sentía optimista y estaba convencido de que hallaría suficiente material como para escribir un buen artículo. Luego, por la tarde, asistiría a una rueda de Prensa que había convocado el cardenal Brog y, a la hora de cenar, intentaría una nueva aventura en Paresse, sin entrar ni pagar sus disparatados precios. Había descubierto una pequeña taberna frente al restaurante y montaría guardia hasta que cerrasen el establecimiento. Sin embargo, aquél iba a ser mi día de suerte y no cumpliría mis planes.

Justo en el instante de posar mi mano sobre el pomo de la puerta sonó el teléfono. Quizá se trata de un estado de ánimo especialmente sensible o de la intuición que se pone en marcha, pero hay ocasiones en las que el timbre de ese gran invento de la civilización parece sonar con peculiar insistencia. Cerré de nuevo la puerta y me dirigí al teléfono. ¿Quién podía llamarme a casa? Lo normal, en momentos de trabajo, es que suene el móvil.

—¿Mario Darino? —preguntó la voz profunda, ronca e inconfundible del cardenal Bolone.

—Al aparato, Eminencia —respondí sorprendido. ¿Cómo sabía que estaba en casa?

—¿Está usted en sus cabales? —me gritó enfadado.

—Creo que sí. Nadie me ha comunicado lo contrario —dije mientras sonreía para mis adentros. Frascatti había tenido visión profética. La voz del cardenal sonaba más dura que los restallidos de un látigo.

—Pues yo creo que no. ¿Cómo se le ha ocurrido escribir ese artículo? —siguió vociferando en el mismo tono.

—Es lo que siento en mi corazón, Eminencia.

—Quiero verle urgentemente —espetó.

Me quedé de una pieza. Nunca habría imaginado que mi escrito produjese semejante efecto. Un montón de llamadas sin respuesta y ahora le tenía al teléfono proponiéndome una cita.

—Cuando guste, Eminencia —respondí sin pensarlo dos veces—. ¿Le parece bien que comamos juntos?

—¿En Paresse, por ejemplo? —preguntó con retintín. Seguro que el ex seminarista le mantenía informado de quién visitaba su establecimiento.

—¿Por qué no? ¿A qué hora?

—Dentro de media hora estaré allí —se detuvo un instante y añadió—: ¡Ah!, no entre por la puerta del restaurante. Siga andando y busque un portal con una enorme aldaba negra en forma de garra, pulse el timbre del segundo piso, aguarde un par de segundos y repita la llamada tres veces. Diga que ha quedado citado con un amigo para comer la especialidad de la casa.

—Así lo haré.

—No se retrase —dijo antes de colgar.

Permanecí con el auricular en la mano y tardé un poco en reponerme de la sorpresa y depositarlo en la horquilla. Salí apresuradamente, excitado como un niño, y tomé un taxi depositando en la mano del conductor una propina lo suficientemente generosa como para que olvidase que existe algo llamado código de la circulación.

3 · UNA COMIDA MÁS QUE INTERESANTE

Veinte minutos más tarde me hallaba frente a la fachada de Paresse. No había demasiada gente en la calle. Siguiendo las instrucciones del cardenal, busqué la puerta con la aldaba descrita con pocas palabras y mucha precisión, como ya era habitual en Su Eminencia. Al ir a llamar cruzó por mi mente un pensamiento pueril. Tanto secreto y tanta contraseña bien podía ser el cebo para cazarme en una trampa y arrancarme la piel a tiras como castigo por mi artículo. Sonreí y llamé al timbre del segundo piso, aguardé un par de segundos y repetí la llamada por tres veces más. Tras una corta espera la puerta se abrió y me encontré frente a una anciana romana vestida de negro. Confieso que era lo último que esperaba hallar.

—¿Qué desea? —me preguntó entre beatíficas sonrisas.

—He quedado citado con un amigo para comer la

especialidad de la casa —repetí las palabras del cardenal.

—Pase —me invitó abriendo la puerta de par en par.

Franqueé el umbral, aguardé hasta que con lentos y parsimoniosos movimientos hubo cerrado la puerta y la seguí a través de una angosta escalera que conducía hacia lo alto.

Todo era viejo. Las paredes habían olvidado, muchos años ha, el contacto con la brocha del pintor, el suelo estaba desgastado y deslucido, las bombillas daban una luz débil y mortecina, como si también estuvieran viejas y cansadas. Entramos en un piso de altos techos, largos y estrechos pasillos, puertas de casi tres metros y ventanas pequeñas con gruesos y pesados postigos que parecían no haberse abierto desde tiempo inmemorial. Llegados a una salita, la anciana señaló un par de sillones que hacían guardia junto a una mesa baja en la que reposaban algunas revistas atrasadas, y me rogó que aguardase. Cerró la puerta y me dejó solo.

Paseé la mirada por la estancia. No había mucho que ver. El papel que cubría las paredes era de tonos grisáceos y soso a rabiar, y la cómoda habría hecho las delicias de un anticuario, pero a mí no me decía nada. Un bodegón colgaba sobre ella, dos sillones de cuero gastado y una lámpara con lentejuelas de cristal, cubierta de polvo y no demasiado suntuosa, completaban el mobiliario.

Apenas tardé cinco minutos en cansarme del espectáculo y tomé una revista que hojeé distraídamente. Ni siquiera recuerdo cuál era. Mi interés se centraba en cuestionarme las razones que habían impelido al cardenal a concederme una entrevista tan privada en momentos tan especialmente delicados. Por más que lo meditaba no lograba convencerme de que mi artículo, unas cuantas líneas en la tercera página de un diario, fueran tan importantes. Debían de existir motivos mucho más poderosos.

Seguía embebido en mis reflexiones cuando la pared que tenía enfrente se abrió y me llevé un susto de muerte. ¡Santo Dios! Menos mal que no padezco del corazón.

Aprovechando las juntas del horrendo papel, había una puerta perfectamente disimulada que comunicaba con el edificio contiguo, en donde se hallaba situado el restaurante de Paresse.

—Ha llegado temprano —me dijo el corpulento Bolone a modo de saludo.

—No sabe usted el poder que tiene un billete en manos de un taxista. Produce verdaderos milagros —sonreí al tiempo que me levantaba un poco repuesto de la sorpresa inicial.

—Pase, por favor.

—Gracias, Eminencia, y mis felicitaciones. Es un truco digno de la época de las catacumbas.

Tras la puerta el ambiente era absolutamente distinto: pasillos ricamente decorados, buena iluminación, puertas normales... Le seguí hasta un pequeño comedor privado en donde había una mesa de patas labradas capaz de albergar cómodamente a ocho comensales, aunque estaba puesta tan sólo con dos cubiertos. No soy un experto en arte, pero sí soy capaz de distinguir algunos estilos y juraría que los cuadros que adornaban las paredes eran originales o copias perfectas de Modigliani y Renoir.

Bolone vestía como un simple sacerdote, aunque el corte de su traje revelaba la mano de un buen sastre, quizá Gammarelli, por lo perfecto de su acabado, la calidad del paño y la sobriedad del estilo. Podía dar el pego a la mayoría de los mortales, pero un avispado periodista no sería ajeno a los detalles que permitían aventurar que debajo de aquellas telas se escondía algo más que un curita raso. Sus ademanes, su voz, su postura, todo en él cantaba a gritos su condición de hombre habituado a mandar, a dirigir, a disponer y a tomar decisiones. Son sellos que imprimen carácter y que no pueden ser borrados ni disimulados fácilmente.

—La carne es de primera, se lo garantizo —comentó mientras me invitaba a tomar asiento frente a un plato de porcelana de Limoges custodiado por cubiertos de plata y a cuya presidencia se erguían copas del más puro cristal. En cuanto al mantel de hilo se podría decir que no desmerecería en la mesa de cualquier monarca o presidente de gobierno.

—Siempre he confiado en el gusto exquisito de vuestra eminencia —le halagué con sinceridad. En aquel terreno el cardenal tenía una bien merecida fama de experto.

—Entonces pediremos steack tártaro y Chateau Noef du Pape para regarlo.

—Muy acertado —sonreí.

—No hay ningún significado oculto. Sencillamente es un gran vino —se apresuró a replicarme.

—Le pido disculpas, eminencia.

—No se preocupe, no tiene importancia —me disculpó al punto que desplegaba la servilleta y la posaba cuidadosamente en su regazo, con aquella ceremoniosidad tan característica en su persona—. Siempre he admirado su rapidez mental y su sentido del humor —dijo.

La entrevista tenía todos los visos de privacidad, así que eché mano del móvil para apagarlo.

—No es necesario —me dijo. Y me quedé mirándole—. No recibirá ninguna llamada. La habitación está acondicionada.

—¡Ah! —fue lo único que respondí.

A una indicación del purpurado nos fue servida la comida. Menos mal que, conociéndole como le conocía, sabía que nunca me permitiría hacerme cargo de la cuenta. En caso contrario debería permanecer a dieta durante más de una semana y eso eran demasiados días para un estómago tan mal acostumbrado como el mío.

Durante la comida departimos de temas diversos y sin demasiada importancia. Parecía no tener demasiada prisa en comunicarme sus deseos y yo permanecí a la expectativa dejando que él llevase la iniciativa. En varias ocasiones hizo tímidos intentos por conocer detalles de mi vida que, por otra parte, no eran ningún secreto. Hacia los postres comenzaron las maniobras de aproximación.

—¿Cómo es que se le ocurrió escribir el artículo? —me preguntó mirando con deleite la *mousse* de chocolate que tenía frente a sí.

—Me senté y lo escribí. La noche anterior casi no pude dormir y me pasé el día nervioso, hasta que vomité cuanto había en mi interior. El único detalle relevante es que acababa de hacer un repaso bastante exhaustivo de mi triste existencia. No sabría explicarlo de otro modo.

—¿Qué tal está Gina? —preguntó cambiando bruscamente de tema.

—Bien, muy bien, gracias —le respondí casi mecánicamente. Mi mano se había quedado detenida a medio camino entre la tarrina de *mousse* y mi boca. Levanté los ojos y le miré fijamente. Él seguía paladeando su postre como si nada hubiera sucedido. Pero no era así.

En todos los años que nos conocíamos, y eran bastantes, nunca, hasta aquel momento, me había preguntado por Gina y yo no podía creer que Bolone ignorase hasta entonces mis relaciones con ella. El Vaticano dispone de sistemas de información altamente eficaces y estaba convencido de que en algún rincón del minúsculo y soberano estado de la Santa Sede debe de existir una carpeta o una ficha con mi nombre en la cabecera. Bolone era muy precavido y no se fiaba ni de su sombra. Nadie obtenía su confianza sin pasar por una criba muy precisa, hasta que el cardenal no conociese cuanto le concernía y más y, aun en ese caso, tampoco se daba en demasía. ¿A qué venía, pues, tan repentino interés?

—Creo que ustedes dos se llevan muy bien como pareja —dijo a modo de ligero comentario.

—Sí, así es —confirmé.

—Es reconfortante escuchar esas cosas en tiempos como los que nos ha tocado vivir. Tras su experiencia matrimonial usted necesitaba hallar a alguien que le devolviese la confianza en la convivencia del hombre y la mujer.

—Ha sido y es una gran experiencia.

—¿Cuándo regularizan su situación? —preguntó sonriendo y mirándome.

—¿Qué desea?

—No se ofenda, por favor. Le tengo mucho aprecio y me preocupo por usted. Eso es todo. Lo que es superior a mis fuerzas es mi condición de ministro de Dios. Siempre se me escapa —me respondió riendo abiertamente.

—Yo también le ruego que no se ofenda, pero mi situación es absolutamente regular desde mi punto de vista. Vivo con una mujer a la que amo y le soy fiel y ella también me ama y me respeta, según se desprende de sus palabras y de su actitud.

—No me cabe la menor duda. Gina es una mujer como hay pocas.

—¿Tanto la conoce?

—Bastante —sonrió de nuevo—. No somos niños y usted sabe demasiado sobre las interioridades del Vaticano como para ignorar que procuramos saber con quién tratamos. No es mera curiosidad, sino que se trata de una necesidad, de seguridad, de razones de estado... ¿Me comprende?

—Sí, aunque también sé que las razones de estado son las más irrazonables e irracionales de todas. Son un pozo sin fondo en el que cabe cualquier cosa.

—Ésa es otra de las cualidades que me gustan en usted. Busca la verdad y huye de todo artificio. Llama a las cosas por su nombre.

Tantos halagos me inquietaban. El cardenal, aunque era una gran persona, llevaba demasiado tiempo metido en círculos financieros y contemplaba cualquier situación bajo el prisma de ingresos y gastos, pérdidas y ganancias. Sin embargo, aquel día había decidido jugar conmigo al escondite y volvió a cambiar bruscamente de tema e hizo un comentario sobre Oriente Medio, eterno foco de conflictos políticos, económicos, raciales y religiosos. Bolone utilizaba esta técnica cada vez que se había fijado un objetivo que juzgaba especialmente delicado, de posibles consecuencias, y que requería toda su atención. Ésta era una faceta de su carácter que me disgustaba profundamente y que tenía la virtud de sacarme de quicio hasta el punto de sentir el irrefrenable impulso de agarrarlo por las solapas y zarandearlo con la esperanza de que escupiera sus propósitos. La política y la diplomacia siempre han constituido dos blancos de mis aversiones.

Entró el camarero y retiró los platos vacíos sustituyéndolos por dos tazas de café acompañadas de sendas copas de Courvoisier. El prelado no se privaba de nada. Luego, nos quedamos a solas y Bolone se retrepó en su silla. Me di cuenta de que había llegado el momento. El camarero había cerrado la puerta y nadie volvería a molestarnos.

—¿Está contento con su trabajo? —me preguntó.

—Sí. Frascatti es un buen jefe.

—Es un hombre honesto como hay pocos —me

confirmó—. Volviendo a su artículo debo decirle que me ha impresionado mucho. Hace usted un análisis verdaderamente profundo sobre la situación actual de la Iglesia. No digo que sea del todo correcto, pero se puede deducir que, aunque usted no sea practicante, está sinceramente interesado y preocupado por el tema. Únicamente le faltó decir que Jesucristo debería regresar a la tierra y poner las cosas en claro.

—Me pareció excesivo —sonreí divertido ante la última frase.

—Con sinceridad: ¿qué le falta o qué le sobra a la Iglesia, según usted, para que una persona se sienta atraída por nosotros? —me preguntó muy serio.

¿Había llegado el momento de la verdad, el punto central de la cuestión? Quizás dentro de poco conocería el motivo principal de la entrevista. Aunque con Bolone nunca se sabía. De manera que me tomé mi tiempo para responder a tan delicada pregunta. Bolone, jugando con su copa de coñac, parecía decirme: «Tómese el tiempo que quiera. Sus palabras van a ser muy importantes.» ¡Bien! Cerré los ojos y repasé todos los conocimientos acumulados durante años.

Dibujé mentalmente el complejo aparato político y burocrático del Vaticano: el Papa, su secretario de estado (el cardenal Camarlengo), la comisión de los siete cardenales que integraban la secretaría de estado y la Curia componían las altas jerarquías. Luego venían las Congregaciones de la Curia, el Sacro Colegio Cardenalicio, el Sínodo Episcopal, el Consejo de Asuntos Públicos, la Cámara Apostólica y las Congregaciones Romanas, los tribunales y las oficinas. A partir de aquí seguían las ramificaciones hasta perderse.

Para hablar de las Congregaciones Romanas no se podría decir tan sólo que son las comisiones ordinarias que asisten al Papa en su gobierno, habría que añadir que están integradas en la Curia y que componen una larga lista: Iglesias Orientales, Disciplina de los Sacramentos, Culto Divino, Clérigos, Religiosos e Instituciones Seculares, Sagrada Congregación para las Causas de los Santos, Santa Congregación de la Fe (antes Santo Oficio y, en otros tiempos, Congregación para la Santa Inquisición del Error Herético y que tantos errores cometiera), Enseñanza Católica, Evangelización de los Pueblos, etcétera...

Tras pasar revista a los tribunales (Apostólico, Rota Romana, Tribunal Vaticano de Apelación, Signatura Apostólica...) me hallé con las oficinas. En ese punto podía perderme: Unión de los Cristianos, Religiones no Cristianas, No creyentes, Justicia y Paz, Comité para la Familia, Comisión Bíblica, Arqueología Sagrada, Cámara Apostólica, Prefectura Económica, Prefectura de la Casa Pontificia, Capilla Sixtina, Guardia Suiza, Estadística...

¿Tantos problemas habíamos creado los católicos o es que el mensaje de Cristo era tan complicado que precisaba de todo aquel aparato para descifrarlo?

Recordé que los apóstoles se lanzaron a predicar con las manos en los bolsillos y me asusté. El Instituto para las Obras Religiosas (más conocido por el IOR) no tenía demasiado que ver con las prédicas y sí mucho con bolsillos. No olvidemos que es el órgano que procura acrecentar las riquezas de un gran imperio económico. ¿Y qué decir sobre la residencia del obispo de Roma? Jesús nació en un establo, símbolo de la más extrema pobreza, desnudo, con el calor de los animales, y el Palacio Apostólico dispone de más de diez mil (10.065 para ser exactos) suites, habitaciones, despachos, vestíbulos y cámaras de audiencia, con 977 tramos de escaleras, 28.000 puertas... Todo ello sin contar con el resto de las edificaciones ni las monstruosas proporciones de la cúpula de Miguel Ángel

(200 metros de diámetro por 132 de altura) o la columnata de Bernini con sus 284 columnas, 80 contrafuertes y 162 estatuas de cuatro metros de altura que custodian la plaza de San Pedro, ni los jardines, fuentes, estatuas y cuantas aportaciones han llegado a convertir al Vaticano en un gigantesco museo que alberga el mayor de los tesoros del mundo.

¿En dónde se hallaba la verdad? ¿Quizás en los archivos secretos del Vaticano? Más de cincuenta kilómetros de estanterías repletas de datos, documentos, historia, secretos, pensamientos, acuerdos...

Miré a Bolone que seguía jugando pacientemente con su copa y me pregunté si aquel hombre era realmente consciente de la magnitud de las cifras que manejaba cada día. ¿Era todo ello necesario para proclamar la Gloria de Dios?

—Me sobra todo y me falta el resto —dije muy despacio, sin esperar que mis palabras fuesen comprendidas, pero, ante mi sorpresa, Bolone asintió en silencio aprobándolas.

—Ya lo sé, ya lo sé —dijo arrastrando la voz entre suspiros.

Era la primera vez que contemplaba aquella expresión de disgusto en su rostro y también se daba la circunstancia de ser la primera vez que no tenía la sensación de hallarme en presencia de uno de los primeros cerebros financieros del mundo que, salvo error u omisión, había logrado multiplicar casi por tres la cartera de valores del Vaticano en los últimos seis años.

—El poder no es cómodo, aunque hay quien piense lo contrario —me dijo—. Cada día es la acumulación de todas las preocupaciones precedentes más las que nacen. De vez en cuando muere alguna, pero la mayoría parecen tener vida eterna. Puede estar seguro de ello. Cuanto piensa usted ya ha sido medido, aquilatado, pesado y tamizado por nosotros, por muchas mentes que conocen más de lo que es posible imaginar. —Se detuvo buscando las palabras en el aire—. Mire, amigo Mario, la Iglesia es consciente de todo lo que se comenta, se critica, se dice, se piensa y se siente. Es nuestro trabajo, pensar más deprisa que los demás y movernos más despacio que el más lento de los mortales, quedándonos siempre atrás para empujar a los que no llegan. —Hizo otra pausa para interrogarme con la mirada sobre si era capaz de captar el significado de sus palabras. Yo permanecí en silencio. Aquel lenguaje sonaba a críptico en el cardenal—. Le ruego que me perdone por ser tan oscuro y, sobre todo, porque le voy a pedir un acto de fe, una respuesta a una pregunta sin que le cuente las razones que me impulsan a ello.

—Eminencia, desde que recibí su llamada estoy viviendo una película de suspense —sonreí. Tantos rodeos ya me tenían harto.

—No le voy a tener en ascuas por más tiempo, no se preocupe. —Me devolvió la sonrisa y adoptó su aspecto grave—. Nos conocemos desde hace años y sé que usted es un hombre sincero y honrado. Por eso me gusta escuchar sus opiniones. El artículo que ha escrito es el reflejo de muchos corazones, tanto de dentro como de fuera de los muros del Vaticano, y ha sido examinado por un equipo de expertos, entre los que figuran nuestros mejores psicólogos. ¿Me sorprende?

—No demasiado. Mi vida profesional me ha llevado a conocer cosas que, puestas en una novela de ficción, sonarían a eso, a pura ficción.

—Bien. ¿Para qué cree usted que se han examinado sus artículos? —Hizo una ligera pausa y continuó sin dejar que yo respondiese—. Hemos estado midiendo su evolución, sus pasos, sus pensamientos, sus sentimientos, sus emociones y todo aquello que es susceptible de ser parametrizado. Puedo asegurarle que le conocemos casi mejor que usted mismo, aunque suene a presunción.

—No es difícil. Cada día descubro que me conozco muy poco —bromeé.

—Sé que cuanto hemos hablado no saldrá de esta habitación y por ello me atrevo a preguntarle si estaría dispuesto a convertirse en un colaborador nuestro, si yo se lo pidiera y no le diese ninguna razón de peso, excepto que le necesitamos.

—¿Qué significa exactamente la palabra colaborador?

—Que nos mantenga informado de ciertas cosas, movimientos, rumores u otras manifestaciones.

—¿Que me convierta en espía? —pregunté sorprendido por la respuesta.

—No. Detesto esa palabra que, además, en este caso no se ajusta a la realidad. Busco un asesor, no un fisgón.

—Con tan pocos detalles la respuesta es sencillamente no —le dije con absoluta calma.

Echó hacia atrás su pesado cuerpo y sonrió ampliamente, complacido. Ahora ya no sabía si aquel hombre hablaba en serio o me estaba tomando el pelo. La única explicación plausible que se me ocurría era que se había vuelto loco.

—Eminencia, sigo a oscuras —me quejé.

—Si hubiera aceptado así, sin más, me habría decepcionado —me respondió—. Bueno, basta de rodeos. Hasta ahora no he hecho más que tantearle y me sigue gustando usted.

—Espero que sea cierto y que los rodeos hayan concluido —le respondí sin demasiado convencimiento.

—Ahora están teniendo lugar los preparativos para el funeral. Roma está llena de periodistas y han comenzado a llegar altas personalidades, así que todos están ocupados y nadie puede siquiera sospechar que yo estoy comiendo con usted. He ahí las prisas por verle. Supongo que no será usted ajeno al hecho de que el cónclave que tenemos en puertas mantiene en vilo a mucha gente importante y que los adelantos técnicos pueden frustrar un secreto demasiado importante, como son nuestras deliberaciones. ¿Me sigue? —Asentí. Ahora ya no hablaba en extraños idiomas y se comportaba como el Bolone que conocía: conciso, directo y claro en sus explicaciones—. Le aseguro que este cónclave es uno de los más importantes de la historia, por no decir trascendental.

—Todos lo han sido, eminencia —le interrumpí.

—No corte mis razonamientos —se enfadó—. Usted es periodista, se mueve con soltura en muchos círculos y conoce detalles y rumores que jamás llegan al gran público, pero que pueden interesar al Vaticano. No queremos ninguna intromisión en el cónclave y nos gustaría conocer los sistemas que se van a utilizar para espiar lo que ocurra dentro de la Capilla Sixtina. ¿Le vale ahora mi explicación?

—Eso ya es otra cosa, aunque también pienso que se deja algo en el tintero.

—De momento es todo cuanto puedo decirle. ¿Acepta?

Le había dicho que se dejaba algo en el tintero, pero no era del todo cierto. Aquella historia de espías y que me hubiese escogido a mí como un posible colaborador, no encajaba por ninguna parte. La vida me ha enseñado que cuando alguien te escoge y te ofrece su confianza, hay que preguntarse: ¿Tan guapo soy? De manera que decidí echar el resto.

—Eminencia... no juegue conmigo. Le ruego que sea más directo y me comunique exactamente qué desea saber. ¿Quizás hay algo en mi artículo que le ha sorprendido?

—«Jesucristo fue un revolucionario y quizás el Espíritu Santo nos ilumine y tengamos por fin a un guerrillero. Falta nos hace una nueva revolución» —dijo, citando textualmente la frase con que coronaba mi artículo—. ¿Por qué la escribió entre comillas?

¡Ya era hora! Ésta era la pregunta. Por fin la había formulado. Y la verdad es que el más sorprendido no era él, sino yo. Fue un comentario estúpido. ¿Por qué tenía tanta importancia?

—Esa respuesta tiene precio —me envalentoné.

—¿Quiere dinero? —se sorprendió.

—Si me conoce tan bien como dice, ya sabe que si me lo ofreciese, me ofendería.

—¿Entonces?

—Deseo una entrevista privada con el nuevo Papa. Únicamente yo, sin más periodistas revoloteando. Además de información. Por supuesto —contesté.

Se quedó callado y meditabundo. Asintió varias veces con la cabeza, sin despegar los labios. Y luego negó.

—Es un precio muy elevado.

—Seamos sinceros. ¿Me ha invitado a comer tan sólo por una frase? Si usted no me cuenta lo que oculta, no podré ayudarle.

—*Off the record?* —me miró interrogante.

—Tiene mi palabra de honor, que no repetiré nada de lo que aquí se diga y que esta conversación quedará enterrada en mi tumba —afirmé.

—En su artículo deja muy claro que para usted sólo hay tres candidatos y los distancia del resto. El primero es Brog, el cardenal nórdico. Y no le falta razón. En él se conjugan la habilidad para el uso de los medios de comunicación y su simpatía personal, que le confiere cierto carisma. Representa, a juicio de muchos, la avanzadilla de los reformistas, del progresismo, de la modernización y puesta al día de muchos de los conceptos y preceptos que han quedado aparcados a la espera de que otro Papa se atreva a pelear con ellos. Si me permite usar sus propias palabras. —Sonrió, y yo asentí—. Los norteamericanos, los alemanes, los centroeuropeos, los nórdicos y los canadienses le apoyan. Luego, destaca a Albi. El curialista, tal como le llama usted. Y tampoco le falta razón —me halagó—. Podríamos decir que encabeza el sector tradicionalista de la Iglesia y que preconiza un endurecimiento de las posturas en materia de aborto, divorcio, celibato sacerdotal y, sobre todo, exclusión de la mujer del sacerdocio. Cuenta con un nutrido ejército de incondicionales capaces de seguirle hasta el mismísimo infierno, si fuese necesario. Que conste que también utilizo sus propias palabras. Un poco duras, pero no alejadas de la realidad. A esos dos nombres añade un tercer competidor, el cardenal Barón. El argentino, como usted apunta, viene empujado hacia delante por sus compañeros del tercer mundo, fuerza cada vez más poderosa y con más capacidad para inclinar la balanza. Sin embargo, acaba usted apuntando un perfil que se sale de toda norma. ¿Por qué?

—Fuera de esos tres candidatos no se ve a nadie con verdaderas posibilidades —repliqué—. Quizá se podría contar con el concurso del francés Duvalier, pero no creo que sea un serio rival. Los otros tres copan casi el noventa por ciento de los votos. Por supuesto que mis especulaciones difieren notablemente de muchas otras. Hay quien deja amplio margen a la fantasía y le propone a usted en los primeros puestos.

—¿Y usted no? —sonrió.

—Me ha pedido sinceridad y, a veces, la sinceridad es dura. Lo siento eminencia, pero yo le descarto de plano. Su nombre está ligado a un posible escándalo financiero cuyas proporciones pueden dejar en ridículo al crack

Sindona o al asunto de Roberto Calvi y el Banco Ambrosiano. No son más que rumores, pero darle un solo voto en las presentes circunstancias sería un suicidio. Y le pido disculpas.

—Me gusta usted —siguió sonriendo, como si mis palabras no tuviesen la menor importancia. De pronto dejó de hacerlo y me miró—. No soy un candidato, evidentemente. Sin embargo, todo cuanto he hecho ha sido en beneficio de la Iglesia y no tengo nada de que arrepentirme.

—Todos los cardenales son elegibles.

—No ha respondido a mi pregunta —retornó al tema principal de nuestra conversación.

—Ni usted a la mía —repliqué.

—Tiene razón —afirmó—. Entre los tres candidatos que ha nombrado suman muchos votos, pero están demasiado equilibrados. Levantar especulaciones resulta delicado y alguno de mis colegas se ha molestado, porque la frase que usted ha entrecomillado es la misma, palabra por palabra, que él pronunció en una conversación entre los muros del Vaticano. Evidentemente, no se pone entre comillas una frase que no haya sido pronunciada por un tercero —dijo despacio—. ¿Puedo saber dónde la ha escuchado usted?

—Ya le he dicho que esa respuesta tiene precio.

—Su petición no es fácil de satisfacer. Puedo intentarlo, pero no puedo prometerle nada.

—Sólo quiero que me dé su palabra de que lo intentará con todas sus fuerzas. Con eso bastará. Confío plenamente en su buen hacer —dije, y le vi dudar—. Media hora será suficiente —añadí.

—De acuerdo —asintió sin entusiasmo—. Tiene mi palabra de que lo intentaré con todas mis fuerzas, pero tenga presente que, en última instancia, dependerá de él.

—Hans Brukner —solté—. La pronunció con énfasis y entonación.

—¿Y él? ¿De dónde la sacó?

—No tengo ni idea, aunque he visto que se mueve mucho por una zona determinada de la columnata.

—Le agradecería que me mantuviese informado de lo que vea u oiga —me rogó.

—Cuente con ello.

Aparcamos el tema y seguimos charlando durante unos minutos más que Bolone aprovechó para recordarme y recalcar una y otra vez que cualquier rumor, por leve que fuese, podía ser importante.

Nos despedimos en la puerta secreta que me devolvió a la salita de espera de la cómoda ennegrecida, los dos sillones de cuero desgastado y la lámpara cubierta de polvo. Siguiendo sus indicaciones salí del piso sin despedirme de la anciana. Nadie me vio y yo tampoco tropecé con nadie. Ya en la calle, me alejé mezclándome entre la gente. Quince minutos después un taxi me dejaba en el portal de casa. Y yo seguía dándole vueltas a la curiosa conversación con Bolone. Y todo por una sola frase.

4 - EL FUNERAL

Los días que siguieron fueron bastante tranquilos y por más que me esforcé no obtuve demasiada información para Bolone. Lo poco que capté se lo comuniqué a Pasquale Chigi, quien parecía haberme tomado un poco de cariño y se mostraba más comunicativo. No demasiado. Una mañana le telefoneé y le conté que había detectado ciertos movimientos sospechosos de dos hombres que se hacían pasar por reporteros. Le di la descripción. ¡Santo Dios! Creo que ya me había contagiado de la paranoia general.

Y por fin llegó el día del funeral.

El ataúd de Pío XIII fue depositado sobre un catafalco para que pudiera contemplarlo cuantos se hallaban en el interior del recinto de la plaza de San Pedro, que pasaban sobradamente de los cien mil. Las cámaras de televisión, perfectamente emplazadas, mostraban amplias panorámicas del magno acontecimiento. Allí se habían dado cita los príncipes de la Iglesia, la realeza europea y un nutrido grupo de estadistas y representantes de más de ciento cincuenta países para dar el último adiós al pontífice que acababa de fallecer. Yo preferí quedarme en casa y seguir la ceremonia a través del receptor de televisión. De ahí sacaría cuanta información precisaba para escribir un largo artículo aprovechando los primeros planos que me proporcionaban las cámaras y que no habría logrado captar mezclado entre la ingente multitud que se agolpaba en San Pedro, aunque estuviese entre los periodista, que también eran un montón.

Las cámaras, en solemne y lento movimiento, pasaron revista a los cardenales que iban a celebrar la misa. Entre las vestiduras púrpura destacaba el cardenal Bernardo Sastre de Madrid, quien por su condición de decano presidía la celebración y vestía de color escarlata brillante.

Mi mente rememoró la escena, vivida años atrás, cuando asistí a otro cambio de morador en el Palacio Apostólico. Era curioso ver cómo había quedado grabada la escena y cómo se repetían los mismos pasos, uno a uno, con ligeras variantes en el decorado y en los rostros. En esta ocasión había más pompa, pero los gestos eran calcados. Bernardo Sastre roció el altar con incienso y agua bendita en largos y ceremoniosos movimientos, para dejar paso a la oración penitencial que brotó de labios de todos los cardenales.

El *Confíteor Deo* me trasladó a mi infancia, cuando iba a misa cada domingo y mi padre me preguntaba por el evangelio que habían leído. Eran días felices en los que la misa constituía uno más de los fastidios por los que había que pasar por orden y mandato de los mayores, aunque solíamos reunirnos varios amigos y procurábamos llegar tarde para quedarnos de pie, a la entrada de la iglesia, y así escabullirnos nada más escuchar la bendición de labios del sacerdote.

En repetidas ocasiones me atreví a preguntarle a mi padre por qué no asistía él también a misa, en lugar de ordenármelo a mí. Por toda respuesta me decía: «Tú no te preocupes por lo que yo hago», y me quedaba pensativo, con la amarga sensación de que mi progenitor se estaba condenando y que yo no podía hacer nada por impedirlo, excepto rezar. ¿Tanto le costaba darme una explicación?

Abandoné los recuerdos de infancia para escuchar los comentarios del locutor, mientras eran leídas las Sagradas Escrituras en varios idiomas y me pregunté por lo que sentirían los millones de espectadores sentados frente a los receptores de televisión. Suponía que habría comentarios para todos los gustos y un amplio abanico de actitudes. Desde el que prefería una buena película pero que se tragaba el programa por la natural curiosidad, hasta quien dejaba escapar algunas lágrimas y elevaba una oración por el alma del pontífice. Sea como fuere, las estadísticas revelarían que más de seiscientos millones de personas, repartidas por los cinco continentes, habían seguido el funeral y, una vez más, las frías cifras dejarían boquiabiertos a muchos y harían que otros se encogiesen de hombros ante lo poco significativo de tan aséptico dato.

En diversos momentos pude contemplar con detalle los rostros de los cardenales. Los operadores de las cámaras conocían bien su oficio y el mezclador, bajo las órdenes del realizador, intercalaba hábilmente los planos generales con la imagen de la ventana del tercer piso del Palacio Apostólico desde la que el Papa solía rezar el Angelus a las doce de cada domingo, para terminar haciendo una pasada por los rostros de los cardenales con candidatura más que probable. Era un juego de imágenes que transmitía una pregunta: «¿Quién ocupará el trono vacante?»

En el instante de la consagración el locutor permaneció en silencio y las cámaras dejaron paso a la imagen del altar, con Bernardo Sastre en el centro. La plaza de San Pedro guardó absoluto silencio.

La imagen del altar dejó paso a un rostro que se había hecho tristemente popular en las últimas semanas. Se trataba de Maboto, presidente del Senegal, también llamado *el Sanguinario,* convertido al catolicismo hacía quince años y responsable, tan sólo un mes antes, de la matanza cruel, salvaje y despiadada de toda una aldea. Incluso se decía que él participó personalmente. También se contaba que se denominaba a sí mismo enviado de Dios y que sus arbitrariedades no tenían parangón. Su presencia en el Vaticano produjo una conmoción, aún calientes las palabras de condena de Pío XIII hacia tan brutal acción, pero la política seguía siendo un juego con reglas incomprensibles para la mayoría de los mortales. En aquellos momentos pensé que el mezclador había cometido un error imperdonable o que había utilizado toda su habilidad para lograr un golpe de efecto que saldría reflejado en todos los rotativos del mundo, hundiendo un poco más la imagen de la Iglesia.

Tras las dos horas y diez minutos que duró la ceremonia, la pantalla mostró la lenta procesión que trasladó el ataúd hacia su última morada en la cripta del Vaticano y concluyó con el cierre de las puertas de la basílica de San Pedro.

Apagué el receptor de televisión y me froté los ojos. Estaba cansado. Desde que hablé con Bolone había permanecido en continua tensión esperando descubrir algo insólito, un plan para violar los secretos del cónclave, una maquinación a gran escala. Sin embargo, lo único que había logrado era un dolor de sienes muy persistente.

Los cuatro días que siguieron al funeral, tiempo otorgado a las consultas previas al cónclave, no aportaron datos de interés, a no ser la cautela con que se movían los purpurados, temerosos de maniobras informativas al estilo de Jean Beau, y el desconcierto sembrado por la gran cantidad de rumores que se pusieron en marcha.

El cuarto día, fecha señalada para el comienzo del cónclave, decidí acercarme hasta la plaza de San Pedro para captar el ambiente que reinaba y aprovechar la ocasión para colarme en el interior del Vaticano, si se presentaba la ocasión. No en vano tenía mis contactos, aparte de Bolone.

5 · UN VOTO POR LA ESPERANZA

John Kigan pasó por mi lado como una exhalación. Inicié un gesto de saludo y me quedé con la mano en alto. Creo que ni me vio y yo apenas pude escuchar lo que murmuraba, pero sí capté dos palabras: «Pedro Rossi». Rebusqué en los archivos de mi memoria y el único dato que encontré fue que se trataba del nombre de un cardenal. Seguí caminando despacio mientras meditaba sobre la curiosa actitud de Kigan. Un locutor de Radio Vaticano que corre velozmente y murmura el nombre de un cardenal sólo podía significar una cosa, habida cuenta de las circunstancias que nos rodeaban. Sin embargo, el cónclave acababa de reunirse, como aquel que dice, y prácticamente no había tiempo material para realizar la primera votación. No puede ser, pensaba.

Descendí las escaleras y me dirigí con paso apresurado a la Porta de Santa Marta. Nada más acercarme a la salida el griterío de la multitud me ensordeció: «Fumata bianca, fumata bianca», escuché y quedé petrificado. Me adelanté un poco e intenté comprobar por mí mismo lo que la caótica masa humana pregonaba a voz en grito. No había duda alguna, el «fumo» era blanco como la nieve.

Pensando en las confusiones originadas en los cónclaves anteriores, el cardenal Albi había ordenado instalar un quemador con un dispositivo especialmente preparado para tales ocasiones. Las papeletas eran introducidas en un receptáculo y oprimían un pulsador rojo en el caso de votación negativa o verde en el supuesto de votación positiva. Al tiempo que se incineraban las papeletas una pequeña luz piloto se mantenía activa indicando la opción elegida Alguien había comentado que el negro y el blanco serían unos colores más apropiados y no darían pie a chistes relacionados con semáforos divinos, pero también se comentó que al no existir luces negras se había tenido que escoger otros colores y que el verde también era símbolo de la esperanza. Bromas aparte, se había logrado el objetivo principal: eliminar posibles errores. Junto a las, papeletas era quemado cierto producto químico que producía el color de humo deseado y tanto el blanco como el negro eran en extremo exagerados. Albi era un perfeccionista y probó una y otra vez el mecanismo antes de quedar satisfecho.

Seguí allí, contemplando cómo la nube blanca se enseñoreaba del penacho de la chimenea y moví la cabeza a derecha e izquierda en un gesto de incredulidad. El cónclave que eligió a Pío XII en el año 1939 fue muy corto, pero éste lo superaba con creces: era el más corto de la historia sin ningún género de dudas.

Cientos de miles de brazos en alto aplaudían, cien mil gargantas se desgañitaban, decenas de miles de hombres y mujeres expresaban su alegría danzando y saltando, mientras aguardaban la salida de quien anunciaría al nuevo pontífice.

Me vi a mí mismo complaciéndome en el magno espectáculo que nos ofrecía la plaza de San Pedro llena a rebosar y me contagié de la alegría desbordante de las gentes que se apiñaban y luchaban por disputarse el honor de contarse entre los primeros que contemplarían la figura del nuevo Papa. Hasta los componentes del cordón policial que tenían por misión mantener el orden habían dejado de prestar atención a su cometido y volvían la vista hacia el balcón que acababa de abrir sus puertas. Junto a mí escuché el grito de un hombre que mantenía un pequeño receptor portátil pegado a su oreja.

—¡El cardenal Rossi! Lo acaban de anunciar por Radio Vaticano.

—¿Quién es el cardenal Rossi? —preguntó una mujer.

El hombre se encogió de hombros y miró hacia el balcón. Yo no salía de mi asombro.

El nombre de Pedro Rossi no había aparecido en ninguna de las listas de *papabili*, ni de lejos ni de cerca. De eso estaba completamente seguro. Las había repasado todas y había jugado a hacer mi pronóstico.

Recuerdo también que los días que precedieron al cónclave y que se dedicaron a consultas habían sido muy intensos, a la par que desorientadores. Brog desplegó toda su diplomacia e hizo frecuentes declaraciones a la prensa mostrándose muy cauteloso. Fue toda una lección de *savoir-faire* frente a nosotros, los reporteros, que terminamos por apodarle con el sobrenombre de Anguila por lo escurridizo que se mostraba.

Y ahora se producía la sorpresa. Todos cuantos teníamos por misión informar habíamos hecho acopio de datos de relleno, como suele suceder en ocasiones parecidas. La decisión podía hacerse esperar y necesitábamos llenar nuestras respectivas columnas, así que íbamos a echar mano del sobado recurso de adobar las noticias con un sinfín de citas y las mil y una curiosidades que no indicaban nada pero que llenaban espacio y representaban siempre una novedad para alguien. De hecho, yo ya tenía escritos los cuatro primeros artículos, a falta de completarlos con algún hecho relevante de la jornada. El orden de aparición podía variar en función de las necesidades y los acontecimientos y en mis notas había material suficiente como para lanzar doscientos artículos y no agotarlo.

En el primero hacía un repaso de los papas anteriores, los inmediatos, con sus líneas de actuación y su proyección futura; el segundo arrancaba con una larga explicación de cuanto se encerraba en las 44 hectáreas que formaban el estado del Vaticano; luego, disponía de otro esquema en el que insertaba detalles tales como que la familia Gammarelli eran los sastres oficiales del Papa desde hacía más de 200 años o que la familia Felici ostentaba el cargo de fotógrafos oficiales del pontífice por orden de un antecesor y como recompensa a su lealtad en otros tiempos...

De pronto, la multitud arrancó en un fuerte aplauso y yo regresé a la realidad del momento. Mi mente abandonó todo recuerdo y dejó a un lado los esfuerzos por esclarecer el misterio Rossi, mientras escuchaba con atención las palabras del cardenal Albi, encargado de pronunciar la fórmula de rigor.

—*Annuntio vobis gaudium magnum!* —gritó con voz potente y sonora que la megafonía de la plaza hizo llegar hasta el último rincón—. *Eminentissimum ac Reverendissimum Cardenalem Petrus, Cardenalem Sanctae Romanae Ecclesiae...*

Albi era un tradicionalista, amante de las multitudes

y de los espectáculos e hizo una estudiada pausa buscando el efecto.

—*Quit sibi...*

Y de nuevo se detuvo a la espera de que el griterío se apagase un poco. Su rostro reflejaba su satisfacción ante aquellas muestras de fervor y cariño. Estaba en su salsa.

—*Quit sibi imposuit nomen... Petrus... Secundum.*

Y se produjo el milagro. La plaza de San Pedro, a pesar de la ingente multitud que la ocupaba, se quedó muda. No sé el tiempo que permanecimos así. Lo que sí recuerdo vivamente es el susto que me llevé cuando empezaron a sonar muchos teléfonos móviles. Un inmenso concierto. Incluso el mío, pero no contesté. No salía de mi segundo asombro. Mucho mayor que el primero, cuando anunciaron el nombre de Pedro Rossi.

¡Pedro II! ¡Santo Dios...! Desde San Pedro, el primer Papa de la Iglesia a quien la plaza que nos cobijaba debía su nombre, nadie se había atrevido a utilizarlo. ¿Qué extrañas razones habían impulsado al cardenal Rossi a quebrantar la bimilenaria tradición?

Observé a la gente que me rodeaba y me apercibí de que ellos también aguardaban una explicación, como si fuese preceptiva en tales circunstancias. Dentro de breves instantes saldría el nuevo pontífice, el Papa Rossi, Pedro II, y yo pensaba en cómo debía de sentirse ante el silencio provocado por el anuncio de su primera decisión.

Fueron minutos de tensa expectación en los que nadie se atrevía a pestañear, creyendo que con ello podía quebrar la magia del momento. El tiempo parecía haberse detenido y el humo que había estado brotando de la chimenea se había disuelto merced a una suave brisa. Los rostros de cuantos aguardábamos en aquella plaza se hallaban vueltos hacia el balcón por el que debía de aparecer el Papa Pedro II. Era un silencio sobrecogedor, de los que calan hondo, muy hondo, de los que pueden cortar la respiración o desatar el miedo.

Tardaba demasiado en salir. ¿Qué podía estar sucediendo? ¿Quizá sentía miedo de enfrentarse a la multitud?

Los últimos tiempos de la Iglesia no arrastraban paz y armonía, sino un tremendo caos, una confusión que había metido a todos los príncipes en un laberinto de muy difícil salida. Se cernía sobre sus cabezas la amenaza de un cisma; los jesuitas habían declarado públicamente el atraso de las concepciones religiosas y proclamado su deseo de dar un largo paso hacia delante; tres obispos se habían rebelado contra la autoridad de Roma; las finanzas del Vaticano habían saltado a la palestra una vez más y con visos de convertirse en el mayor escándalo de la historia; la autoridad moral de los pontífices se hallaba muy mermada y maltrecha; el número de creyentes habían entrado en situación de declive (si descontábamos el crecimiento vegetativo); las peticiones de secularización se habían multiplicado y se amontonaban a la espera de resolución; los seminarios se estaban quedando vacíos y las iglesias corrían el riesgo de convertirse en museos. ¡En fin! Un cuadro que bien podía calificarse de apocalíptico.

Y entre tanto pensamiento, tanta reflexión y tanta dosis de imaginación por mi parte, un hombre apareció en el balcón vestido con una simple sotana blanca. Parecía un misionero.

Agucé la vista y recordé sus facciones. El cardenal Pedro Rossi no podía figurar en ninguna de las listas de *papabili* porque había accedido al capelo cardenalicio tres días antes de la muerte de su predecesor y su nombramiento quedó enmascarado por la inesperada vacante del trono papal. En aquel instante mi mente volvió a entrar en acción y su rostro se tornó familiar. Unos le llamaban *el Guerrillero* y otros le apodaban *el Romano*.

La plaza se llenó de murmullos que hacían ostensible el desconcierto que reinaba entre los asistentes. De pronto, desde el extremo opuesto a donde yo me hallaba se elevó el eco de un aplauso y todos nos unimos al espontáneo, mecánicamente, hipnotizados por la imagen de un hombre que con sus sencillas vestiduras parecía llenar un espacio inmenso y desbancar por completo al magno conjunto de 162 estatuas de cuatro metros que coronaba la arquitectura. Durante fracciones de segundo tuve el presentimiento de que, con regias vestiduras o con una sencilla sotana, el nuevo Papa tenía el poder de alterar el confuso, sombrío y oscuro panorama de una iglesia en franco retroceso y decadencia. Sin embargo, el presentimiento fue pisoteado por la fuerza de la razón. Yo no podía dejarme arrastrar por un entusiasmo infantil. Mi experiencia era demasiado dilatada como para no pensar fríamente.

Me era difícil, por no decir imposible, imaginar a Brog, Albi y Barón, amén del resto de los cardenales, elevando a Pedro Rossi hasta la cumbre del poder católico, entregando su confianza a un cardenal joven y recién salido del estuche, a menos que... Sí. ¿Por qué no...? Los tres eran serios candidatos y las fuerzas estaban equilibradas. Ya lo había dicho Bolone. Enfrentarse entre sí significaba debilitar aún más a la Iglesia, si es que tal cosa era posible. Brog estaba bien visto en los países occidentales, pero su imagen crearía tensiones en el bloque del Este. Por el contrario, Barón tenía una prensa aceptable entre los habitantes del Tercer Mundo gracias a su velado apoyo a ciertas tesis de la Teología de la Liberación, pero sería un Papa muy incómodo para los norteamericanos. Y Albi no colmaría jamás las aspiraciones de cuantos aguardaban una reforma en profundidad que adecuase la doctrina a los tiempos que se estaban viviendo. Elegir a un hombre de paja y seguir actuando en la sombra podía representar una solución eficaz que no estorbaría a nadie. Eran el triunvirato perfecto. Todo dependía de que fuesen capaces de llegar a un acuerdo y encontrar al hombre adecuado, alguien a quien nadie conociese, que no estuviera implicado en ningún movimiento, un pardillo que siguiese el juego a carta cabal sin plantear excesivos problemas... ¿Por qué no Pedro Rossi?

—¡Buenos días, amigos! —sonó la voz de Pedro II a través de los altavoces—. Me siento muy dichoso de estar con vosotros.

No había utilizado las palabras tradicionales, no había dicho hermanos, hijos o carísimos, sino amigos, simplemente amigos con una amplia sonrisa en sus labios y una naturalidad pasmosa. Tampoco parecía muy amante del protocolo y de rebuscadas fórmulas. Había sustituido el «Nos» por un franco y llano «me». Demasiadas sorpresas para una sola jornada. Problemas tendría para condensarlas en mi artículo sin quitar importancia a nada.

Junto al Papa, el cardenal Albi permanecía serio y estirado. Conociéndole como le conocía, estaba seguro de que desaprobaba formalmente el comportamiento campechano del nuevo pontífice. Aquello no podía entrar en sus esquemas mentales, en la férrea formación del cardenal curialista, del defensor de las ancestrales costumbres del Vaticano, del paladín de los inmovilistas. Todos aquellos detalles serían pasto de las afiladas plumas de los periodistas, que llenaríamos páginas y más páginas describiendo con todo detalle la nueva imagen de la Iglesia, o mejor dicho de su cabeza visible, aunque yo albergaba serias dudas respecto al posible cambio en las interioridades católicas.

El primer golpe de efecto había sido perfecto. La multitud deliraba ante aquel hombre sencillo, joven, animoso, llano, franco, sonriente y cargado de esperanza. No se podía pedir más, por el momento. A partir de aquí todo dependería de sus decisiones, si es que realmente podía tomarlas con entera libertad al margen de Brog, Albi y Barón, tarea que se antojaba ardua, difícil y hasta peligrosa, aun para el más osado de los papas. Las tradiciones no se quebrantan sin consecuencias, no lo olvidemos.

De pronto me descubrí exclamando para mis adentros: un voto por la esperanza.

¿Por qué lo hice? Pues... no tengo respuesta. ¡Ni la menor idea!

6 - EL ROMANO

Aquella noche me fue difícil conciliar el sueño. Dos temas mantenían mi mente despierta. A la vista de lo sucedido en la plaza de San Pedro, no podía por menos que aventurar extraordinarias conjeturas acerca del futuro que nos aguardaba. ¿Cómo era y cómo iba a actuar el nuevo pontífice? ¿Qué experiencia tenía en temas tales como la Curia, las relaciones exteriores del Vaticano, sus finanzas, los problemas no resueltos por su antecesor y un largo etcétera? Contaba con una sonrisa y un talante abierto y campechano, pero todo eso era muy poco para desenvolverse en la corte vaticana.

Por otro lado, el nombre escogido para su pontificado era otra curiosidad que se estaba convirtiendo en obsesión. Tiempo atrás tuve en mis manos las profecías de San Malaquías, uno de los grandes profetas, si cuanto dejó escrito era obra suya. No recordaba con exactitud las divisas de los últimos papas, pero sí estaba seguro de que el último ostentaría la de «Petrus Romanus» y que Pedro II era el poseedor de la misma. Ello quería decir que, si dábamos crédito al tal Malaquías, nos hallábamos en presencia del último de los papas. ¡El último! ¿Qué significado tenía eso del último Papa? ¿Qué vendría luego?

Yo, que nunca había hecho caso de los artículos y escritos que anunciaban los desastres finales, que pasaba por alto cualquier alusión a las mencionadas profecías que cada vez que se producía un relevo en el Palacio Pontificio saltaban a las páginas de la actualidad, estaba profundamente conmovido por la última divisa, la que tomaba el testigo y abría las puertas del Apocalipsis.

A la mañana siguiente me levanté cansado y ojeroso y con un terrible dolor de cabeza que me obligó a ingerir dos aspirinas y un café bien cargado. Gina había tenido guardia y llegó sobre las ocho y media. Nada más verme se quedó plantada frente a mí sin apartar los ojos de mi rostro.

—¿Qué sucede? —le pregunté con una voz que parecía salir de ultratumba.

—¿Te has mirado en el espejo? —preguntó poniendo carita de pena.

—Sí. Ya sé que no tuve suerte en el reparto —le contesté.

—Pues menos mal que tenías otro aspecto cuando te conocí. Podía haberte dado una limosna en lugar de fijarme en ti. ¿Dónde has pasado la noche?

—Aquí, aunque no lo parezca. Y solo, aunque se pueda pensar que salgo de una orgía. —Sonreí. Bueno, es mejor decir que hice una mueca.

—He venido deprisa para pescarte y darnos un revolcón...

—Pues tengo la cabeza a punto de estallar. No he pegado ojo en toda la noche y acabo de tomarme un café y dos aspirinas —me disculpé.

—¿No estarás enfermo? —se alarmó, y me puso su mano en la frente.

—No creo.

—¿No pensarás salir a darte un garbeo? —continuó preguntando.

—Tengo que leer la prensa.

—Puedes hacerlo a través de internet.

—No es lo mismo —respondí y negué con la cabeza, pero no demasiado. Creía que se me caería—. Tengo que ver dónde y cómo han colocado cada noticia. Incluso los anuncios que han situado en la página son detalles a tener muy en cuenta.

—Anda, échate que ya te la traeré yo —se ofreció.

—No. Tú llegas cansada.

—Vete a hacer puñetas. O te metes en la cama o te ganas un par de azotes.

Me tomó de la mano y me condujo a la alcoba. Me desplomé en el lecho y Gina me quitó los zapatos. Cerré los ojos y escuché en la lejanía el portazo. A los quince minutos regresaba con todo lo que había encontrado en el quiosco. Las aspirinas, el café y la profundidad con que dormí aquellos minutos obraron milagros. A pesar de ello, Gina se enfadó tanto ante mi intento de levantarme que decidí seguir obedeciéndola y permanecí en la cama recostado sobre las almohadas.

La fotografía de Pedro II ocupaba la primera página de los periódicos, que exhibían grandes titulares, a cuál más llamativo. Hojeé con avidez las páginas interiores en busca de cuantos detalles hubiese sobre la vida y hechos del cardenal Pedro Rossi. Yo no había tenido tiempo para ocuparme de ello.

Todo era confuso. Cada periodista daba su versión sobre el pasado del hombre que era actualidad y había explicaciones y conjeturas de lo más peregrino, hasta el extremo de convertir su vida en poco menos que una novela de aventuras al estilo de Emilio Salgari. Pocos datos concordaban, tan pocos que no podía dar crédito a tan fantásticas historias. No me quedaba más remedio que investigar por mi cuenta, acudir a mis propias fuentes y hacer una criba de cuanto hallase, o preguntar directamente a Bolone y tener la suerte de que estuviese hablador, cosa harto improbable. Mi buen amigo se convertía en convidado de piedra cada vez que Brandelini volvía a la carga con el asunto de las evasiones de capitales a bancos suizos, en las que se encontraban implicadas altas personalidades de la política italiana y no pocos mafiosos.

Brandelini era un astuto reportero que había destapado la olla y mostrado al público la intervención del Vaticano en los tejemanejes de las divisas, mientras Bolone hacía juegos malabares para evitar el escándalo. Su dilatada experiencia y sus contactos habían dado resultado hasta la fecha, pero Brandelini debía poseer fuentes de información muy próximas al Vaticano, porque revelaba detalles que estaban más allá del alcance del público. La sola idea de que hubiese un espía sacaba de quicio al cardenal, que no hacía otra cosa que recelar de cuantos con él colaboraban y se había vuelto mucho más reservado que de costumbre. A mí la noticia no me interesaba. Nunca me ha gustado remover el cieno y él lo sabía, pero aún recordaba el misterio con que envolvió nuestra secreta entrevista en Paresse y sus explicaciones cargadas de lagunas.

Lo cierto es que yo comprendía sus cuitas. En mis oídos aún resonaban las palabras de Pasquale Chigi cuando le interrogué sobre las razones que habían impulsado a Bolone a solicitar mi colaboración, si disponían de las informaciones que periódicamente le proporcionaba el MI-5, la CIA, el MOSSAD... Fue una de las raras ocasiones en las que el adusto sacerdote me otorgó una respuesta clara y concisa.

—No nos fiamos un pelo de esos sinvergüenzas —me dijo con visible disgusto.

—¿Por qué?

—Pedimos a la CIA que rastrease electrónicamente el Vaticano y lo hicieron a las mil maravillas. Suerte que usted alertó a su eminencia, porque lo habían hecho tan bien que, cuando el DIGOS pasó tras ellos, hallamos que no habían dejado ni un sólo micrófono de los otros, pero los habían sustituido por los suyos. Su eminencia el cardenal Albi, después de que su eminencia el cardenal Bolone hablase con usted, tomó nota y también receló de los italianos, así que mandó llamar al padre Hotkins, un jesuita que ostenta la cátedra de microelectrónica en Yale, y le ordenó hacer un último repaso a las dependencias de la Capilla Sixtina y al entorno de los aposentos del cónclave. Nadie sabe cómo, aparecieron tres micrófonos que nadie había sido capaz de detectar, estratégicamente situados en los rincones de los pasillos, lugar habitual de confidencias.

De ahí había partido la frase pronunciada por Hans. ¡Vaya, vaya!

El funeral de Pío XIII había congregado a las más altas personalidades del mundo y la ceremonia de coronación del nuevo pontífice volvió a movilizarlas, aunque con ligeras pero sustanciales modificaciones. En esta segunda oportunidad, se contó con la presencia del presidente de los Estados Unidos, que, durante los funerales, había sido representado por su secretario de estado. ¿Qué podía significar ese repentino interés de un presidente, del primer hombre de la primera nación de la tierra, al decir de los americanos...? Quizá Bernard Hope, el todopoderoso presidente americano, había venido con la intención de presentar sus disculpas, aunque también podía ser que la figura del nuevo Papa tuviese la fuerza suficiente como para romper los compromisos de un hombre que tenía en sus manos el mayor poder que cabía imaginar. Los archivos de la CIA son un pozo de datos increíblemente profundo. ¡Lástima que yo no tuviese acceso a ellos!

Sea como fuere, una semana más tarde, tras una denodada búsqueda en un montón de archivos, ya tenía formada mi propia teoría sobre el camino que condujo a Pedro Rossi hasta la más alta jerarquía de la Iglesia Católica. En algunos puntos concordaba con los perfiles mencionados en la prensa diaria. En otros difería por completo.

Pedro Rossi era natural de Nicaragua, hijo de una humilde familia de labradores, cuyos padres murieron mientras él combatía junto a los revolucionarios sandinistas en sus esfuerzos por liberar a su país de la tiranía del dictador Somoza, Tachito para los amigos, presidente para quienes no le conocían y cerdo para los que se le oponían. Fueron años difíciles en los que enterró una parte de su juventud con un fusil a la espalda, moviéndose entre selvas y barrizales.

La historia era similar en todo Centroamérica, en Sudamérica y en lugares mucho más alejados. El hombre ansía el placer del poder, el mayor de los placeres al decir de más de un gran pensador. Y el poder lleva aparejado el abuso, la pérdida de las proporciones y el endiosamiento de quien lo ostenta, así como el apoltronamiento, la comodidad y la corrupción por parte de quienes lo secundan. Tanto unos como otros se encierran en sí mismos, se fanatizan o se agarran desesperadamente a sus mullidos sillones, símbolos de su cargo, viendo fantasmas por todos lados, espectros que quieren derribarlos de su pedestal para ocupar su plaza. Todos son amigos, todos son compañeros, todos sonríen de puertas para afuera y conspiran por los rincones, amparados tras las sombras, a la espera de escalar otro peldaño que les permita disponer de una parcela mayor de poder, de un pedazo más generoso de la tarta, para sentirse más seguros y prodigar favores como el padre otorga caricias a sus hijos buenos. Ellos están en posesión de la verdad y de las soluciones a todos los problemas, ellos defienden un supuesto ideal, como si tal falsedad fuese la razón última de todo movimiento. Que la libertad quede ahogada no importa. Vale más la seguridad y la comodidad cuando se está entre los que mandan. Ése es su lema, su razón escondida, lo que no se atreven a confesar, la raíz de su vivir, el manto que cubre su eterna inseguridad y el miedo a sentirse atacados en lo más precioso de sus vidas: su falso bienestar.

Sin embargo, cuanto más se ahoga un deseo tanto más se le potencia, detalle que los poderosos parecen olvidar con harta frecuencia, y la energía reprimida va acumulándose lentamente hasta que la presión supera los límites tolerables por el recipiente y éste acaba estallando y arrasando cuanto se halla a su paso. Ahí estaba para mí la explicación a toda revolución y ahí estaba también el error de los dictadores.

Sí, Pedro Rossi había luchado, odiado y disparado contra quienes les esclavizaban y, cuando al fin lograron expulsar al dictador, creyó que todo cambiaría, que se iniciaba una nueva vida plena de justicia y de libertad, pero pronto surgió el desengaño y descubrió que aquellos en quienes confiaba y que le regalaban los oídos con dulces palabras también eran seres humanos cargados de defectos, con ansias de poder y de gloria, sujetos a los caprichos de otros seres de allende sus fronteras: mortales en suma.

Su abuelo había nacido en Roma y emigrado a Nicaragua en busca de una fortuna que jamás obtuvo. De ahí que a Pedro Rossi se le conociese con el sobrenombre de *el Romano,* apodo que se hizo popular entre la guerrilla y que, más tarde, fue sinónimo de disconformidad, cuando se preguntó porqué había luchado y se dio cuenta de que aquellos a quienes había respetado y seguido eran iguales a los que antes odiaba. Ante semejante descubrimiento emergió el fantasma de la duda y cayó en el pozo de la desesperación. ¿Qué podía hacer...? ¿Odiar y luchar contra quienes amó y respetó?

Su corazón se dividió y su mente se confundió. ¿Qué le sucede al ser humano en cuanto roza el poder?, se preguntaba sin hallar una respuesta convincente. ¿Acaso el hombre es dominado por las circunstancias y reacciona conforme la posición social o política que ocupa olvidando sus ideales, sus ilusiones y cuanto animaba su vida? ¿Existe la auténtica libertad, la que no depende de lo exterior, la que hace que un hombre sea constantemente?

Fue el padre Sancho, un sacerdote español afincado desde hacía largo tiempo en Nicaragua, quien le propuso un ideal acorde con sus deseos. Le habló del amor y del espíritu y llevó paz a su atormentada alma, abriendo su mente a explicaciones hasta aquel momento fuera del alcance del joven guerrillero.

El padre Sancho era bueno. Rondaba los sesenta años cuando Pedro Rossi le conoció y su profunda convicción en la existencia de un mundo mejor y que el hombre ha sido llamado a poseerlo atrajo a *el Romano* de tal suerte que, a los dieciocho años, el joven Pedro Rossi, ante la sorpresa de sus antiguos compañeros de guerrilla, ingresó en el seminario dejando la pesada carga de su fusil, que durante largos años había sido su compañero inseparable. Sus profesores quedaron prendados ante la sed de conocimiento de aquel joven, y su seco corazón bebió de la fuente del saber con tal afán que superó a cuantos con él se ordenaron.

Su primera misión le situó en Perú, país con grandes diferencias sociales que le recordaba la Nicaragua de Somoza, aunque a distinta escala. Su labor consistía en ayudar al padre Lucas en la pequeña parroquia de un pueblo de campesinos que vivían bajo los designios de un rico hacendado llamado Marcelo Campillo que les trataba como a esclavos.

Durante dos largos años *el Romano* ayudó a aquellas pobres gentes, se enfrentó a los poderosos, fundó una escuela, aglutinó a los campesinos y sufrió persecuciones. Incluso se contaba como anécdota que monseñor Yáñez, el obispo de la diócesis, le mandó llamar a resultas de que el nombre de Pedro Rossi aparecía con demasiada frecuencia en los periódicos de la región. Camino del palacio episcopal, el joven sacerdote fue testigo del asalto a un transeúnte y saltó en su defensa. El resultado fue que llegó a presencia del obispo hecho un guiñapo y monseñor Yáñez exclamó: «Para venir a ver a su obispo, bien podía haber dejado el traje de campaña en su casa, ¿no le parece?»

Tras su paso por Perú, su vida dio un giro inesperado y voló al continente africano para integrarse en las misiones. De los informes que logré atisbar se desprendía que *el Romano* era un hombre que se entregaba por completo a su labor y dejaba un reguero de buenos recuerdos en los lugares por los que pasaba. Del continente africano saltó a la India y, de allí, a Japón para terminar, al cabo de los años, en el Vaticano. Su obispo en Perú, a la sazón cardenal Yáñez, convenció al cardenal Brie para que tomase a su servicio al inquieto sacerdote. De ahí que en la Santa Sede se le conociera con el sobrenombre de *el Guerrillero.*

Cumplidos tres años de servicios en el Vaticano se convertía en el obispo Rossi y, ocho meses más tarde, accedía al capelo cardenalicio para, días después, ser elevado a la Silla de Pedro con el nombre de Pedro II.

En fin, una historia sorprendente. ¡Cómo negarlo! Pero, de ahí a creer en la historieta de que el Espíritu Santo se había aparecido en mitad del cónclave y había señalado al cardenal Rossi, mediaba un abismo. Nunca he descartado por completo la posibilidad de que surja un milagro, pero sé, por propia experiencia, que siempre hay alguien tentado a lanzar las campanas al vuelo y procurarse prodigios, sobre todo en épocas de profunda crisis como la que nos ha tocado en suerte vivir. Parece como si los milagros a la antigua usanza fueran la tabla de salvación para mentes dubitativas que aguardan una señal que les indique que se hallan en el buen camino. En caso de no producirse tal evento, su fe comienza a desmoronarse y, confusos y asustados, buscan ver lo que no es, oír lo que no se dice y hallar lo que no existe. Todo con tal de quedarse tranquilos y dormir en el sueño de la fácil credulidad que les proporciona una falsa comodidad, que vuelve a tambalearse poco después. Y vuelta a empezar. Así una y otra vez hasta que se cansan y terminan por negar cuanto afirmaban o les sorprende la muerte y abandonan sus miserias sin enterarse de que han vivido, o mejor dicho sin ser conscientes de que han vegetado durante todos los días de su pobre existencia. Son personas a quienes el negar les asusta y el dudar les aterra, aunque se pasan el día saltando de titubeo en titubeo como el pajarillo de rama en rama o la abeja de flor en flor. La mañana les trae un pensamiento y la tarde se lo niega, para recogerse en la negrura de la noche con el corazón en tinieblas, aferrados a sus mentiras como a clavos ardiendo. Quizás, algún día, descubran que vivir es deslizarse en mitad del movimiento, en un continuo oscilar del péndulo que se debate entre el sí y el no, el arriba y el abajo, la izquierda y la derecha, sin salirse de su camino y con una cadencia rítmica que ordena el universo entero. Y, quizá, se den cuenta de que se empiezan a comprender los contrasentidos en el instante en que se es capaz de desgajarse de ese movimiento y adquirir conciencia del movimiento en sí, no quedando presos en los bandazos de la péndola en su constante bamboleo.

No negaré que en mí conviven dos personajes contradictorios, lo que explica que, a veces, me comporto como un ser escéptico y, en otras, como un chiquillo alborozado que va en pos de un sueño. En aquellos momentos mi mente era el cuadrilátero en el que ambas personalidades medían sus fuerzas y pretendían alzarse con el triunfo. Una parte de mí negaba todo posible cambio, mientras la otra seguía manteniendo viva la esperanza.

Finalmente escribí otro artículo titulado "UN VOTO POR LA ESPERANZA", que hizo las delicias de Frascatti.

7 - LA GRAN CENA

Siempre he admirado el cuidado que ponen los moradores del Vaticano en no descuidar el más mínimo detalle en aquello que hacen, en lograr que cada pieza encaje en su lugar para formar un todo armónico. Yo no soy tan paciente como ellos, capaces de aguardar días y días hasta que todas las circunstancias convergen, tal como sucedió aquella fría noche de comienzos del mes de diciembre, un mes después de la elección del nuevo Papa.

Tras ímprobos esfuerzos había logrado aparcar el automóvil en un hueco que escasamente sobrepasaba en cuatro dedos de longitud del vehículo y me dirigía a mi apartamento. Gina estaba de guardia. Creo que siempre me ha mimado un poco, aunque lo hace, sobre todo, porque me conoce muy bien y sabe que, cuando ella no está, me conformo con tomar cualquier cosa, trabajar un poco y meterme en cama. A la mañana siguiente ella protesta y me regaña por mi falta de responsabilidad. «Sólo tienes un cuerpo para toda la vida y, si no lo cuidas, terminarás por pagar una buena factura», me dice. Ante sus censuras, le doy la razón y hago el firme propósito de cambiar, aunque sólo sea para agradarla, pero mis buenos propósitos y sanas intenciones apenas duran hasta que se repiten parejas circunstancias. Gina, mucho más astuta que yo, opta por dejarme la cena a punto, de manera que mi único trabajo consiste en calentarla y comérmela, así no tengo excusa y me alimento como Dios manda, según sus propias palabras.

Nunca me ha gustado cenar solo, entre otras razones, porque soy animal gregario y sociable, aunque también necesite mis ratos de soledad y no encaje bien en los trabajos en equipo. Para mí, hablar de equipo es sinónimo de diversión, no de trabajo. Sentarme frente al más suculento de los platos y engullirlo sin más compañía que mi soledad me impide apreciar su riqueza culinaria y necesito, cuando menos, sentir la presencia de gente, aunque tan sólo se trate de otros comensales que se afanan en vaciar sus platos sin dirigirme ni una triste sonrisa. Por eso se me iluminó la mirada cuando alguien me detuvo y me preguntó si tenía algo urgente que hacer, a pesar de que ese alguien fuera el cara de palo Chigi. Le prefería, incluso, a él antes que a la soledad.

—Me recogía ya —le contesté con una sonrisa.

—Entonces no tenía nada previsto, ya que su... esposa... no está en casa.

—Así es —le contesté habiendo captado perfectamente su embarazo al hablar de Gina. Supongo que le era difícil digerir que yo viviese con una mujer sin estar casado con ella. Pobre Pasquale. ¡Qué carca que era!

—Su eminencia le ruega que vaya a verle.

—No se hable más. Estoy a su disposición.

Nos aguardaba un Fiat oscuro que nos condujo al estado pontificio. Durante el trayecto me sorprendió que Chigi estuviese hablador, y hasta simpático. Aquella faceta era desconocida para mí y más sorprendente aún era la camaradería con que parecía tratarme. Aproveché aquel claro de humor y procuré sonsacarle.

—¿Qué opina del Papa? —le pregunté.

—Usted nunca deja de hacer preguntas —sonrió—. Su eminencia tiene razón cuando dice que su amigo Darino es un periodista vocacional.

—Lo siento, es deformación profesional —me disculpé, pensando que mi pregunta había vuelto a cerrar los portalones de su caparazón.

—Su Santidad Pedro II es un hombre de carácter, fuerte, inteligente y cargado de bondad. Por fin vamos a tener un Papa que ponga cada cosa en su sitio —le oí exclamar con entusiasmo. Aquellas pequeñas explosiones de extroversión también eran impropias de él. Más sorpresas que anotar.

—¿Es cierto lo que cuentan, que se salta a la torera el protocolo? —me animé.

—Ésa es una frase un poco irreverente para hablar de un pontífice —se apresuró a puntualizar.

—Es una forma de hablar. No pretendía ofender a nadie. —Aquel hombre me exasperaba. Su meticulosidad entraba de lleno en el terreno de la escrupulosidad. Siempre medía sus palabras, siempre buscaba la expresión justa. Estar junto a él significaba permanecer en constante vigilancia, siempre alerta, a la espera de sus correcciones.

—Su Santidad es un hombre sencillo y espiritual. Las formas materiales y sociales le agobian y prefiere el trato directo y sin trabas —me dijo con voz respetuosa.

—¿Puedo saber para qué desea verme su eminencia el cardenal Bolone? —pregunté utilizando todos los títulos y tratamientos inherentes al cargo, no fuera que el seco sacerdote me corrigiera una vez más.

—Discúlpeme: comprenda que es él quien debe de

comunicárselo —me respondió muy digno.

Asentí en silencio. Chigi no bajaba nunca la guardia y de nada serviría insistir.

—Sin embargo, sí puedo adelantarle que va a ser usted objeto de un honor que bien quisieran para sí todos los profesionales de la información de este mundo —añadió.

Estuve a punto de tenderle una trampa para sacarle más datos, pero no valía la pena. Dentro de poco conocería la respuesta y no deseaba cortar la euforia parlanchina del adusto cura. Abandoné el tema y seguí preguntándole por Pedro II *el Romano* y por los chismes que correteaban por los pasillos del Vaticano y me enteré de que el clero andaba desconcertado, excepto los cardenales, quienes parecían tener las ideas muy claras sobre la vecindad de profundos cambios en el seno de la Iglesia. Brog y Albi habían dejado de lanzarse puyas; Barón permanecía silencioso, a la expectativa; Yáñez había regresado a su diócesis tal como viniera, sin que, hasta el presente, se tuvieran noticias de que le hubiera sido concedida alguna prebenda. Todos los miembros del Sacro Colegio Cardenalicio se habían negado a hacer el más leve comentario ni emitir su opinión del nuevo pontificado, de tal suerte que, si de natural el secreto es el plato fuerte de cada día en la Santa Sede, ahora desayunábamos, almorzábamos y cenábamos mutismo.

El Papa se había dedicado a mantener largas conversaciones con cada uno de los presidentes de las Sagradas Congregaciones, responsables de Institutos, Secretarías, etc... Toda una maratón informativa para averiguar en qué punto se hallaba la Iglesia. El Superior General de los jesuitas estuvo reunido con Su Santidad por espacio de más de cinco horas y, desde entonces, sus hijos permanecían quietos. Muchos éramos los que deseábamos saber un poco de lo tratado en la larga entrevista, aunque nada había trascendido. Estuvieron solos y el padre

Sesqueta no dijo esta boca es mía cuando fue preguntado por los periodistas. Se limitó a sonreír e indicar con la mano que no tenía nada que comentar.

He de manifestar mi admiración por esa hábil forma de centrar toda la atención mundial en el Vaticano. Las especulaciones brotaban como setas en otoño, pero nadie podía asegurar nada. Incluso los obispos disidentes parecían estar fuera de juego y no se atrevían a moverse ni a hacer ningún tipo de declaración.

Otro hecho, más relevante aún, y para ciertos círculos enervante, era la falta de movimientos por parte del IOR en los últimos quince días. Sin precedentes, al decir de los expertos financieros.

Chigi me confirmó gran parte de esos extremos y dejó entrever que los cambios ya se estaban produciendo y que iban a ser revolucionarios. Sorprendentes para la mayor parte de nosotros. Se le veía eufórico, contento.

El Fiat nos dejó frente al Palacio Pontificio y desapareció. Seguí a Chigi hasta el segundo piso y entré en un despacho de generosas dimensiones decorado con cuadros de firma. Bolone vino hacia mí con una amplia sonrisa en sus labios.

—Bien venido, amigo Darino —me estrechó con fuerza la mano y me indicó que tomara asiento—. Hemos acertado el día, ¿no?

—Sí —afirmé con la cabeza—. Le felicito, sus servicios de información son extraordinarios.

—¿Le han anticipado algo? —me preguntó Bolone refiriéndose a Chigi.

Me eché a reír.

—Eminencia, nuestro amigo Pasquale es el hombre más discreto que jamás conocí. Su mejor colaborador, sin duda. Ha declinado en usted el honor de comunicarme sus propósitos. —Bromeé y miré con picardía a Chigi, quien

76

sonrió agradecido por el cumplido.

—Claro, claro, Pasquale es muy eficiente —comentó a la par que su cabeza oscilaba arriba y abajo en rápidos gestos afirmativos—. Siento haberle rogado que viniera sin avisarle previamente, pero esta entrevista es como si no existiese, ¿me comprende?

—Estoy acostumbrado, eminencia —sonreí divertido.

—Claro, claro, es cierto —me sonrió a su vez.

Bolone estaba nervioso, excitado. No era el hombre dominador, hábil negociador, de palabra fácil y argumento pronto. Titubeaba a cada palabra y yo rezaba para que no repitiese el vuelo del cóndor que precedió a su petición en Paresse. Esta vez lo habría estrangulado.

—¿Ha cenado ya?

—No —se me iluminó la mirada ante la posible invitación que se avecinaba.

—Estupendo. Vamos —y se levantó.

Le seguí sin rechistar. Hay órdenes que no suelo discutir, menos aún si se refieren a un acto tan agradable como una cena proviniente de las cocinas del Vaticano.

Bolone me precedía con paso vivo y Chigi nos seguía a poca distancia. O mucho me equivocaba o íbamos en dirección a los aposentos del pontífice. El corazón me dio un vuelco. ¡No era posible! Pero conforme avanzábamos por los pasillos mi corazón se desbocaba. Me había dejado la grabadora y el móvil en el despacho y no traía ni un simple papel donde anotar nada. ¡Maldita sea!

Bolone llamó a la puerta del comedor privado de Su Santidad Pedro II y la empujó en cuanto escuchamos una voz al otro lado que le indicaba que podía entrar. Traspasé el umbral cohibido. Aquella sorpresa no la esperaba. Pedro II, con su sencilla sotana blanca, vino hacia nosotros con aquella sonrisa abierta y franca que se había hecho tan popular en las primeras páginas de los rotativos.

—La paz sea con usted, señor Darino —me tendió su mano amistosa en busca de la mía.

Sentí que unos dedos delgados, pero fuertes, se cerraban entorno de mi mano y apretaban con firmeza. Su brazo permaneció rígido como una barra, sin hacer el menor movimiento. Durante unos segundos mantuvo la presión y, luego, liberó mi mano y me indicó que me sentase a su derecha. Aquel apretón de manos me había confundido. No encajaba con su figura delgada, sino que revelaba a un hombre de extraordinaria energía, mucho carácter, serena convicción y paz, mucha paz, inmensa paz. Este último detalle es el que permaneció grabado en mi cerebro mucho después. Paz que se adivinaba en sus ojos negros, grandes, sinceros, profundos, brillantes y de firme mirada. Otra singularidad que me chocó fue que, para ser un hombre extremadamente ocupado, se comportaba como si dispusiera de todo el tiempo del mundo o como si en sus manos tuviese el poder de detener el reloj a su capricho.

—No es mi intención que la hermana Angélica compita con su Gina, pero he creído oportuno agasajarle con tallarines —dijo, cuando ya nos habíamos sentado.

—¿Hasta ese punto llegan los servicios de información del Vaticano? —me quejé mirando a Bolone, pero el cardenal mostraba su perplejidad, y no era fingida.

—¿Sabe por qué está usted aquí? —me preguntó *el Romano* antes de que yo pudiese reaccionar e interrogarle sobre sus fuentes de información.

—Supongo que su eminencia ha intercedido por un pobre pecador —respondí con cierto descaro al tiempo que lanzaba una mirada a Bolone.

—Algo hay de ello, como también cuenta que, gracias a usted, pudimos descubrir las maniobras que pretendían vulnerar el secreto del cónclave. Pero confieso que lo que me ha resultado más interesante es el análisis que usted ha hecho en sus artículos sobre la situación actual de la Iglesia —me dijo—. Ese análisis es la verdadera razón de que le haya concedido una entrevista, aunque será a título personal y confidencial —se detuvo un instante, y añadió—: Por el momento.

Me retrepé en la silla, miré a Chigi que permanecía muy tieso e interrogué con la mirada a Bolone, quien se limitó a poner cara de póquer. Luego, me encaré de nuevo a *el Romano* y le pregunté:

—¿Qué significa por el momento?

—Que se avecinan cambios y que la Iglesia quizás necesitará gente como usted para que se conviertan... digamos... en unos apóstoles especiales.

—¡Apóstol! ¿Yo? — Aquello era absurdo—. ¿A cambio de qué? —fue lo primero que se me ocurrió preguntar.

—A cambio de su honestidad —me respondió.

—¿Sólo de mi honestidad? —Creo que esbocé una sonrisa. ¿O quizás fue una mueca...?

—¿Le parece poco? —me preguntó con otra sonrisa.

—Todavía no lo sé —reflexioné en voz alta—. Veamos si he comprendido bien. ¿Me ha mandado llamar para convertirme en apóstol? —volví a preguntar.

—No le he mandado llamar, sino que le he rogado que viniese —me corrigió.

—¿Y... qué tendré que hacer?

—Escribir. ¿No es su trabajo?

—¿Y usted me dictará?

—No.

—¿Entonces? —pregunté perplejo.

—Yo le comunicaré cambios y le desvelaré cosas que hasta hoy han sido secretos.

—¿Incluso de los archivos secretos del Vaticano?

—Deduzco que usted es otro más de los que imagina que en los archivos secretos del Vaticano se esconden grandes verdades ignoradas por el público.

—¿Y no es así?

—Depende de cómo se mire.

—¿Me permitiría entrar?

—¿Por qué no?

—¿Y consultar cuanto desee?

—Si está dentro, ¿Por qué no? —repitió.

—¿Y podré utilizar lo que encuentre como me plazca?

—No —negó categórico—. Podrá y deberá utilizarlo como su conciencia le dicte, que para eso le he pedido su honestidad —puntualizó muy serio.

Me rasqué la cabeza. Algo tenía que fallar por alguna parte. Era demasiado directo, demasiado franco, demasiado abierto y demasiado todo, hasta el punto que sentí miedo de aquel hombre, a quien conocía personalmente desde hacía tan sólo un par de minutos y que ya me había ofrecido más que Bolone en todos los años que llevaba tratándole. Cierto es que su apretón de manos era una enciclopedia abierta y que su ofrecimiento haría temblar de emoción a cualquier plumífero, pero me lo dijo de una forma que más parecía dar los buenos días que otra cosa y yo no sabía qué contestar. ¡Coño! ¿Qué habría hecho cualquiera en mi lugar?

Por suerte me salvó la campana. Una monja entró con una humeante bandeja de tallarines que olían a gloria y nos sirvió.

—Nadie de los presentes tiene intención alguna de hacer cumplidos, ¿verdad amigos? —manifestó *el Romano* y se dispuso a cenar.

Menos mal, pensé para mis adentros. Me había quedado sin palabras. Agaché la cabeza y procuré concentrarme en los tallarines, que hice desaparecer del plato. Cuando me hallo en una situación angustiosa, difícil, incómoda o que no comprendo, no mastico, sino que engullo, trago, y, luego, no me queda más remedio que recurrir al bicarbonato. Lo sé de memoria, pero es superior a mí.

Por mucho que me esforzaba me era difícil hallarle una explicación a lo que estaba sucediendo. Me encontraba cenando junto al hombre que hacía poco más de un mes que se convirtió en Papa y que, desde mi punto de vista, no presentaba el aspecto tradicional de un pontífice, aunque irradiaba autoridad, paz y sosiego.

Levanté la vista del plato, inspiré profundamente y tropecé con la mirada de Pasquale Chigi, que permanecía digno y serio midiendo cada uno de sus movimientos y ordenándolos para que todo resultase perfecto. Sus manos se movían en lentas evoluciones y describían arcos meticulosamente calculados. ¡Pobre hombre! Su afán de perfección rozaba lo enfermizo.

Luego, detuve mis ojos en Bolone, mi buen amigo el cardenal y una de las primeras mentes financieras del mundo. Parecía bastante más relajado, aunque adivinaba en su rostro una sombra de preocupación que él procuraba disimular.

—¿Más tallarines? —dijo *el Romano* interrumpiendo mis reflexiones.

—¿Qué? ¡Ah! No, muchas gracias. Están deliciosos y de buena gana repetiría, pero los médicos ya me han puesto vetos —sonreí declinando la invitación.

—No me extraña. En lugar de comer, devora —señaló mi plato. Los demás comensales no había terminado.

—Es la costumbre —sonreí—. La adquirí en mis correrías por esos mundos en pos de la noticia. Íbamos como locos y comíamos en un santiamén para no perder tiempo.

—Yo también lo hacía en Nicaragua, pero sólo cuando nos perseguía el ejército de Somoza. Vivimos en un mundo que pretende ir más deprisa que el reloj, como si tal cosa fuera importante.

—¿Por qué yo? —pregunté de pronto.

—Porque tengo entendido que es una persona honesta, que tiene un gran público y una bien ganada reputación. No es practicante, pero sí sincero —me dijo sencillamente.

—No me someteré a ninguna norma ni admitiré ningún tipo de censura —me apresuré a responder muy serio.

—No pretendo imponerle ninguna norma y la única censura que podría llegarle vendrá de su propia conciencia —dijo con calma—. Únicamente le rogaré que sea paciente en algún caso.

—¿Qué significa ser paciente?

—Está muy claro. En algún momento existe la posibilidad de que le ruegue que aguarde unos días antes de sacar algo a la luz pública o puede que la información que solicite no se le entregue de inmediato, pero le doy mi palabra de que no se le escatimará nada.

—¿Qué pretende Su Santidad con todo esto?

—El tiempo y Dios ya me otorgarán santidad, si es que la merezco, así que le ruego que abrevie y me llame Pedro. ¿De acuerdo? —dijo, y yo asentí. Luego, tras una ligera pausa, prosiguió—: ¿Se ha preguntado alguna vez cuál es la misión de un Papa?

—Es la cabeza de la Iglesia y su misión es dirigirla —respondí.

—Supongo que así debería ser. Pero nos han encaramado a un pedestal tan falso como el trono de los reyes, que lo son porque, de momento, así están las cosas. Pero si medita un instante, quizás descubra que vivimos en una sociedad integrada por ciegos, sordos y mudos. Sordos que no se escuchan a sí mismos ni a los demás; mudos que hablan palabras vacías que no son dictadas por el corazón, sino por sus intereses; y ciegos que únicamente ven aquello que piensan que va en su favor, despreciando la auténtica realidad.

—No lo negaré —afirmé con la cabeza.

—Jesús curó a muchos sordos, mudos y ciegos, algunos de nacimiento, y siempre, antes de sanarles de su mal, les perdonaba sus pecados. ¿Ha pensado en ello alguna vez? —Hizo una pausa para que yo meditase un instante—. Para responder a esa pregunta hemos de lavarle la cara al concepto de pecado que durante siglos nos hemos dedicado a predicar. Pecado es sinónimo de error, palabra que no tiene que ser, necesariamente, abominable. Por lo tanto, perdonar los pecados significa abrir los ojos del alma y ver los errores cometidos, comprenderlos, aceptarlos y enmendarlos. ¿De qué sirve devolver un sentido si se siguen cometiendo los mismos errores? ¿Acaso la gracia es otra cosa que la luz que ilumina nuestros pensamientos dejándonos ver la realidad con claridad meridiana? —Me apuntó con su dedo índice.

—¿Ésta es la misión del Papa? ¿Lavarle la cara al pecado?

—Más bien ayudar a los hombres a que despierten a la luz de la verdad, no dictar un sinfín de normas y confeccionar decálogos del buen hacer, que rara vez sirven para todos los hombres.

—Disculpe Su Santidad...

—Pedro —me corrigió.

—Bien, Pedro. Su lenguaje, aunque es sencillo, se me antoja un poco críptico.

—Los Diez Mandamientos ya fueron escritos y Jesús habló, y mucho, ahora somos nosotros quienes debemos vivir, que para eso hemos venido, para vivir, no para vegetar y dormir. Y vivir quiere decir ser, estar, hacer, sentir, crecer, desarrollarse, aprender y todo cuanto indique una acción continuada, un camino hacia delante. Tenga en cuenta que a cada instante somos. Ayer fuimos, hoy somos y mañana seremos, pero, para que así sea, debemos permanecer conscientes de nosotros mismos, de que nuestro ser es, constantemente.

—Despacio, por favor. Despacio —me quejé.

—Tiene razón. Cuando creemos tener una idea clara, imaginamos que los demás la han de ver como nosotros y nos lanzamos. Verá: las costumbres cambian, las leyes se modifican para tornarse más justas, la libertad se expande, todo marcha hacia adelante inexorablemente y estamos aquí para comprender y aceptar, no para erigirnos en dioses y desear que la humanidad vea con la luz que proyecta nuestra pretendida, pobre, falsa y arrogante verdad. ¿Me sigue ahora? —hizo una pausa, y yo asentí en silencio—. ¡Muy bien! Lo contrario es tanto como decir que Dios se equivocó y que nosotros hemos venido a enmendar su error. La era de las imposiciones toca a su fin, el secreto está muriendo, hay que enterrar a la arrogancia e ir en busca de Dios a través de la única herramienta de que disponemos, la que se nos dio: el ser humano en toda su dimensión de animal, hombre y espíritu.

—No es que pretenda contradecirle, pero me suena a... Y perdone que lo diga. A... suicidio.

—No negaré que se trata de un salto que nos precipitará al vacío, sin un lugar al que asirnos, pero que es absolutamente necesario para que adquiramos conciencia de nosotros mismos, nos demos cuenta de que vivimos y de que somos una unidad firme, sólida y perfectamente creada, aunque no comprendida, y conforme crezcamos en comprensión descubriremos la mano oculta que guía nuestros pasos, que nos atrae hacia Él. —De nuevo se detuvo y, sin dejar de mirarme, dejó transcurrir unos segundos antes de proseguir. Deseaba que sus palabras se asentasen bien en mi interior, como así estaba sucediendo, y no perdía detalle de cuanto decía—. No quiero que responda ahora mismo a mi propuesta. Prefiero que lo piense con calma y que se dé cuenta de que, quizá, no le estoy haciendo ningún favor, sino todo lo contrario, que le estoy pidiendo que se enfrente al mundo y se convierta en uno de los blancos de las iras de los inmovilistas, de los dormidos, de los comodones y de los asustados. Respóndame mañana, pasado o dentro de una semana. Cuando guste. Yo aguardaré y lo único que le pido es un sí o un no, sin más explicaciones. Su respuesta, sea cual fuere, será aceptada sin ningún reproche. ¿Está de acuerdo?

—Sí, Su Santidad..., quiero decir Pedro. Lo pensaré y tendrá mi respuesta.

—No espero menos de quien cuenta con tanto aprecio por parte de nuestros buenos amigos el cardenal Bolone y su fiel secretario Chigi —sentenció—. A partir del instante en que yo tenga su respuesta, tomaré mi decisión.

Miré a ambos. Bolone hizo un gesto afirmativo en el que iba un implícito «Adelante. Le necesitamos». Entonces recordé el presentimiento que había tenido en la plaza de San Pedro cuando vi a *el Romano* por primera vez, encaramado al balcón. Aquel hombre podía cambiar el mundo, aunque una pregunta me inquietaba y la formulé.

—Lo que me ha contado es muy hermoso. Viene a ser, si no me equivoco, la libertad total de conciencia, pero ¿no estaremos cayendo en la utopía? O, en todo caso, ¿no va a ser demasiado peligroso poner en circulación ciertas ideas?

—Supongo que, en más de una ocasión, se habrá cuestionado el Génesis, ¿no? —me preguntó y yo asentí en silencio. Era un tema que me había dado mucho que pensar—. Todos somos mayorcitos y no voy a sentar cátedra si digo que la historia narrada en el Génesis es una metáfora y que Dios no se entretuvo en demostrar su habilidad como artesano del barro ni la pobre Eva se paseó por ahí ofreciendo manzanas envenenadas como una vulgar bruja del cuento de *Blancanieves* y *los siete enanitos* —sonrió—. No se preocupe, que no intento desviar la cuestión ni pretendo explicar nuestro origen como ha procurado más de uno, con teorías tan fantasiosas como que la tierra fue en otro tiempo un campo experimental de seres extraterrestres, que son los Elohim de la Biblia, teoría que podría ser hasta más pueril que la del propio Génesis. Mi interés se centra en el Pecado Original. —Se detuvo de nuevo. Yo estaba perplejo.

Le escuchaba y me gustaba lo que decía, pero no podía creer que aquello fuese real y que me estuviese sucediendo a mí.

—Los animales nacen con instintos, viven según esos instintos y mueren con ellos —siguió hablando—. Su vida es sencilla y no tienen otra opción. En cambio, el hombre dispone de la facultad de razonar y puede alterar sus impulsos instintivos refrenándolos o potenciándolos. ¿Se da cuenta? —me preguntó, y yo negué con la cabeza mucho más perplejo que antes, incapaz de predecir el final de sus razonamientos—. En un principio, el hombre y su compañera vivían felices porque no razonaban. Eran como animales, no tenían en su mente el mundo dual del bien y el mal, pero comieron de la fruta prohibida y cayeron en pecado, el Pecado Original, que puede que no sea otra cosa que la facultad de razonar, un arma de doble filo que tanto puede conducir hacia arriba como hacia abajo.

—¿El Pecado Original es la facultad de razonar? —pregunté perplejo.

—Razone —me sonrió divertido—. A partir de aquel

instante comenzaron a clasificar sus actos en buenos y malos, agradables y desagradables, justos e injustos y cuantas dualidades se le ocurran. Y fueron infelices, se volvieron codiciosos, vanidosos, orgullosos... Inseguros, en una palabra. El Génesis explica que el hombre alteró por completo su esquema de vida. Si observa la naturaleza descubrirá que la hembra es más vistosa en un sólo caso: el ser humano. En el resto de las especies es el macho quien posee los colores más vistosos, la mejor melena, la más bella estampa y la elegancia más acusada, salvo raras excepciones. El macho necesita todos esos atributos para defender su territorio, contribuir a la selección de los mejor dotados y atraer a la hembra. Sin embargo, en el género humano, las plumas y los adornos son propios de la mujer. Aquí también hay excepciones, pero no son la tónica general. El hombre trastocó sus instintos, pero era el más fuerte, así que la mujer se convirtió en la astucia para vencer a la fuerza. Ése fue el gran error de la mujer, desear superar al hombre o igualarle, cuando son dos seres diferentes y con papeles distintos, aunque iguales en importancia, que no valorados así. ¿Me explico ahora?

—Sobre el Pecado Original sí, pero sobre mi pregunta no —le contesté.

—Vamos allá —dijo sonriendo—. Le pido perdón. A veces me explico muy mal, aunque yo me entienda bien. Cuando Jesús vino hasta nosotros, era portador de un mensaje que más o menos se podría traducir así: sólo seremos felices cuando seamos capaces de trascender del mundo de las ideas y saltar al nivel espiritual. El bautismo no es, ni más ni menos, que la puerta de entrada a ese universo superior.

Debía de estar poniendo cara de idiota, porque me miró interrogante, alzó las cejas y aguardó hasta que yo asentí con la cabeza.

—Cuando menos ése era el significado en otros tiempos, cuando se bautizaba a los iniciados. Y, ahora, se bautiza a los recién nacidos, con lo que nadie se entera de nada y viven pensando que ya han ganado el cielo, pero, eso sí, las estadísticas dicen que el número de bautizados se eleva a millones. ¿De qué sirve un frío y aséptico número...? No es nada más que un conjunto de guarismos puestos en un orden determinado. Luego está la estadística de católicos practicantes y su número es bastante menor, pero, ¿cómo se mide tal número...? Contando a la gente que pisa una iglesia los domingos. ¡Qué pobreza de datos! ¿Qué es más peligroso: dejar que el hombre piense y busque a su Creador, con todos los riesgos que ese proceso conlleva, o seguir como hasta ahora, durmiendo plácidamente y contemplando cómo todo se desmorona? —Me miró interrogante y añadió—: ¿He contestado ahora a su pregunta?

—La ha contestado, pero me ha planteado un montón de nuevos interrogantes —repuse.

Durante el resto de la velada no volvimos a charlar obre su ofrecimiento, sino que cambiamos de tema y nos sumergimos en la política, los deportes, las costumbres, los países, los viajes y otros muchos temas.

Aquel hombre era una enciclopedia viviente. No era de extrañar que el cardenal Brie le tomase a su servicio siguiendo los consejos de su buen amigo Yáñez. También hicimos incursiones en el rocambolesco mundo de las finanzas y Bolone puso toda la carne en el asador otorgándonos el placer de escuchar sus doctas palabras cargadas de gran experiencia. El único que no despegó los labios para otra cosa que no fuese comer fue Pasquale Chigi, el cara de palo, que estaba cohibido y asustado ante el torrente de experiencias que se cumularon sobre aquella mesa. Chigi había viajado muy poco y las anécdotas que referíamos, tanto *el Romano* como yo, le tenían extasiado y, a la vez, abrumado. Aproveché la ocasión para someter a Pedro a un hábil y sinuoso interrogatorio que me sirvió para descubrir episodios de su vida anterior, la que no había trascendido al público y la que se había convertido en leyenda. Así es como logré confirmar el episodio de su pelea en el Perú, sus logros con aquellas gentes y su entrevista con Yáñez, por entonces obispo. Saqué muchos datos, aunque no fue nada sencillo. *El Romano* procuraba no centrar jamás el tema de la conversación en su persona y correteaba por encima de las anécdotas buscando el punto de humor y desapareciendo de escena.

—¿Puedo escribir un artículo refiriéndome a esta cena? —le pregunté.

—Le ruego que no diga que le he invitado a cenar. Trátela como una entrevista, aunque le pediría que no mencione el motivo principal —me respondió—. Seguro que ha conseguido suficiente información como para no tener que mencionar ciertos detalles.

—¿Quiere que le mande el artículo antes de publicarlo?

—Ya le he dicho que no hay imposiciones.

—¿Se fía de mí? —pregunté, y miré a Bolone.

—¿Por qué no habría de hacerlo? —me devolvió la pregunta, y también miró a Bolone, que no dijo nada.

Nos despedimos cerca de la una de la madrugada y el Fiat oscuro me llevó de regreso a casa y desapareció en la oscuridad de la noche.

¡Santo Dios! ¡Menuda experiencia!

8 - ¿POR QUÉ NO?

Pasé tres días sumido en un mar de dudas, aunque me felicitaba por mi buena estrella. Sabía y valoraba el alcance de la oferta de *el Romano.* ¿Cuánto estaría dispuesto a hacer o a pagar más de uno que yo conocía por lograr aquel privilegio? ¿Cuántas veces había oído jurar a Hans Brukner que vendería su alma al diablo por entrar en los archivos secretos del Vaticano? Y yo lo tenía al alcance de la mano, con tan sólo pronunciar un escueto sí. Me parecía demasiado hermoso y no quería precipitarme. Las cosas nunca son tan sencillas y siempre hay una contrapartida, aunque no seamos capaces de verla a primera vista.

Mi padre solía decirme que no me fiase de nada ni de nadie y me lo repitió tantas veces que había quedado impreso en letras de molde en mi subconsciente. Mi corazón y todo mi ser me empujaba hacia delante, aunque mi mente se negaba a aceptarlo y no hacía más que hurgar en busca de grietas.

El Romano (me gustaba el apodo) me inspiraba confianza, pero, quizá, sus palabras me mantenían en guardia: «No le estoy haciendo ningún favor». Sonaba a negro presagio. Yo era, en aquellos días, un periodista reputado, con varios premios a cuestas y una bien ganada fama de honesto. Tampoco era como para tomar una decisión a la ligera. Muchos se preguntarían de dónde obtenía la información y buscarían la manera de lograr que todo pareciera una maniobra o un montaje entre el Papa y yo. *El Romano* tenía razón: no iba a resultar, en modo alguno, ni cómodo ni sencillo.

Hasta Gina se apercibió de mi estado de ánimo y de que algo bullía en mi interior. ¡Ay! Buscaba en exceso la soledad y ésta es una señal demasiado clara para ella. Me excusé diciendo que me sentía un tanto deprimido. Y fue peor el remedio que la enfermedad. A partir de aquel instante se volcó sobre mi persona y me colmó con todas sus bendiciones.

El viernes tomé mi decisión. La vida sólo se vive una vez, por mucho que se crea en la reencarnación, y, si una oportunidad como aquélla llamaba a mi puerta, no iba a despreciarla. Por otro lado, no me obligaba a nada, ni siquiera a escribir. El pacto consistía en que yo actuase conforme los dictámenes de mi conciencia y ésta podía muy bien negarse a soltar una sola palabra. Con la mente más clara y cada idea en su sitio, logré pasar un estupendo fin de semana.

A primera hora del lunes llamé a Bolone y le comuniqué mi decisión. Intenté explicarle las razones que me habían inducido a aceptar, me sentía obligado a hacerlo, pero se negó a escucharme arguyendo que *el Romano* aguardaba un monosílabo, nada más. Me sorprendió su actitud, aunque me abstuve de todo comentario, y Bolone me hizo saber que el Papa deseaba verme de nuevo. Quedamos para el miércoles. Todo era la mar de sencillo.

El martes por la noche, Gina y yo hicimos el amor. Ella se quedó dormida en mis brazos y yo permanecí desvelado por más de tres horas. Parecía un chiquillo con zapatos nuevos, nervioso ante la idea de entrar en los archivos secretos y señalar un documento: «Éste, éste es el que quiero», y ver cómo era depositado frente a mí, sin más. ¿Qué hallaría en aquel lugar? Quizá la respuesta a los mil interrogantes que me planteaba a diario, quizá la confirmación de que cielo e infierno existían y coexistían o que eran uno mismo, o tal vez que no había nada, que todo era una pantomima monumental, secular, y que nos habían estado engatusando desde los albores de la humanidad.

Siempre he sido muy imaginativo, lo reconozco. Siempre he dispuesto de un ejército de neuronas saltarinas que se excitan a la menor provocación y se empeñan en construir castillos en el aire, para acabar derribándolos. Siempre he luchado para permanecer con los pies en la tierra, sujetando esas locas fantasías, pero no lo he logrado. Cuestión de temperamento, supongo.

Procuré serenarme y no pude. Cada vez que me proponía calmarme me daba cuenta de que mi otro yo, el burlón, se revelaba y tiraba en sentido contrario, jugaba conmigo y se reía. Yo le perseguía, pero él era más veloz y se escapaba, para detenerse de trecho en trecho y mofarse de mi impotencia aumentando más y más mi rabia y mi dolor. Entonces me exasperaba y, sin apenas darme cuenta, me unía a sus maquinaciones y daba vueltas y más vueltas, me levantaba, volvía a tenderme en el lecho, junto a Gina, cerraba los ojos, los abría de nuevo, procuraba relajarme y me enervaba. Al fin, rendido y agotado, concilié el sueño.

A la mañana siguiente me di una vuelta por la redacción. Frascatti contempló mi cara y me preguntó si estaba enfermo. Le respondí que no, que únicamente andaba falto de sueño.

—¿Por qué no te has quedado en casa? Con esa cara no puedes ir a ninguna parte —me dijo.

—Estoy citado con el cardenal Bolone —respondí.

—¿Algo especial? —me preguntó con brillo en sus ojos.

—Quiero conocer las razones de la inactividad del IOR —le mentí.

—Es un tema que también me tiene preocupado y que está dando mucho que hablar. Procura sacar un buen artículo y yo te garantizo la primera página.

Luego, hicimos algunos comentarios sobre la nueva escalada de violencia en el Oriente Medio y la decisión del presidente americano de enviar nuevos contingentes de tropas al Líbano. Desde hacía dos años se cernía un nuevo Vietnam o posiblemente una nueva Guerra del Golfo u otra crisis como la de Afganistán o la de Irán o... ¡Qué más da! Siempre hay un conflicto, cuando los Estados Unidos andan de por medio.

A las diez y media abandoné la redacción y me dirigí al Vaticano. Tenía ojeras y me sentía fatal, el estómago se removía inquieto y me recordaba sus derechos, tan a menudo pisoteados por mí, que siempre hago caso omiso de las recomendaciones de los facultativos: «Sobre todo tómese la vida con filosofía y no cometa excesos en el comer y el beber. Lo que ahora calificamos de simple molestia puede convertirse en algo mucho más serio». No había duda de que los médicos eran profetas y que acabaría con una úlcera como una catedral y me vería convertido en un viejo gruñón con un carácter agrio e insoportable y con cara de perro rabioso, pero cuantos intentos llevé a cabo para olvidar las copas en Cellini, las comidas abundantes y regadas con un buen vino, las jarras de cerveza, los bocadillos a toda prisa y a cualquier hora y tantas otras cosas, como la continua tensión, las preocupaciones inútiles y los enfados, entre otras muchas, habían resultado infructuosos y estériles y me habían proporcionado una frustración más que añadir a la ya, de por sí, larga lista.

Aquel día estaba deprimido y pesimista. No hacía más que ver el lado negro de cuanto me rodeaba. Y no era para menos. El panorama estaba plagado de tonos grisáceos, tristes, amargos y alarmantes: con el pretexto de defender sus intereses en el canal de Panamá el inquilino de la Casa Blanca había enviado a sus marines a pacificar y controlar las regiones centroamericanas, léase El Salvador; con todo el sentimiento del alma (éstas fueron sus palabras) y ante la insistencia de sus amigos libaneses no había tenido más remedio que aumentar sus contingentes en el Líbano; un incidente fronterizo entre las dos Coreas había desembocado en un conflicto peligroso que no sólo amenazaba con acabar con su presencia en la península, sino que el Japón se había visto involucrado y amenazado, así que los marines también se habían instalado en Asia; Marruecos, víctima de la mayor revuelta de su historia, culpaba al Frente Polisario de sus problemas internos y denunciaba el apoyo por parte de los rusos, de manera que también recabó la ayuda del gigante americano. ¿Y qué decir de otro gigante? África vivía en constante revolución y su mapa político estaba mudando con rapidez, mientras que asesores militares de distintas banderas desplegaban su influencia en multitud de países. Y, en medio, los idiotas, nosotros los europeos, los que nunca tienen arte ni parte en ninguna de las grandes decisiones, aunque se nos diga a cada paso lo importantes que somos.

Andaba absorto en mis meditaciones cuando de pronto sentí un extraño cosquilleo en el cogote. Es la sensación que a veces tienes cuando alguien te mira fijamente. Me volví y no vi nada raro, excepto un hombre que parecía muy interesado en un escaparate. No le di mayor importancia y seguí andando.

—¿Se encuentra mal? —me preguntó *el Romano* nada más verme.

—No. Simplemente he dormido poco y mal —sonreí con una mueca.

—Siéntese, por favor, y descanse mientras conversamos. —Me indicó una butaca.

Tomé asiento. Me sentía a gusto con él, que volvía a inspirarme aquella sensación de paz tan querida por mí. De nuevo pensé que *el Romano* se movía como si las manecillas del reloj le obedeciesen, como si el tiempo no existiera para él, lo que no dejaba de sorprender porque sus horas estaban plagadas de compromisos. Sin embargo, nadie se marchaba con la idea de haber sido despachado. Eso lo sabía de muy buena tinta.

—El otro día le manifesté que, en ciertos casos, muy contados, deberé rogarle un poco de paciencia y hoy deseo explicarle las razones —me dijo mirándome con la misma expresión de cálido afecto y sinceridad de que hizo gala el día que le conocí—. Durante siglos hemos sido la escoba del pelotón y hemos estado empujando a quienes se movían con más lentitud. Esto nos ha colocado en posiciones muy delicadas, incómodas y difíciles de controlar y soportar, pero cuya necesidad era insoslayable. La Iglesia, como toda institución integrada por hombres, aunque su origen sea divino, ha adolecido de cuantos defectos humanos es posible imaginar: ha sido arrogante, egoísta, interesada, avariciosa, cruel, estúpida, inmovilista, perezosa, comodona... —Se detuvo y me preguntó—: ¿Piensa lo mismo?

—Pienso que juzgar es patrimonio de otros —repuse.

—Mi buen Mario, deje la diplomacia para los diplomáticos y, siquiera por una vez en su vida, compórtese como siempre ha deseado.

Había tocado fondo. Aquellas palabras habían dado en el blanco y me escocían. Toda mi vida, desde que tuve uso de razón, no había hecho otra cosa que medir mis palabras, calibrar mis movimientos, sopesar los pros y los contras y calcular el alcance de las consecuencias. El mundo y mis progenitores me habían enseñado a hacerlo para defenderme y poder sobrevivir entre los lobos, aunque en mi interior sentía una natural inclinación a expresarme con entera libertad.

—¿Se decide? —me preguntó con una sonrisa.

Tenía doscientas respuestas para aquella pregunta, a cuál más divertida. Podía decirle que yo siempre hacía dicho lo que sentía, contarle mi vida, salirme por peteneras..., pero la única respuesta que me dejaría satisfecho, que saldría de lo más profundo de mi ser y arrancaría de la sinceridad no pertenecía a aquel ramillete.

—La Iglesia la ha cagado y se está hundiendo a marchas forzadas —me salió del alma.

Tras pronunciar aquellas palabras me quedé atónito y estuve a punto de volver la cabeza en busca de otra persona a quien atribuir la autoría de mi expresión. Mi voz me había sonado lejana y ajena a mi persona.

—Estoy tan sorprendido como usted, Mario. Por un momento creí que no se atrevería a saltar al vacío —dijo *el Romano.*

—Le doy mi palabra de que si hubiera sido plenamente consciente de lo que decía, no lo habría dicho

—intenté disculparme.

—En cambio yo creo que el único momento en que ha sido absolutamente consciente de sí mismo es, precisamente, cuando lo ha dicho. Y, ahora, si me permite, le pediré disculpas por haberle tendido esta pequeña trampa.

La última frase me alarmó. Soy muy susceptible cuando estoy cansado o me siento mal.

—Yo no creo que la Iglesia haya sido arrogante ni avariciosa ni cruel, ni nada de nada, pero no he tenido más remedio que decir lo que usted lleva años pensando para que podamos hablar sin trabas y comprendernos, sobre todo comprendernos y aceptarnos —me explicó—. Lo que usted califica como la arrogancia de la Iglesia es la manifestación externa de los hombres que se han creído Iglesia, al igual que sucede cuando alguien le dice que es usted muy inteligente. Lo que está diciendo es que él capta una manifestación de Mario que le es agradable, pero dudo que sea consciente de quién es Mario. ¿Estoy siendo capaz de interesarle con mis palabras?

—Soy todo oídos, Pedro —le contesté. La modorra había desaparecido por completo y me sentía más que despejado.

—La Iglesia no puede perecer. Fue instituida para ser y lo que es lo será siempre, por toda la eternidad, aunque sea susceptible de crecer, mudar, desarrollarse y evolucionar en sus manifestaciones externas. A veces esa evolución es muy lenta, hasta el punto de detenerse, pero el paro es momentáneo. Tenga en cuenta que un siglo es como un nanosegundo frente a la eternidad. En otras ocasiones el salto es espectacular, pero nunca caprichoso, aunque pueda parecerlo y adopte formas incomprensibles para gran parte de los hombres y mujeres de este mundo. ¿Voy demasiado rápido?

—No. En absoluto —le contesté. Toda mi atención era para él.

—¡Bien! —exclamó—. Ahora nos hallamos ante un nuevo salto espectacular y a nosotros nos ha tocado en suerte vivirlo y padecerlo. Todo avance comporta un notable esfuerzo, una lucha consigo mismo, una aceptación, un riesgo y asumir que no todos comprenderán y que muchos se levantarán en contra. Y el primer escollo con que nos vamos a encontrar es el concepto de Iglesia. —Me miró a los ojos—. No existe una iglesia católica, otra anglicana, una protestante, una calvinista, luterana, adventista, ortodoxa... y cuantos nombres pululan por ahí. Y fíjese que he situado a la iglesia católica en primer término para arrancar los últimos vestigios de arrogancia que pudieran existir.

Asentí lentamente. Aquel hombre tenía la virtud de soltar las palabras con la misma facilidad, pero con la misma fuerza, con que el agua cae desde lo alto de la cascada.

—La Iglesia es una institución que está por encima de todo adjetivo, aunque sean tan hermosos como católica, apostólica y romana. La Iglesia somos todos nosotros, aquellos que se creen dentro y los que hemos situado fuera, incluso aquellas gentes que practican otros ritos, pero que lo hacen con corazón limpio. La Iglesia es el mundo, tanto los buenos como los malos, si deseamos utilizar términos pueriles, y, por ende, debe de servir al hombre en general. No debe ordenarle y legislarle, sino orientarle y ofrecerle cuantas armas pueden ayudarle a despertar. —Sonrió divertido—. No montones de recetas, leyes y normas que encorsetan más que liberan.

—Y una vez se cambie el concepto de Iglesia, ¿qué pasará?

—Dedúzcalo usted mismo —se encogió de hombros—

. No es difícil escudriñar el futuro del hombre. Se lo aseguro.

—Lo haré, no le quepa la menor duda —sentencié.

—Pasquale le aguarda fuera para conducirle a los archivos secretos del Vaticano. Supongo que desea visitarlos cuanto antes, ¿no?

—Si le soy sincero, le diré que ahora estoy convencido de que una hora escuchándole me ahorraría meses de husmear en documentos polvorientos —sonreí.

—Sin embargo usted esperaba una prueba de mi sinceridad.

—Nunca he dudado... —intenté disculparme.

—De acuerdo —aceptó—. Entonces digamos que creo necesario que compruebe por usted mismo la verdad de que una imagen vale más que mil palabras —me respondió al tiempo que se levantaba y me acompañaba hasta la puerta del despacho.

No había comprendido bien qué quería decir con aquello de que una imagen...

9 · EL VACÍO DE LA INMENSIDAD

Chigi aguardaba fuera, de pie. Su impecable sotana carecía de arrugas, como siempre. Me tendió la mano y la estreché con fuerza. El cansancio había desaparecido y la cara de Pascuale no me parecía tan antipática. Incluso pensaba que podría resultarme agradable. Con un poco de esfuerzo y buena voluntad por mi parte, claro estaba.

—A los archivos secretos —dije triunfalista—. Y si es corriendo, mejor —me permití bromear.

—No sería apropiado para el lugar que pisamos —me respondió muy reverente.

¡Ah! No cambiaría aunque lo matasen y reencarnase. Todas mis simpatías por él volvían a desvanecerse. Le miré y deseé con todas mis fuerzas que *el Romano* le aplicase la terapia que poco antes había empleado conmigo. Sería todo un espectáculo ver al recto Pasquale Chigi, enfundado en su negra sotana, con sus blancas manos de recortadas y limpias uñas, su pelo siempre peinado con impecable raya y su pulcro y apurado afeitado, soltar un sonoro «cojones» que emergiese de lo más profundo de su ser con la fuerza incontenible de un volcán en plena erupción. Imposible imaginarlo, lo juro.

—Pasquale —le detuve—. ¿Nunca ha sentido la necesidad de saltar y gritar como un chiquillo?

—Hace muchos años que dejé de ser un chiquillo —me respondió.

—Eso salta a la vista, pero, ¿nunca ha deseado comportarse como cuando correteaba por ahí persiguiendo a sus compañeros, peleándose, jugando...?

—Mi padre me educó con severidad y rectitud y aprendí a muy temprana edad que las tonterías no tienen razón de ser —me explicó muy serio—. Yo no perseguía a nadie y no andaba por ahí arrojando piedras y peleándome con todo el mundo. Entré en el seminario a los ocho años y mi única pelea fue conmigo mismo y con mis debilidades.

¡Qué horror!, exclamé para mis adentros. Aquello era un engendro, no un hombre. Estaba programado como una computadora y no se salía jamás de su cauce. ¡Jamás! Me resultaba inconcebible verle como un hombre capaz de tomar decisiones por sí mismo. Su mente carecía del concepto de espacio y de la visión tridimensional de las cosas y sus razonamientos eran rectilíneos hasta el infinito. Estaba claro que habíamos nacido para no entendernos y me resultaba difícil creer que pudiera tener amigos.

Le seguí en silencio por los largos pasillos. Nos cruzamos con otros prelados y sacerdotes. Algunos de ellos me lanzaron una mirada cargada de curiosidad. Yo estaba de más en aquel lugar, debían pensar. Alcanzamos el descansillo de la escalera que nos conducía a las plantas inferiores.

Justo en aquel punto, divisé al cardenal Albi que conversaba en voz baja con hombre elegante. Lo curioso es que Albi dejó de hablar e hizo un ligero gesto que obligó a su acompañante a mirarme con cierto interés. Parecía que aquella mañana mi persona atraía la atención de mucha gente.

Decidí que lo mejor era intentar pasar lo más desapercibido posible, así que intenté buscar un tema de conversación con Chigi, pero se me antojaba un trabajo muy arduo. Me sucede con algunas personas: que no sé de qué hablar. Estoy frente a ellas y se levanta un muro insalvable, una distancia abismal. Procuro entablar conversación y me siento sin palabras. Incluso el tiempo resulta un tema delicado. Chigi, el cara de palo, era la máxima expresión de esa angustia.

—Hablar con Su Santidad me produce paz —le dije.

—Es un gran hombre. Todo el que llega hasta él dice lo mismo.

Menos mal que en ese tema estábamos de acuerdo. Después de todo, en algo teníamos que coincidir y nuestro punto de convergencia era tan vasto que ya tenía de qué hablar cuando estuviera con él.

Durante el trayecto que nos conduciría hasta los archivos secretos continuamos hablando de *el Romano* y descubrí que Pasquale le adoraba, mucho más que a Bolone, al que consideraba un poco el hombre de los trabajos sucios, aunque reconocía que su labor era dispensable para el mantenimiento de la economía del Vaticano y, en consecuencia, de las obras que la Iglesia llevaba a cabo y que tanto bien hacían al mundo.

Llegados a nuestro destino, Pasquale se despidió y me dejó en manos de un anciano sacerdote que me miraba con recelo. Yo era un advenedizo, un foráneo, un ser de otro mundo que osaba profanar el santuario que tenía bajo su custodia. Sin embargo, había recibido órdenes tajantes y abrió la puerta tras la que se ocultaban los misterios de los tiempos. Traspasé el umbral y me quedé boquiabierto.

Estanterías y más estanterías repletas de carpetas, volúmenes, documentos, pergaminos... se ofrecían a mis ojos. No recordaba dónde, pero me sonaba haber leído la monumental cifra de 50 kilómetros de estanterías y por ahí debían de andar. ¿Por dónde comenzar?

—¿Hay algún índice que pueda consultar? —le pregunté.

—Por supuesto —respondió el anciano cura con una sonrisa burlona. Mi rostro debía reflejar mi perplejidad.

Sin mediar palabra me condujo a una estantería y señaló una larga hilera de volúmenes, algunos muy viejos.

—Ahí lo tiene. Le dejo para que pueda consultarlo en paz —se burló de mí.

El anciano se alejó dejándome de pie con la mirada extraviada, desorientado y abrumado. No tenía la menor idea de lo que podía esperar. Agarré un tomo, el primero que me vino a mano, y me senté frente a una mesa. Moverse entre aquellas montañas de papel era un desvarío. Tras hojear unas páginas hallé nombres famosos: Pío VII, Napoleón, Cluny, Robespierre, Aviñón...

Una hora más tarde seguía tan a oscuras como al principio. Sí, podía tomar una referencia, ir a la estantería correspondiente, retirar un legajo y curiosear, pero la respuesta a mis preguntas seguiría siendo nula.

—¿Ha encontrado algo? —sonó una voz a mis espaldas, mucho rato después.

Me volví y divisé un rostro con papada que me sonreía y que pertenecía a un cuerpo rechoncho que me era familiar. Bastaron un par de segundos para que identificase a su dueño como monseñor Benovski, el archivero mayor.

—Mi propia estupidez —le contesté sin pensarlo.

—Le felicito. Son muy pocos los que dan con ella —me respondió sentándose frente a mí.

—Tardaría mil años en enterarme de lo que hay aquí dentro —me quejé.

—O diez minutos, depende de lo que esté buscando. ¿Puedo serle de utilidad?

—Se lo agradecería muchísimo. Me gustaría comenzar por el principio,

—Pues, vamos allá —me respondió poniéndose en pie—. ¿Me acompaña?

Suspiré aliviado. Con monseñor Benovski a mi lado, cuya memoria y erudición eran famosas en todo el Vaticano, se me abría el cielo. Le seguí por el intrincado laberinto de datos.

Entre tanta historia me sentía empequeñecido, insignificante, un gusanito, y me daba cuenta de la proporción que debía de existir entre nosotros, pobres mortales, y el universo infinito. Allí se encontraban almacenados los pensamientos, las visiones, los sueños, los proyectos y las realizaciones de dos mil años de cristianos y no cristianos. Aunque me encerrase entre aquellos muros por espacio de veinte años, no llegaría a asimilar ni la mitad de cuanto había, suponiendo que fuera capaz de leer e interpretar muchos de aquellos documentos, que debían ser casi ilegibles. *El Romano* se estaba riendo de mí. Me había dado un caramelo que no sólo no me cabía en la boca, sino que ni siquiera podía sostener en las manos. Todo cuanto me rodeaba eran proporciones desmesuradas.

Monseñor Benovski se detuvo frente a una hilera de nueve armarios e hizo una pasada con la mano mostrándomelos todos. Le miré interrogante.

—Ahí tiene el principio —me dijo y su voz resonó en los artesonados.

—El principio —repetí maquinalmente y respiré

hondo—. ¿Todo esto?

—Así es. Los nueve armarios.

—¡Santo Dios! —exclamé asustado y el techo me devolvió el eco de mi voz.

—El de la izquierda contiene los datos más antiguos. ¿Desea empezar por él? —me preguntó y yo le miré suplicante, significándole mi extravío—. ¿Desea que le ayude en algo más? Estoy a su entera disposición —sonrió.

—No sé por dónde empezar —le dije con toda sinceridad.

—Quizá no es el comienzo lo que usted desea, sino el final —me indicó amablemente.

—No, por favor. Le ruego que no me dé otro paseo, porque todo esto se me viene encima.

—Si quiere, podemos charlar. Usted me pregunta y puede que yo tenga respuestas —se ofreció.

—Lo prefiero —acepté de buen grado.

Nos sentamos delante de los nueve armarios y durante unos segundos escuché la silenciosa sabiduría del polvo que cubría muchos de aquellos legajos. Monseñor aguardaba pacientemente, recordándome a los confesores en la oscuridad del confesionario, a la espera de mis palabras.

—¿Qué espera Su Santidad que halle aquí, en este mar de papeles? —se me ocurrió preguntarle.

—Para esa pregunta no sé si tengo respuesta, aunque se me ocurre una.

—Será bien recibida —le invité a hablar.

Benovski levantó la vista, miró a un extremo y a otro de los altos techos y cruzó las manos por delante de su abultado estómago. Sin apartar los ojos de las alturas me dijo:

—Cuando yo entré aquí por primera vez, creí hallarme al final de mis dudas, de mis contradicciones y de mis tormentos. Creí que con sólo hojear unos documentos muy concretos obtendría lo que buscaba. Porque yo creía saber con bastante precisión lo que buscaba —Bajó la mirada hacia mí y me sonrió con cierta chispa en sus ojos—. He de manifestarle que yo no andaba tan a la deriva como usted —y meneó la cabeza como si me estuviera diciendo: «Tú no sabes ni dónde estás»—. Pasaron dos largos años en los que enterré muchas horas entre estos muros buscando y rebuscando, pero, al contrario de lo que creí en un principio, a cada paso se abrían más y más interrogantes y nuevos caminos, hasta que su número era tan elevado que me perdía con suma facilidad. Sin embargo, haciendo un tremendo esfuerzo, continué con mi labor y leí cuanto pude, hasta que mis ojos se agotaron y reclamaron un descanso. Mi vista flaqueaba y visité a un oftalmólogo, que me prohibió terminantemente leer durante dos meses. No sabe usted cuál fue mi sufrimiento, apartado de la fuente que podía otorgarme la gracia de las respuestas, pero no tenía otro remedio, si es que deseaba seguir contemplando el mundo que Dios nos ha regalado. Así que por espacio de sesenta largos días me refugié en la oración y en la meditación y he aquí que encontré y descubrí, lejos de mi supuesta tabla de salvación, aquello que con tanto afán había perseguido. Y la respuesta era tan simple, tan sencilla, que no pude por menos que maravillarme de la sabiduría del Creador. —Me apuntó con su dedo índice—. El pasado, amigo mío, puede ser tan instructivo como destructivo. La respuesta a sus inquietudes jamás la hallará aquí porque se halla en otra parte.

—¿Dónde? —pregunté sumamente interesado.

—Aunque escale la más alta cumbre o explore la más profunda de las simas, el misterio seguiría siendo misterio y su corazón permanecerá en tinieblas. No persiga espejismos, no demande del exterior aquello que sólo se halla en su interior, o no le será otorgada la luz que muestra la realidad. —Se levantó y alzó los brazos intentando abarcar cuanto nos rodeaba—. A su alcance se encuentran dos mil años de glorias y miserias, de errores y aciertos, de tristezas y alegrías, de bondades e iniquidades. Tanto unas como otras servirán para que la torpe mirada del mortal tenido por grande se atreva a juzgar, calificar y condenar a la Iglesia y, por lo tanto, errar.

—Entonces, ¿para qué sirve todo esto? —pregunté sorprendido.

—Para que hombres como usted descubran la trampa mortal del pasado —me respondió sentándose de nuevo. Su rostro se había iluminado y sus ojos permanecían fijos en los míos—. El hombre nace a cada instante, busca a Dios, lo pierde, lo reencuentra y vuelve a perderlo, para seguir buscándolo. Busque en su interior y no se pierda en el laberinto del pasado ni se deje engañar por la trampa de la historia. Su meta se halla hacia delante, nunca hacia atrás. Dios está frente a usted. No pierda el tiempo recogiendo las florecillas que hay en la orilla del sendero, o terminará por creer que su cometido en la tierra se centra en obtener un buen ramillete y, cuando lo tenga, no sabrá qué hacer con él.

¡Increíble! Había entrado en aquel laberinto y aquel hombre me decía que buscase en el lugar dónde yo jamás había encontrado nada. Le miré incrédulo.

—¿Ve aquella estantería? —me preguntó señalando con el dedo, mientras me dedicaba una sonrisa. El muy ladino había captado mi estado de ánimo. Miré en la dirección que me indicaba y asentí—. Tome cualquiera de los volúmenes y léalo. Yo le garantizo que, si morbo es lo que busca, jamás habrá leído historias tan retorcidas, que harían les delicias de cualquier escritor, y que son ciertas y reales. Hay papas que fueron la antítesis de la santidad y eran hombres que estuvieron al frente de la Iglesia, de esa misma Iglesia que hoy lucha por recobrar la verdad, la misma verdad por la que murieron los primeros cristianos, muchos de cuyos nombres están escritos en algún documento perdido en el interior de uno de esos nueve armarios que representan el principio. Adelante, tómelos. ¿A qué espera?

Se hizo un silencio sepulcral y, sin embargo, todas aquellas estanterías repletas de libros y documentos, soltaban grandes carcajadas. ¡Enormes carcajadas que se reían de mí!

Me levanté despacio y las contemplé hasta que dejaron de reírse de mí.

—Gracias por sus palabras. Me han sido de gran ayuda —respondí en voz baja.

—Espero verle de nuevo —me dijo sonriente.

—Gracias una vez más. Hasta pronto —y le estreché la mano.

Al salir me crucé con el anciano sacerdote que permanecía de pie frente a un montón de libros que ordenaba pacientemente.

—¿Ha encontrado lo que buscaba? —me preguntó mirándome por encima de sus lentes de concha.

—Creo que sí, muchas gracias.

—No hay por qué darlas —me respondió y se enterró en su trabajo.

10 · QUIEN CANTA LAS VERDADES

Era la una y media cuando entré en la basílica de San Pedro. La impresionante arquitectura me conmovió. La había visto cientos de veces y nunca se me había ocurrido levantar la vista y contemplarla, simplemente contemplarla, hasta aquel día. Me detuve justo en el punto central del círculo sobre el que se proyecta la enorme cúpula de Miguel Ángel y me olvidé del mundo, de mi trabajo, de los archivos secretos, de Gina, de Bolone, *el Romano,* Frascatti, Benovski, mis padres, amigos, enemigos, compañeros, conocidos, desconocidos, turistas, curiosos, locos, obsesos, fanáticos, santos, ángeles y demonios, para ser auténticamente yo, siquiera durante un instante. La respuesta estaba allí, en lo alto de la cúpula, en el punto culminante, y yo también me hallaba allá arriba. Imploré para que aquellos momentos se transformasen en eternidad y, en ese preciso instante, mis tripas ronronearon y caí de lo alto para recuperar la noción de materia. Tenía hambre en el más puro sentido físico de la palabra.

Abandoné la plaza de San Pedro y me dirigí a una taberna que conocía desde hacía años, en donde encargué un bocadillo y una jarra de cerveza. Para mi disgusto, seguía siendo el mismo. Mi visita a los archivos secretos del Vaticano y mi conversación con Benovski no me habían transformado, aunque sí me habían proporcionado un segundo de plenitud que difícilmente se borraría de mis recuerdos.

Al abandonar la taberna tomé la misma calle que había utilizado para llegar hasta el Vaticano y al pasar frente al aparador donde había visto a aquel hombre que lo contemplaba con tanto interés, me llevé una sorpresa mayúscula. Era un aparador vacío y la tienda estaba cerrada. ¿Qué era, entonces, lo que había despertado la curiosidad de aquel hombre? No había más que una explicación. ¡Yo! Pero, ¿por qué?

A primera hora de la tarde decidí darme una vuelta por la redacción. Necesitaba meditar y mi mesa de trabajo me resultaba bastante grata para aquella labor. Además, disponía de un curioso cartel con gruesas tras negras, amenazadoras, que rezaban: «EL GENIO PIENSA. DO NOT DISTURB!» y que colgaba delante de mi mesa de vez en cuando para disfrutar de unos minutos de tranquilidad. Lo mejor del caso era que el truco funcionaba y se abstenían de molestarme. Incluso Frascatti solía respetar la orden, si el asunto no era de vida o muerte.

Durante todo el trayecto no dejé de echar ojeadas a los aparadores de las tiendas. Eran magníficos espejos que me permitían controlar mi entorno sin despertar suspicacias en un posible perseguidor. Pero no descubrí a nadie en particular. ¿Me estaría volviendo paranoico?

A una manzana del edificio en el que *Notizia* ocupaba cuatro plantas me detuve sorprendido. En aquel instante me habría resultado imposible jurarlo, pero creí reconocer a Brukner en el hombre que acababa de entrar en un Lancia rojo. Dudé. Hans Brukner no solía acercarse por Roma, a menos que ocurriese algo excepcional, como la muerte de un Papa o del presidente. Pero, en los últimos días, salvo un ajuste de cuentas entre mafiosos y el asesinato de un conocido abogado, no hallaba nada que motivase la presencia de su, como él solía decir, alta persona. Al final resolví que debía de tratarse de un error por mi parte y no le concedí mayor importancia. Después de todo, Roma era visitada por mucha gente a lo largo del año y todos tenemos nuestro doble en algún lugar de este planeta, de manera bien podía haber visto al gemelo de Hans. Sin embargo... O yo estaba muy sensible o eran demasiadas coincidencias o mi imaginación me estaba jugando malas pasadas.

Al llegar a mi mesa divisé la figura oval de Frascatti que se acercaba en mangas de camisa y con su reluciente calva. Sin pensarlo dos veces abrí el cajón superior, extraje el cartel anunciador de mi estado poco comunicativo y lo expuse a la galería. Me senté y entorné los ojos. Frascatti, si es que venía a por mí, no llegó a su destino y yo no me preocupé en averiguar si había dado media vuelta o se había dirigido a los lavabos.

En mis intentos por ordenar un poco las ideas descubrí que el archivero mayor me llevaba mucha ventaja y, secretamente, volví a darle las gracias por sus reflexiones. Posiblemente habría podido redactar una buena serie de artículos tomando nota de los datos que se me brindaban en los archivos secretos. Incluso daba para concebir bastantes novelas en el más puro estilo periodístico, lo que me proporcionaría fama y dinero. De hecho, el noventa y tantos por ciento, por no decir el cien por cien, de los plumíferos soñamos con escribir un libro o una novela, y aquélla podía ser mi gran oportunidad, aunque, a pesar de tales razonamientos, no me sentía inclinado a aprovecharla. Benovski, el polaco de ojos chispeantes y gruesa figura, tenía razón: sobre el pasado ya hemos escrito demasiado, sobre el presente muy poco y sobre el futuro un montón de sandeces y algún que otro acierto, que son la excepción que confirma la regla.

Inspirado como me hallaba, me puse a escribir un artículo en el que volcaba mis reflexiones. Lo concluí a las seis y me pareció de una gran sinceridad. Cerré el archivo e hice una copia en la carpeta de Anna, la secretaria de Frascatti. Ya no tenía nada más que hacer, así que recogí mis bártulos con parsimonia y me dispuse a desaparecer.

Aún no había alcanzado el ascensor, que el jefe me pilló.

—¿Qué es esto? —me preguntó con cara de pocos amigos, mientras blandía mi artículo con aire amenazador. ¡Dios! Si hasta lo había impreso en papel...

—Mi artículo —repuse muy serio.

—¿Tu qué? —gritó, y soltó una risita que no presagiaba nada bueno—. Estás trabajando en un periódico. *Notizia* es un periódico, por si no te has enterado, y no unos cuadernos filosóficos —dijo con retintín.

—¿Qué tiene de malo mi artículo? —levanté yo también la voz. Si había que gritar, él no sería el único.

—Casi nada. Si es perfecto —dijo con ironía—. ¿Pretendes que insertemos entre las noticias la gran revelación de que todo cuanto leen nuestros lectores no son más que caducas e inútiles estupideces?

—Yo no he dicho tal cosa —me quejé.

—No, por supuesto —siguió Frascatti ironizando—. Tú te limitas a decir que el periodista se dedica a rellenar huecos en las páginas de un periódico con las tonterías que pasan por el mundo.

—Eso es lo que tú has querido leer, no lo que yo he expresado. Mi intención es mover a la gente a que quite hierro al pasado y viva el presente, procurando no depender de fantasmas que creamos quienes escribimos. Y lo de fantasmas es cierto —dije. ¿Quería guerra? Yo también—. La competencia nos obliga a buscar el impacto y olvidamos que informar es también formar, no deformar...

—No estoy para jeroglíficos ni para juegos de palabras. Esto es impublicable y basta —me gritó al tiempo que me entregaba con violencia mi escrito.

Me quedé allí plantado como un pasmarote mirando cómo se alejaba y sin dar crédito a la escena que acababa de protagonizar. ¡Era inaudito! El primer artículo, en toda mi vida profesional, que podía gritar bien alto, a los cuatro vientos, que era mío, enteramente mío desde la primera hasta la última sílaba, y me costaba una bronca de campeonato. Doblé con rabia las hojas, las introduje en el bolsillo de la americana y oprimí con furia el pulsador del ascensor.

Mi regreso hacia el hogar fue un continuo despotricar contra Frascatti, el consejo de administración del periódico, el mundo de las noticias, los intereses económicos, sociales y políticos y cuanto se me puso por delante. Me sentía violento, furibundo, con ganas de plantarme frente a mi jefe y cantarle cuatro verdades. Durante todo el trayecto estuve fijándome en la gente. Iban dormidos, con cara bobalicona, estaban idos y absortos y se movían como sonámbulos. En sus ojos se leían sus tragedias y sus rostros se cubrían de sombras y arrugas de preocupaciones. ¿Cuántos de ellos estarían pensando que esta vida es un asco? ¿Cuántos de ellos vivirían en perpetua angustia ante la perspectiva de perder cuanto poseían, asustados por las alarmantes noticias sobre el paro, la crisis y la posibilidad de un holocausto nuclear con todas sus nefastas y horripilantes consecuencias y secuelas? Y Frascatti se atrevía a decir que yo escribía filosofía. ¡Válgame el cielo! Se había vuelto ciego, sordo y tonto, aunque no mudo porque gritaba bien alto.

Llegué a casa y se lo expliqué todo a Gina con pelos, señales y algún que otro epíteto nada cariñoso. Ella me escuchó sin decir palabra hasta que me hube desahogado, que bien lo necesitaba.

—¿Puedo leerlo? —me preguntó cuando me hube calmado un tanto.

Eché mano a la americana y saqué los folios mal doblados. Ella se sentó y se olvidó de mí durante unos minutos, mientras yo no dejaba de observarla buscando sus gestos de aprobación. Sin embargo su rostro era tan impenetrable como el de un jugador profesional. Cuando hubo concluido la lectura, dobló los papeles y extendió su mano hacia mí.

—En una cosa tiene razón Frascatti —me dijo muy despacio—. Este artículo es impublicable. Desataría una polémica como jamás se ha visto otra.

—¿Tú también? —grité.

—No me interrumpas, que no he terminado —me cortó con enfado—. Frascatti tiene razón en este punto, pero se equivoca en otro. Yo y mil más estamos hasta las narices de leer desastres y de hundirnos en un abismo negro y pesimista, sin esperanza. Cada día ruego a Dios que alguien se una a mí y grite bien alto ¡Basta! Tú lo has hecho y creo que es el mejor artículo que has escrito. Es sincero y está cargado de esperanza, dos cosas que parecen haberse disociado desde que se inventó el periodismo profesional. En vuestro trabajo, para ser sincero, hay que machacar con acritud, sacar los trapitos al sol, decir que todo va mal sin ofrecer caminos alternativos o posibles soluciones, cebarse en el contrario (que suele ser el que toma las decisiones, quien os cae más antipático o quien va en contra de vuestros intereses) y criticar hasta lo incriticable. Hace muchos años que no leo en ningún periódico un artículo firmado por alguien de izquierdas que alabe una decisión de un Gobierno de derechas o viceversa. En todo caso, he leído a periodistas que manifiestan no casarse con nadie y que critican y vapulean a todo el mundo hasta no dejar títere con cabeza. Te confieso que leo la prensa porque escribes tú en ella, que si no...

Estaba frente a una mujer de una pieza, orgullosa, erguida, desafiante y capaz de sorprenderme a cada paso. ¿Cómo no iba a estar locamente enamorado de ella? Mi malhumor se desvaneció por completo. Frascatti no sabía en dónde se hallaba su mano izquierda. ¿Cómo se le había ocurrido rechazar el mejor artículo mi vida?, me pregunté con arrogancia y di por zanjado el penoso episodio.

¡En fin! Que ya se sabe que quien canta las verdades pierde las amistades.

11 - UNA CONVERSACIÓN DE ALTURA

A la mañana siguiente me levanté de muy buen humor, llamé a Pasquale Chigi y le rogué que me consiguiese unos minutos del precioso tiempo de *el Romano.*

—¿Le va bien esta tarde a las cuatro? —me pregunté con voz segura.

—Sí —respondí muy sorprendido.

—Le esperamos a esa hora.

Le di las gracias y colgué. No salía de mi asombro. Ni siquiera se había tomado la molestia de consultarlo. ¿Estaría ebrio? ¡No! En Pasquale esa posibilidad era inconcebible.

Desde hacía unos días saltaba de sorpresa en sorpresa. Primero el ofrecimiento de *el Romano,* luego la segunda entrevista, más tarde mi visita a los archivos secretos y mi encuentro con Benovski, el día anterior el chasco de Frascatti y la agradable sorpresa de Gina y, ahora, la sorprendente actitud de cara de palo Chigi.

Necesitaba una copa con urgencia y me largué a Cellini, solicité un Martini con una buena dosis de ginebra triple seca y procuré centrar mis ideas. Algo en mi interior me gritaba que mi entorno se estaba acelerando, aunque no sabía hacia dónde.

Comí en un *self-service* cercano al periódico y pasé un momento por mi mesa de trabajo para recoger el bloc de notas. Al salir volví a ver el Lancia rojo en el que creí reconocer unos días atrás a Hans Brukner y, casi sin pensarlo, anoté la matrícula.

¿Qué importancia podía tener aquel automóvil?, me preguntaba más tarde. Y rompí aquel papel.

En la puerta del Palacio Pontificio tenían orden de conducirme a presencia del Papa. ¿Tanta influencia tenía Chigi?, sonreí, y en aquel preciso instante vi al mismo hombre que se había quedado extasiado frente al aparador vacío y que ahora parecía muy interesado en la arquitectura de la plaza de San Pedro. ¿Otra coincidencia? ¿No eran ya demasiadas?

No paraba de hacerme preguntas, como si estuviera despertando a la vida o como si hasta entonces no hubiera sido consciente de que el mundo que me rodeaba se movía y estaba vivo, y situaciones que siempre hallara naturales adquirían un significado nuevo para mí. Incluso los movimientos de las sotanas, la marcialidad de los guardias suizos, los pasillos del palacio, sus ornamentos, el silencio, los suelos pulidos y brillantes y la luz del sol que se filtraba por las ventanas habían mudado y me mantenían alerta. Aquella sensación traía a mi memoria ciertas experiencias de otra época, de mis tiempos de reportero en las selvas ecuatoriales. La luz era más luz, más intensa, más clara. El aire vivía en torno a mi ser, adquiría alma y penetraba en mis pulmones inundándolos de energía y proporcionándome una lucidez olvidada tiempo atrás. Pero aquel cúmulo de vivencias y sensaciones duró apenas unos minutos, hasta que llegó a mis oídos la voz de Pasquale Chigi.

—Ha llegado muy puntual —me indicó sonriendo.

—Valoro mucho el tiempo de Su Santidad —respondí, olvidando por completo al hombre de la plaza.

—Sígame, por favor —me rogó.

El cara de palo se movía con una soltura inhabitual en su persona, con la seguridad del hombre que se siente importante, detalle que me fue confirmado por la forma en que saludaba a dos prelados que se cruzaron con nosotros. No pude contenerme por más tiempo.

—Le noto diferente —comenté—. ¿Ha sucedido algo fuera de lo común?

—Cada día suceden cosas fuera de lo común y, como dice Su Santidad, no hay más que abrir los ojos y verlas para acabar descubriendo que son absolutamente normales.

Su tono de voz y la forma como hablaba del Papa me hacían pensar en que se hallaba muy cerca de *el Romano.* Entonces caí en la cuenta. ¡Claro! Por el saludo que recibiera de los prelados, la soltura con que daba órdenes, su porte erguido al pisar el mosaico del Palacio Pontificio y la confianza y familiaridad con que hablaba de *el Romano,* sólo se me ocurría una idea.

—¿Es muy complicada la labor de secretario particular de un Papa? —me aventuré a preguntar.

—Hay que estar atento a muchos detalles —me respondió con superioridad.

Ahí estaba la clave de tanto misterio. Sorprendente, pero cierto. El cara de palo se había convertido en un hombre influyente y, ahora, reclamaba un trato diferente. Allí estaban sucediendo muchas cosas.

—Siempre he alabado el ojo clínico de su eminencia

el cardenal Bolone, a quien esta decisión del Papa ha dejado sin uno de sus mejores puntales —le halagué.

—Su Santidad dice que la vida es movimiento, continuo cambio, que debe ser aceptado como viene. No hay nadie imprescindible, aunque todos somos necesarios.

¡Ay, Dios! Aquel hombre soltaba continuamente frases de manual. Me recordaba a los mormones, a esos jóvenes americanos que se dedican a predicar y que han recibido instrucción casi militar, en el terreno del espíritu.

—Su eminencia se habrá alegrado por usted. Sé que le tiene en gran estima, pero estoy convencido, por otro lado, de que no le habrá hecho ninguna gracia prescindir de sus servicios —sonreí.

—Su eminencia se alegró mucho cuando Su Santidad le consultó sobre mi humilde persona y yo no he hecho más que cumplir con lo que Dios ha puesto en mis manos, según las palabras de Su Santidad Pedro II.

¡La madre que lo parió! Con todos mis respetos, cara de palo Chigi era el mayor pelmazo que había encontrado en toda mi vida. No hacía más que repetir como un lorito lo que los demás decían y expresaban:

«El Papa dice...», «Su eminencia dice...», «Las Sagradas Escrituras dicen...», «San Pablo dice...»... ¿Y él? ¿Qué decía él? Me habría gustado saber si él era capaz de decir algo por sí mismo, o ¿acaso su inseguridad llegaba al extremo en que le asustaba la sola idea de tener una idea, válgame la redundancia? De veras que había conocido a seres asustados y mecánicos, pero Chigi se llevaba la palma. Le conceptuaba como un hombre castrado desde el mismo instante de su concepción, porque no podía haber sido antes, y que el cielo me perdonase por mis duras palabras, que no eran más que el fiel reflejo de mis pensamientos en aquellos momentos.

Pasquale Chigi era el prototipo de hombre que

necesita sentirse seguro y amparado, que siente miedo de descubrir que no es nadie por sí mismo y se aterra ante la sola idea de que alguien lo descubra. Era el ejemplar camaleónico del hombrecillo encumbrado. No era un hombre seguro de sí mismo, jamás lo fue y dudaba que tuviera alguna posibilidad de llegar a serlo. Seguro que en sus tiempos de seminarista vivió pegado a las faldas de sus preceptores, haciéndoles la rosca, comportándose cómo el niño bueno y aplicado que con tanta profusión y detalle modelaban en los libros religiosos de cierta época. Luego, seguramente abandonó el seminario de la manita de un obispo que veía en él una herramienta de trabajo en la que descansar muchos asuntos rutinarios y así, de segundón en segundón, fue a parar al Vaticano. Y de segundón en segundón había llegado a la cota máxima a la que podía aspirar, aunque yo considerara que no se hallaba dotado para ocupar un cargo para el que se requería una gran dosis de imaginación, don del que Pasquale carecía por completo. Su mente era cuadriculada, del más puro estilo germano, fría, calculadora, científica, que necesitaba aquilatarlo todo, anotarlo todo, sopesar pros y contras y tomar decisiones siempre correctas sin concesiones ni márgenes de error. Carecía de audacia y se limitaba a reaccionar como una computadora. Por eso me sorprendió mucho cuando me enteré de que yo gozaba de sus simpatías. Estaba convencido de que carecía de sentimientos y, por otra parte, nunca hice méritos para obtener tal distinción, a no ser las contadas ocasiones en las que me interesé por él e intenté que reaccionase y viese el mundo bajo otra perspectiva más abierta, acción de la que siempre terminaba por desistir. La única explicación a su corriente de simpatía podía hallarse en la famosa ley de los polos opuestos que se atraen, porque, a pesar de todos los pesares, confieso que Pasquale Chigi no me cabía mal del todo. Misterios de la naturaleza humana.

—Su Santidad, el señor Darino está aquí —anunció tras golpear la pesada puerta del despacho privado de *el Romano*. Aguardó pacientemente a que se le concediese permiso para entrar, abrió ceremoniosamente la puerta y agachó respetuosamente la cabeza.

No había nada que hacer con el pobre Pasquale. Había nacido segundón, ascendió como un segundón, vivía como un segundón y moriría como un segundón. ¡Cuán diferente era el hombre de tez morena y ojos vivos que vino a mi encuentro con el brazo extendido y la mano abierta, presta a tomar la mía!

—Siéntese, por favor. ¿Cómo se encuentra hoy? —me preguntó.

—No lo sé —respondí al tiempo que escuchaba cerrarse la puerta y Pasquale desaparecía de escena.

—Eso es bueno. Significa que sigue buscando.

—¿Buscar? —sonreí—. He tenido tantas sorpresas en tan poco tiempo, que aún no he podido digerirlas.

—Pues no ha hecho más que comenzar —se rió.

El Romano parecía no cambiar nunca, estar por encima de las alteraciones de humor y vivir en una dimensión distinta a la normal, sin perder, por ello, el contacto con el mundo que le rodeaba. Sus movimientos, al contrario de Pasquale, eran elásticos, relajados y elegantes. Los del, ahora, secretario mostraban el envaramiento propio de quien se esfuerza en mantener una imagen exterior que no se corresponde con su realidad interior. Supongo que los estaba comparando porque no lograba entender las razones que impulsaron a *el Romano* a tomar a su servicio personal a un hombre tan fuera de lugar como el seco sacerdote de figura arcaica.

—¿Sabe? Le estaba aguardando. Sabía que desearía hablar conmigo, sobre todo después de su encuentro con monseñor Benovski —me dijo.

—Las noticias vuelan.

—No crea. No he hablado con monseñor desde que usted vino por última vez. Había hablado antes para rogarle que le echase una mano en su búsqueda y conociéndole a usted, si me permite esa pequeña arrogancia, y conociendo a monseñor, el resto cae por su propio peso, que es justo cuanto yo esperaba y deseaba — me explicó.

—Es lo que me faltaba por oír para sentirme completamente robotizado —exclamé—. O sea que, según puedo deducir, me ha estado guiando como a un muñeco.

—No exactamente —me corrigió—. Más apropiado sería decir que he procurado que fuese consciente de cuanto acontece por el mundo en nuestros días.

—Le ruego que se explique.

—En nuestro anterior encuentro le dije que precisábamos cambiar el concepto de Iglesia, pero antes es necesario despabilar al hombre, lavarle la cara con agua fresca y despertarle de una vez. Logrado ese objetivo, nos hallaremos en una posición harto ventajosa, el ser humano podrá pensar sin trabas y las verdades aflorarán con la misma naturalidad con que resurge la vida en primavera y, cuando así suceda, sobrarán los dogmas, porque ya habrán cumplido su cometido.

—¿Está hablando de abolir los dogmas? —pregunté muy interesado. Aquello era una bomba.

—Estoy hablando de convertirlos en parte de la vida de cada quien; estoy hablando de la comprensión de los misterios; estoy hablando de un nuevo estado de conciencia colectiva, de un real y auténtico acercamiento a Dios; y estoy hablando de un sarampión que asolará el mundo y diezmará su población —me explicó muy serio. Su sonrisa se había desvanecido y su rostro mostraba sombras de preocupación.

—Póngame un ejemplo, por favor —pedí.

—Un ejemplo... —afirmó con lentos movimientos de cabeza—. Tomemos el misterio de la Santísima Trinidad. Siempre hemos oído decir que hay tres personas en un solo Dios y que tal cosa constituye un misterio indescifrable para el pobre mortal. Tal aseveración es cierta en parte, ya que con los medios que la mente pone a nuestro alcance es prácticamente imposible dilucidar el conflicto que surge al pensar en tres que son uno sin perder su identidad, con lo que las matemáticas carecen de toda validez. Sin embargo, si nos elevamos un poco y logramos trascender del mundo de las ideas y ascendemos al de las realidades, nos daremos cuenta de que el misterio no es tal, sino una verdad tan clara, tan diáfana y tan evidente como la luz del sol que nos ilumina y nos da calor y sin cuya energía pereceríamos irremisiblemente. —Hizo una pausa, arqueó las cejas y me dijo—: Si algo de cuanto digo no es comprendido, le ruego que me interrumpa, por favor.

—No se preocupe Pedro, que así lo haré —le aseguré muy convencido.

—Padre, Hijo y Espíritu Santo, tres personas, cada una de ellas es Dios y las tres son un sólo Dios. ¡Qué galimatías! ¿No es cierto? —exclamó y yo asentí—. Una vez se ha estado en un nivel espiritual y se regresa a la vida cotidiana, hay que buscar palabras para expresar cuanto se apercibió y sintió, pero la palabra es pobre, ¡más que pobre!, es paupérrima. Sin embargo, con un poco de esfuerzo, podemos acertar a dar con una explicación más o menos comprensible para la mente, que, aunque nunca sustituya a la vivencia en sí, aportará un poco de luz y, quizás, el deseo de buscar más allá de nosotros mismos, en las regiones en que el espíritu se libera y va en pos de su Creador. Voy a intentar relatarle aquello que yo sentí en cierta ocasión.

Entornó los párpados y permaneció quieto, estático, adormecido, mientras yo me retrepaba en mi asiento y agrandaba las orejas cuanto podía. Cuando volví a escuchar su voz, sonaba distinta: más lejana y más profunda, como si se generase antes de llegar a las cuerdas vocales.

—El Padre era la mente que ordenaba y dirigía, el Hijo era la acción y la energía y el Espíritu Santo el amor que impulsaba. La Inteligencia es irreductible, la Energía es irreductible y el Amor es irreductible. Ambas, las tres, existen y tienen razón de ser por sí mismas; constituyen la quintaesencia y el punto de partida de todo cuanto existe; las tres poseen la misma categoría; las tres son fuerzas, las tres actúan y se conjuntan. Si nos fijamos en el mundo en el que vivimos descubriremos que hay dos grandes verdades evidentes: todo está en continuo movimiento y todo permanece en divino equilibrio, nada se sale de su cauce dentro del conjunto del universo, aunque contemplado aisladamente pueda adoptar la apariencia del caos, pero a todo efecto le corresponde una causa y todo tiene su razón de ser y existir, por mucho que digamos que no la vemos. He ahí la mano de Dios, del Supremo Hacedor, del Gran Arquitecto del universo, a quien no puede escapársele ningún detalle. Y si descendemos a niveles tan elementales como son las ciencias, a pesar de nuestro afán por deificarlas, descubriremos que un cuerpo está en reposo cuando sobre él actúan dos fuerzas que se equilibran y que se produce el movimiento en el preciso instante en que una tercera entra en juego. Aunque la fuerza tiene entidad propia, jamás actúa en solitario. ¿Se da cuenta? —Me preguntó sin abrir los ojos y yo asentí fascinado por sus palabras—. Dios es único, Dios es el Creador, Dios es el Padre, el Hijo y el Espíritu Santo. Dios es la Inteligencia que ordena, la Energía que actúa y el Amor que impele a moverse. Cuando usted hace algo, lo hace porque su mente lo ordena, sus energías lo ejecutan y su amor le ha impulsado a hacerlo. Necesita del concurso de tres fuerzas porque está hecho a imagen y semejanza de su Creador. No es el muñequito de barro que nos explicaban en otro tiempo, es mucho más, es un universo condensado. He ahí la mano de Dios, el Creador, Jehová, Yavé, el Todopoderoso, Alá, el Uno o como quiera llamarle. Ahí está Él con sus tres personas y su unicidad. No olvidemos que persona es todo aquello que es por sí mismo y el Padre es la inteligencia, es irreductible y es persona; el Hijo es la energía, es irreductible y es persona; y el Espíritu Santo es el Amor, es irreductible y es persona. Tres fuerzas puras, al máximo nivel, que existen por toda la eternidad y que generan la creación continua, el movimiento perpetuo, la evolución y cuanto quepa imaginar.

Se quedó mudo. Había concluido su explicación y abrió lentamente los ojos, dándome la sensación de que regresaba de un largo viaje. Yo me quedé muy pensativo. La magnitud de las explicaciones de *el Romano* rompían por completo mis esquemas mentales y, por primera vez en mi vida, me daba cuenta de que nos habían estado gritando verdades como puños, aunque eso era lo malo, que nos las gritaban, no que nos las explicaban, y era lógico que nos rebelásemos contra ellas, contra sus propagadores y contra todo. La visión que tenía del universo había cambiado por completo en apenas unos minutos y si algún vestigio de interés por cuantos secretos se encerraban en los archivos secretos del Vaticano restaba en mí, se había desvanecido por completo. Acababa de descubrir cuánta verdad se escondía tras las palabras de monseñor Benovski: en nuestro interior había material suficiente como para dedicarle toda una vida.

—¿He logrado que se dé cuenta de que cuando un

misterio se desvela deja de ser un dogma? —me preguntó tras recuperar su mirada profunda y viva.

—Sí y... no —respondí—. De cuanto ha dicho puedo deducir que Dios es todo y, en ese caso tendrían razón los panteístas.

—No. Dios es el Espíritu que se mece sobre las Aguas. No es el agua.

—Ahora ya no entiendo nada.

—Pues, como diría Sherlock Holmes, es elemental, querido Watson —sonrió—. Dios es la Ley que todo lo gobierna. Es así de simple.

—Me ha dejado fuera de combate —respondí—. Confieso que no me ha sido nada sencillo seguirle al comienzo. Ahora, en cuanto me he centrado, ya es otra cosa.

—Usted lo ha dicho: «en cuanto se ha centrado», que es justo lo que el hombre necesita para ver.

—Un pensamiento muy hermoso, aunque mi experiencia me dice que se trata de una utopía —sonreí.

—¿Por qué? —me preguntó sorprendido.

—Porque el hombre no escucha ni está preparado para hacerlo. Entonces, ¿cómo logrará que le entiendan? —me expliqué.

—No pretendo que me entiendan —repuso—. Mis pretensiones van mucho más allá y apuntan hacia la esencia personal y hacia la búsqueda de Dios. No persiguen explicaciones y exposiciones más o menos brillantes y fascinantes. Nadie comprende nada hasta que lo ha vivido, hasta que ya forma parte de él.

—Se va a meter en un buen berenjenal, si me permite la expresión.

—Es posible —afirmó— Pero quizás todo es más simple de lo que imaginamos. ¿No se da cuenta de que hemos desvirtuado las palabras de Cristo, con buena fe en muchas ocasiones, pero las hemos desvirtuado? Sus palabras eran sencillas y eternas y nosotros hemos procurado interpretaras más y mejor y nuestro afán nos ha conducido poco a poco, a través de dos mil años de historia, hasta el presente.

—Hemos evolucionado —apunté.

—¿De veras? ¿Y hacia dónde? —se rió—. Antes he dicho que las ciencias son niveles mentales, aunque les brindemos esa pleitesía que caracteriza a nuestra sociedad tecnificada, pero es gracias a esos niveles elementales que vamos a dar un gran salto hacia delante. ¡Impresionante! —agradó los ojos—. Estamos en la era de la electrónica y los avances son gigantescos. En pocos años hemos pasado de la pluma al computador y nuestra vida ha cambiado por completo. El hombre vive dentro y fuera de la tierra, hasta el punto que los laboratorios espaciales se han convertido en un tema vulgar que ya no asombra a nadie. Y, a pesar de ello, las palabras de Cristo tienen idéntica fuerza y han permanecido vigentes siglo tras siglo, sin perder un ápice de energía y de verdad —sonrió y me apuntó con su dedo índice—. Quizás ha llegado la hora en que la Iglesia debe situarse a la cabeza y arrastrar en lugar de ser arrastrada.

—¿Cómo? —le pregunté. Cada nueva palabra me absorbía.

—¿Qué es lo que preocupa al mundo? ¿Las relaciones prematrimoniales, el divorcio, el aborto, la moral, el celibato sacerdotal y la marca de cuchillas de afeitar que utilizo cada mañana...? Pues bien, punto y final. Todo eso debe de ser barrido y sustituido por lo auténtico, lo real y lo inmutable. Por eso le necesito a usted y a mil como usted, a un millón, para que se escuchen a sí mismos y encuentren a Aquél que les dio la existencia. Los santos ya no tienen papel en esta obra. Busco personas sencillas y normales, gente de entre los que se mueven y desean seguir moviéndose. ¿Nos comprendemos ahora?

—Creo que sí, aunque sólo lo creo.

—¿Significa esto que ha variado su opinión respecto al ofrecimiento que le hice? —me preguntó.

—Significa que sigo creyendo que está usted un poco loco, con todos mis respetos, y que yo lo estoy más porque me gusta su locura. Mi respuesta sigue siendo la misma y le ruego que no me lo pregunte por tercera vez. No soy san Pedro —bromeé.

—No se preocupe, no lo haré. Yo tampoco soy Jesucristo —rió él—. Aunque ambos nos vamos a enfrentar a momentos muy difíciles. Desmantelar un emporio material y convertirlo en un reino espiritual no es tarea fácil. Muchos van a ser los que se opongan y dura la lucha.

—¿Y en dos mil años la Iglesia no ha contado con nadie que viese las cosas como usted las ve? —le pregunté.

—Amigo Darino, Dios es quien decide el cómo, el cuándo y el porqué. La Ley es la Ley. Si estuviésemos en un error y pretendiésemos hacer aquello que se opone a sus designios, estaríamos condenados al mayor de los fracasos. En esa confianza vivo y me desenvuelvo. Puedo asegurarle sin ningún género de dudas, sin la más leve vacilación, que la vida es sencilla, amable y agradable, pero nosotros la hemos convertido en un infierno. Lo es hasta tal punto que nadie repara en ello y vivimos en un mar de complicaciones inútiles creadas por nuestra propia imaginación, cuyo resultado se traduce en la locura colectiva que nos embarga. Ha llegado, por tanto, la hora de explicar con palabras llanas cuantas verdades se esconden en nuestro interior, a la espera de que seamos capaces de abrirles las puertas y permitirles salir. —Me sonrió y añadió—: Le comunico que mañana empiezo a andar y espero que usted esté atento, escuche y escriba con sinceridad. Es cuanto le pido y a cambio le ofrezco diversiones sin cuento y un mundo nuevo. Vamos a dejarnos de viajes al estilo de Ulises y pondremos rumbo a casa.

—Sí, creo que ya es hora de que nos tranquilicemos todos, seamos capaces de olvidarnos del reloj y nos sentemos a ordenar nuestro caos —reflexioné y pensé en Frascatti, en Gina y en el artículo que no vio la luz.

Cuando ya nos despedíamos, me detuve un instante.

—¿Puedo hacerle una pregunta muy terrenal?

—Adelante —me invitó.

—¿Confía de veras en mí?

—Sí. ¿Acaso duda de mi palabra? —se sorprendió.

—No —negué con fuerza.

—¿Entonces?

—Necesitaba preguntárselo para mi tranquilidad. Nada más que eso —sonreí.

Sin embargo, su respuesta y su reacción me habían dejado muy preocupado. Porque eran sinceras. Por eso, precisamente. Entonces, ¿quién era el hombre que me seguía y quién lo enviaba?

12 · ANDAR CON TIENTO

La Historia y la leyenda nos dicen que Hermes Trimegisto fue tres veces grande, eminencia de Egipto y tenido por el más sabio de entre los sabios. También es el padre del Hermetismo y legó a la posteridad la Tabla Esmeralda, uno de cuyos principios enuncia que «como es arriba es abajo y como es abajo es arriba». Cuanto más pienso en tal aseveración tanto más claro aparece su significado y mayor aplicación hallo.

En una de las conversaciones que había tenido con *el Romano* me había dicho que las ciencias pertenecían al nivel físico, al de la experiencia inmediata, y que ellas empujarían al hombre en su camino hacia el despertar. Es característico en mí que frases pronunciadas por otras personas queden adormecidas en mi interior hasta que un día se desperezan y me ofrecen toda su riqueza.

Dos días después de mi última conversación con el Papa pude comprobar que mi crisol continuaba funcionando y transmutando ideas. Fue a raíz de unas palabras que pronunció *el Romano* en el habitual mensaje de los domingos, tras el rezo del Ángelus. «Dad al hombre una idea en que apoyarse y cambiará por completo su interior», dijo. Y a mí me vino a la memoria el recuerdo de un griego, Arquímedes, que hace más de veintidós siglos enunció: «Dadme un fulcro y moveré el mundo».

Como es arriba es abajo, como es abajo es arriba. He ahí la maravilla de la Ley de la Correspondencia. Un principio físico, el de la palanca, puede ser aplicado al nivel mental del ser humano. El punto de apoyo era la idea, la palanca quedaba sustituida por la mente y la voluntad se transformaba en fuerza impulsora, para concluir que tres eran los elementos necesarios y tres el número mágico que produce el movimiento. No dejaba de ser curioso que apareciese la Santísima Trinidad.

Sin embargo, *el Romano* no se limitaba a pronunciar frases y a lanzar al viento palabras que llenasen los oídos del mundo, sino que pedía y exigía lucha y combate, que no agresión. Cuando elevó su voz por encima de la plaza, aquellos que le escuchaban se miraron sorprendidos. Sus palabras fueron adquiriendo un tono vehemente que no encajaba con el esquema que se le suponía a la figura de un Papa, aunque, poco a poco, se sintieron arrastrados por la fuerza de aquel hombre de amplia sonrisa y sincera mirada, capaz de convertir unas inocentes palabras en trallazo y el más duro de los ataques en caricia infantil. Aquel mensaje de principios de marzo, en un domingo soleado y frente a una multitud, causó no poco revuelo y al día siguiente los periódicos volvían a dedicar amplios titulares a un Papa que seguía siendo un misterio para la mayor parte de los lectores. Todos, sin excepción alguna, señalaban que el mensaje apuntaba en la dirección de iniciar un profundo cambio en las estructuras del Vaticano que constituiría una auténtica revolución.

El Romano había hablado del ser humano sin concreciones, sin particularismos, sin dirigirse a los jóvenes o a los mayores, a los ancianos y a los niños o a los católicos o no católicos. Sencillamente hablaba del hombre de cada día, con sus ideales, sus creencias, sus sentimientos, sus pensamientos, sus flaquezas y sus grandezas. Y la gente le escuchaba. Tenía la extraordinaria facultad de lograr que cada una de sus palabras, incluso las sílabas, brotasen de lo más hondo de su ser. Unas cuantas apariciones en público habían bastado para que el mundo viera en el hombre de la sotana blanca a un líder indiscutible y volviera sus ojos hacia el Obispo de Roma. Renacía la esperanza, incipiente, pero esperanza al fin y al cabo.

Un par de semanas más tarde se anunciaba su viaje. El itinerario cubriría media Europa. El Norte de Italia constituiría la puerta de entrada a Suiza, para continuar por Alemania, los Países Bajos, Inglaterra, Irlanda, Francia, España, Portugal y vuelta a Roma, tras visitar Sicilia. En total casi un mes y medio de intenso trabajo en el que alternaba sus apariciones en público con largas charlas con los obispos de las regiones que visitaba y con los representantes de otras iglesias, entre los que dejó un reguero de recuerdos imborrables. Y, ¿por qué no decirlo?, no menos suspicacias.

Conforme fue progresando su periplo, su popularidad iba en aumento, y sus detractores también, aunque guardaban un prudente silencio. Prudente y quizás peligroso silencio.

El hombre de la sotana blanca burlaba y franqueaba constantemente los cinturones de seguridad para regocijo de quienes le aclamaban y desesperación de los servicios especiales de seguridad, que se volvían locos en sus intentos por no perder el control de la situación. Ese desprecio absoluto por las fronteras artificiales que los responsables de su seguridad intentaban erigir entre su persona y las masas fue acogido con muestras de auténtico entusiasmo y le reveló como a un gran conductor. Las multitudes le escuchaban y eran capaces de aguantar a pie firme hora tras hora, tanto a pleno sol como bajo un aguacero.

Otro detalle que contribuyó en gran manera a su popularidad residía en la espontaneidad de sus discursos, carentes de artificio y nunca leídos. Con ello dejaba muy claro que no pretendía vender una imagen, sino entregar aquello que poseía, aunque fuese muy poco. Así, en Irlanda, donde la lucha entre católicos y protestantes seguía manifestándose en toda su brutal crudeza, habló de la estupidez del género humano en términos harto punzantes e hizo una clara distinción entre lo esencial y lo accesorio, hasta el extremo de decir que el hombre sólo puede llamarse así cuando actúa en libertad, palabra que no tenía nada que ver con el dominio político o armado de un país, y sí con el dominio y conocimiento de la propia identidad, muy por encima del personaje que pretendemos representar y defender a diario.

—El hombre ha perdido la facultad de discernir entre lo urgente y lo importante, dejando que lo primero pisotee y ahogue a lo segundo —dijo en uno de sus contactos con las gentes de Irlanda—. Lo esencial suele parecer tan poca cosa que permanece sepultado bajo los escombros de lo accesorio, pero el día que el hombre retire los cascotes y escarbe en busca de los cimientos descubrirá que todo se vino abajo porque no se asentaba en tierra firme. Habéis luchado unos contra otros durante largos años y seguiréis luchando por toda la eternidad, viviendo como estúpidos en pos de la victoria que, si llega, estará cimentada en el rencor, el odio y la venganza, que no son más que arenas movedizas que terminarán por engulliros de nuevo. Católicos o protestantes, ¿vosotros os llamáis seguidores de Cristo? Vosotros únicamente os seguís a vosotros mismos, a vuestra arrogancia y a vuestra ceguera. Vivís lejos de nuestro tiempo y al margen de todo vestigio de inteligencia y os comportáis como seres que no han evolucionado. ¿Creéis, acaso, que una victoria sobre las creencias de los demás es grata a los ojos de Dios? Ni siquiera habéis reparado en ello, porque todo vuestro coraje se pierde en asesinar en nombre de la libertad y de una fe absurda y ciega.

A partir de aquel día se extremaron las medidas de seguridad en torno a su persona y Marcel Perraux, al otro lado del canal, comenzó a sentirte seriamente preocupado. Más todavía, cuando *el Romano* le comunicó su intención de no utilizar el vehículo blindado que se le ofrecía.

—Señor presidente, con todos mis respetos le diré que pienso que este Papa está como un cencerro y desea que le maten. —manifestó muy serio cuando el presidente Poincaré le mandó llamar para preguntarle sobre las medidas de seguridad que acompañarían al pontífice en sus desplazamientos y durante su estancia en el país galo.

—Estoy absolutamente de acuerdo, pero hemos de afrontar los hechos —le contestó el presidente francés—. A estas alturas es imposible suspender su visita, así que el honor de Francia está en sus manos y si algo llegara a sucederle seria un desastre. Le ordeno que le proteja como sea, aun a pesar de todos los pesares, pero logre que abandone Francia sano y salvo.

Durante la semana que precedió a la llegada de *el Romano* a Orly, las comisarías y cárceles de Francia acogieron a más de cinco mil sospechosos y delincuentes. Perraux había cursado órdenes estrictas y la policía francesa, los servicios de seguridad y el ejército se desplegaron por todo el país. El Papa se había convertido en un peligro.

El día en que el avión del pontífice tomó tierra en el aeropuerto parisino toda la zona estaba acordonada y la ciudad tomada por la policía. Se calculó que una de cada cuatro personas que contemplaba al Papa pertenecía a alguno de los cuerpos de seguridad del estado y los periodistas fuimos identificados uno a uno y no se nos perdió de vista durante todo el tiempo que duró nuestra estancia, trabajo nada sencillo, porque nuestro número no había dejado de crecer desde que pasó por Holanda, país más que famoso por sus discrepancias con los papados anteriores. Fue, precisamente en ese país, donde hizo su segundo anuncio de cambios.

—Habéis pedido mucho y yo os digo que ha llegado el tiempo de que se os pida a vosotros. Y añado que aquellos que más pedían puede que, después, se muestren incapaces de seguir el ritmo que se les imponga.

Y los rotativos de todo el mundo volvieron a hacer cábalas sobre el significado de sus palabras y a llenar páginas y más páginas.

Exceptuada la clara alusión a la situación política de Irlanda, no hubo ningún ataque a estamentos, aunque sus palabras bien podían interpretarse como puyas que perseguían derribar personalismos y ensalzar al hombre llano y sencillo, destapar los intereses de grupo y alertar sobre la ceguera y la sordera de quien cree poseer la verdad y la impone a los demás. Quizás, en ese punto, fue mucho más conciso y contundente en su paso por España, en donde el carácter latino era mucho más acusado y con claras tendencias al individualismo. También aquí dedicó palabras a derruir el muro de «¿Qué dirán?», dando muestras de un buen conocimiento de la idiosincrasia de cada nación o, más concretamente, de cada región. Su paso por Escocia, Gales, Inglaterra, Bretaña, Cataluña, País

Vasco, Andalucía... era una constante referencia a las peculiaridades y un recuerdo perenne de que la individualidad es necesaria hasta que se convierte en fanatismo, instante en que pierde su razón de ser, nubla la vista y se transmuta en fuente de eternos conflictos. Y también atacó a los grandes poderes para mostrarles que la diversidad es riqueza y que la riqueza, sobre todo la interior, hay que preservarla.

En una de sus últimas etapas, Sicilia, cuando, vista su trayectoria, todos esperábamos un ataque frontal a la Mafia y su tristemente famosa ley del silencio, la *omertá*, las primeras palabras nos confundieron a cuantos le escuchábamos. Parecían una alabanza a tan cruel, absurda e ignominiosa lacra. Sin embargo no tardó en cambiar las tornas cuando enunció su ley del silencio: «No juzguéis y no seréis juzgados. No habléis mal de nadie, porque desconocéis cuanto hay en su corazón». Ésta era su ley del silencio, a la que añadía: «No temáis a quien os amenaza, su ira se detiene en vuestro cuerpo y jamás alcanzará a vuestra inmortalidad». Y sus últimas palabras sirvieron para atacar duramente, no a quienes causaban el miedo, sino a aquellos que lo aceptaban y se convertían en cómplices de una ley que ya era institución secular. Por todo ello su despedida fue bastante menos apoteósica que su llegada. Mucha gente, temerosa de las palabras del Papa y de las consignas de Vittorio Darelo, el principal capo de la isla, prefirieron encerrarse en sus casas.

Dos semanas más tarde Darelo era detenido por la Policía, tres hombres y una mujer morían asesinados y el capo volvía a salir en libertad por falta de testigos que estuvieran dispuestos a declarar en su contra. Una vez más se imponía la ley del silencio y la Mafia seguía intacta.

Aquello era la locura y otra sorpresa me aguardaba a mi regreso a Roma. Un Frascatti de cara larga se quejaba de que mis crónicas parecían disertaciones filosóficas y me sermoneaba constantemente, así que decidí tener una conversación con él y estuve discutiendo en su despacho por espacio de casi dos horas y, al fin, descubrí lo que se escondía tras su actitud. El asunto no habría tenido mayor importancia a no ser porque las consignas procedían de Amadeo Grimaldi, poseedor de casi el treinta y ocho por ciento de las acciones de *Notizia,* una notable influencia sobre el resto de los accionistas y cierta fama de hombre bien relacionado con los grandes señores de la Mafia. Si a todo ello sumábamos que Grimaldi había iniciado su ascensión hacia la presidencia del gobierno, no era de extrañar que Frascatti, el hombre que siempre luchara por la libertad de expresión, estuviera asustado.

Abandoné la redacción enfadado. Tantos años predicando sobre lo que significaba ser un buen periodista, sobre lo que era informar con valentía e imparcialidad, y, ahora, cuando me lanzaba a tumba abierta y vertía sobre mis escritos toda mi sinceridad en busca del interior del ser humano, Frascatti se asustaba y me echaba a los perros. Claro que, en el otro platillo de la balanza pesaba el hecho de que *Notizia* había aumentado su tirada y que mis artículos interesaban al público, pero yo me preguntaba hasta qué punto serviría para contrarrestar las presiones de las altas esferas.

Sin apenas darme cuenta, la utopía de *el Romano* se había apoderado de mí y me había convertido en uno de sus seguidores más fervientes y mis escritos eran el eco de sus palabras. En aquellos días me sentía demasiado entusiasmado como para interponer entre él y mis pensamientos la fuerza de mi sentido crítico. Para expresarlo de alguna forma diría que estaba subyugado por el carisma del hombre de la sotana blanca, hacía míos sus supuestos fracasos, como su despedida de Sicilia que motivó que de mi pluma brotase uno de los más duros ataques que de la prensa recibiera la Mafia y que debió de representar la gota que colmaba el vaso de la paciencia de Grimaldi, y me alegraba enormemente con sus éxitos. Sin embargo, el Mario de cada día, ebrio de la fuerza y del ímpetu arrollador de *el Romano,* se mostraba incapaz de mantenerse en su postura imparcial y arrasaba con todo. Seguir a Pedro II a través de medio continente, escucharle día tras día y contemplar las multitudes delirantes me habían hecho abandonar mi cometido crítico e informador y me habían transformado profundamente, hasta el punto que no me di cuenta de que tras las palabras de Frascatti se escondía una advertencia.

—Vas demasiado lejos —me había dicho.

Aquel día era viernes y había quedado en recoger a Gina a las siete y marcharnos a pasar el fin de semana con Serena y Michele en su casita de Viterbo, así que me dirigí a mi automóvil estacionado frente al edificio de la redacción y lo puse en marcha. Iba a abandonar el aparcamiento cuando divisé el Lancia rojo en el que un par de meses atrás había creído reconocer a Hans Brukner. Automáticamente extraje del bolsillo mi bloc de notas y entonces recordé que había roto el papel donde guardaba el número. Sin embargo, aún estaba impreso en mi memoria y coincidía.

Olvidé por completo mi compromiso con Gina y seguí al auto rojo por las calles de Roma hasta que se introdujo en el aparcamiento de uno de los edificios comerciales de la Porta Pia. Aparqué sobre la acera y bajé el parasol para dejar a la vista el cartel de «PRENSA». Suele darme resultado y evito montones de multas.

Bastaron diez minutos para que averiguase que el

dueño del Lancia era un americano llamado Harry Huges, que regentaba una empresa de importación y exportación cuyas oficinas estaban ubicadas en la planta cuarta de aquel edificio. El portero se mostró muy amable y me facilitó cuanta información deseé con sólo mostrarle mis credenciales profesionales. Así da gusto trabajar. Debía de ser nuevo en el puesto.

Regresé al coche, pero por un extraño presentimiento no abandoné el lugar enseguida y pude comprobar que el hombre que creí confundir con Hans Brukner no era otro que el mismísimo Halcón Alemán, que salió del edificio en compañía del americano y entraron en una cafetería cercana a donde yo me hallaba. Permanecí allí hasta que abandonaron la cafetería y regresaron al edificio comercial. Ya no había ninguna duda. Se trataba de Hans Brukner.

Tras pensarlo un rato resolví que ya no tenía objeto seguir allí. Ahora ya podía localizarle con facilidad, así que me encaminé hacia el hospital Gemelli en busca de Gina, que me aguardaba con una cara que le llegaba a los pies. No había para menos. Llegaba con hora y media de retraso. Me disculpé y le relaté cuanto había sucedido aquel día, desde mi llegada al periódico, pasando por la larga conversación con Frascatti, hasta mi encuentro con Hans Brukner.

—Quizás ha dejado de trabajar como periodista y se dedica al negocio de la importación y exportación —dijo ella.

—¿Quién? ¿Hans? —exclamé incrédulo—. Imposible. Hans no abandonaría jamás el periodismo. Es su vida y su válvula de escape y sin poder escupir todo el veneno que guarda en sus entrañas se moriría. Puedes estar segura.

—Bien, dame otra explicación plausible —replicó.

—Si la tuviese no estaría preocupado —me quejé—. Cuando Hans se mueve es que algo sucio se está cociendo.

—Oye, hoy es viernes y hemos quedado con Serena y Michele, de manera que ya te ocuparás de tu Hans el lunes. ¿De acuerdo? —me cortó ella.

Asentí sin demasiado convencimiento. Me conozco lo suficiente como para saber que pasaría todo el fin de semana dándole vueltas al asunto.

El sábado por la noche Serena propuso ir a cenar a un restaurante muy coquetón, en donde disponían de pequeños reservados. Me gustó la idea. Y a Gina, también. Fuimos a tomar unas copas. Yo bebí algo más de la cuenta y me sentía eufórico.

El problema fue que cuando llegamos nos preguntaron si teníamos hecha la reserva.

—No —respondió Michele—. No es la primera vez que venimos y nunca la hemos hecho.

—Lo siento, pero hoy estamos completos —nos dijo el dueño.

—¿Y esas mesas?

—Lo siento de veras. Hoy no sé qué ha sucedido —se disculpó.

¡A mí con ésas!, pensé, y saqué un buen billete que le alargué. Entonces, se abrió la puerta y aparecieron dos hombres bien vestidos. Les miré y uno de ellos vio el billete en mi mano y se sorprendió. Aquella cara me era familiar. ¿Dónde la había visto? Imposible recordarlo, por más que me esforzaba. De manera que le sonreí en señal de disculpa. Todos hemos hecho lo mismo alguna vez. Los dos hombres pasaron por nuestro lado y se dirigieron hacia uno de los reservados. El dueño del restaurante no aceptó el soborno y nos rogó que nos marchásemos.

Buscamos otro restaurante y yo tuve que hacer un notable esfuerzo para que Serena y Michele no notasen mi estado de ensimismamiento. Incluso hubo momentos en los que estuve a gran altura, pero a Gina no logré embaucarla.

Me conocía demasiado.

Podía haber resultado un estupendo fin de semana. Nuestros anfitriones eran gente extraordinaria, pero me pasé el tiempo deseando regresar a Roma y nuestra estancia transcurrió con exasperante lentitud. Al fin, el domingo por la noche, emprendimos el viaje de regreso y Gina aprovechó para hablar del tema.

—He estado pensando en lo que me contaste el viernes y creo que puedes estar en lo cierto. Me lo dice mi intuición femenina —sonrió.

—¿A qué te refieres? —pregunté desconcertado. Las mujeres siempre creen que seguimos sus pensamientos.

—A Hans Brukner.

—¡Ah, ya! Me alegra que me lo digas. Siempre he confiado en la intuición de las mujeres, sobre todo en la tuya —la adulé.

—Supongo que vas a iniciar una de esas cacerías durante las cuales no te veo el pelo —dijo.

La miré de soslayo y sonreí. Efectivamente, ésa era mi intención. Montaría guardia y perseguiría a Hans y a su amigo americano hasta que lograse averiguar qué tramaban.

Al día siguiente, lunes, a primera hora comuniqué a Frascatti mi intención de abandonar durante unos días mi línea filosófica para dedicarme a temas más materialistas, aunque me negué a revelarle el motivo de mis pesquisas. Lo único que le dije es que podía estar relacionado con el Vaticano, pero que no era seguro. Confieso que esperaba hallar una mayor oposición o más interés por mis proyectos, pero Frascatti se limitó a asentir y dijo:

—Muy bien. Ya eres mayorcito y sabes lo que haces. Ándate con ojo.

Ya era la segunda vez que pronunciaba aquellas palabras y, sensibilizado por los últimos encontronazos, por la presencia de Hans en Roma y por aquella sensación pegajosa de que alguien me seguía, me volví suspicaz y pensé que una frase tan corta podía significar mucho.

¡Qué decepción! Frascatti, a quien conocía desde hacía años, se comportaba como un perfecto desconocido. En otro tiempo, si hubiese algo de qué hablar, me lo habría contado sin utilizar lenguajes crípticos ni frases a medias tintas. ¿Hasta este punto llega el miedo?, me preguntaba... Claro que, después de todo, resultaba comprensible. Frascatti era un padre de familia con tres hijos, un buen empleo y la situación económica estable. Un blanco perfecto para cualquiera que deseara presionarle, pero, ¿tanto puede cambiar un hombre que se siente acorralado? Su humor era de perros, comentaban en la redacción, y se había convertido en un pequeño tirano que no encontraba nada a su gusto.

Averigüé unas cuantas cosas, como por ejemplo que Import-Export & CIA había abierto una delegación en Roma poco tiempo después de la elección de *el Romano* y se dedicaba al negocio de la importación y exportación de cualquier tipo de mercancía: desde huevos a tractores o camiones, pasando por aceite, vino, calzado... Harry Huges mantenía estrechos contactos con la embajada americana, sobre todo con John Traves, el agregado cultural, de quien se decía que era miembro de la CIA. Por supuesto que todas las actividades de la empresa eran perfectamente regulares y sus beneficios lo suficientemente amplios como para afirmar que se trataba de un negocio rentable y saneado. Lo que ya no estaba tan claro era que su cuartel general se hallaba en Lanley, en el estado de Virginia, y, si la memoria no me fallaba, justo en esa misma ciudad se hallaba también el cuartel general de la CIA. Otros detalles curiosos eran que Huges se movía con soltura por otras embajadas, como la británica, la francesa o la alemana, y frecuentaba el domicilio del general Beil, destacado militar de la OTAN. Demasiadas coincidencias, pensé.

A quien no logré ver fue a Brukner, aunque el portero del edificio comercial de la Porta Pia me indicó que un hombre alto, rubio, con marcado acento alemán y autoritario solía venir de tarde en tarde. Era una descripción que cuadraba a las mil maravillas con Hans.

El martes por la mañana seguía vigilando el edificio y vi detenerse un taxi y saltar a tierra a Hans Brukner. Llevaba una bolsa de mano y daba la impresión de hallarse de paso por Roma. Mientras pagaba y despedía al taxi, crucé a toda prisa y me puse a andar distraídamente por la acera en dirección al taxi. Hans me vio. Yo fingí cara de sorpresa y me encaminé hacia él. Creo que se podía adivinar su disgusto y el deseo de echar a correr como si tuviese algo que ocultar.

—¿A qué se debe este placer? —le sonreí al estrecharle la mano.

—Amo a Roma —me respondió devolviéndome la sonrisa.

—¿Vienes a visitar a alguien? —continué interrogándole con naturalidad.

—A un amigo al que hace tiempo que no veo.

—Me sorprendes. No sabía que perdieses el tiempo visitando amigos. Siempre he creído que Hans Brukner nunca da un paso que no reporte algún beneficio —ironicé. Ésas eran sus palabras de otros tiempos.

—Los años enseñan —sonrió él—. No todo es trabajo

en esta vida.

—Eso es nuevo en ti.

—Pues, ya ves. Hasta un tipo como yo es capaz de darse cuenta de esta verdad.

Le miré despacio. Su fingida modestia no podía engañarme y leía en sus ojos el deseo de fundirme. Mis próximos pasos deberían ser muy precisos, si es que no quería que Hans se me escapase para siempre.

—Espero que algún día vengas a Roma a visitarme a mí. Cuando lo hagas, creeré de nuevo en los milagros —reí abiertamente y le tendí la mano.

—Te doy mi palabra.

Nos despedimos y eché a andar. Cinco pasos más allá me volví y grité:

—Recuerdos a Huges y a la Compañía.

—¿A quién? —me preguntó, pero ya era demasiado tarde. Su cara de sorpresa le había delatado. Agité la mano a modo de despedida y le dejé mirándome. Acababa de asestarle un duro golpe.

¡Quién lo iba a decir! Hans Brukner colaboraba con la CIA. Sonreí para mis adentros. Le había arrancado la máscara, aunque, poco después, me di cuenta de mi estupidez. El deseo de ver derrotado a un hombre que siempre había jugado conmigo acababa de dar al traste con todos mis proyectos. Ahora ya no me resultaría tan fácil averiguar lo que Hans y el americano estaban maquinando. ¡Qué más da! No es la primera vez que me sucedía algo parecido y siempre he encontrado la forma de salir adelante, me dije. El placer de contemplar la ira en el rostro del Halcón Alemán había valido la pena, concluí.

Tras unos días de ausencia volví a sentarme en mi mesa de trabajo de *Notizia* con una amplia sonrisa en mi rostro. Mis compañeros me miraban como a un bicho raro y Frascatti apareció con su cara de perro rabioso.

—¿Quieres saber algo sorprendente? —le pregunté.

—¿Qué?

—Hans Brukner trabaja para la CIA y está en Roma en compañía de un americano muy relacionado con las altas esferas de la OTAN —le solté.

Pero la sorpresa fue mía.

—¿A esas tonterías te has dedicado? Creí que ibas tras algo realmente importante —y me dejó plantado.

No pude aguantar más, me levanté y fui tras él. Le alcancé y me encaré.

—Un momento. ¿No crees que sea importante lo que acabo de comunicarte? —le pregunté enfadado.

—¿Para quién? —me respondió deteniéndose y mirándome con desinterés.

—¡Bueno! ¿Qué te pasa?

—Más de la mitad de los periodistas trabajan para uno u otro, sea la CIA, el DIGOS, la Policía, la Mafia o la madre que los parió. Tu gran noticia es una mierda. ¿Está claro?

Permanecí unos segundos en silencio, meneando la cabeza a derecha e izquierda, incrédulo ante sus palabras. Luego, lentamente, cerré los ojos y los abrí de nuevo. El hombre que tenía delante podía ser cualquiera menos Frascatti y así se lo dije:

—Cuando vuelva Frascatti le dices que me gustaría hablar con él. Le recuerdo con mucho cariño —y regresé a mi puesto.

Hacia las siete de la tarde abandoné la redacción. Hacía un poco de fresco y preferí andar un rato antes de irme a casa. Todo estaba cambiando muy deprisa y yo no entendía nada de nada. Frascatti, que unos meses atrás me había pedido que acabase con la ola de ataques al Vaticano, parecía convertirse en un atacante. El defensor de la libertad de expresión, que habría saltado al enterarse de que Brukner era un agente de la CIA y habría arrasado con todo, se limitaba a aceptar el hecho como parte de una situación normal. ¡No!, me negaba a creer que Frascatti hubiera cambiado hasta aquel extremo. Alguien debía de presionarle, y mucho, porque mi jefe no era un cualquiera. Le conocía desde hacía muchos años y me constaba que había defendido a sus compañeros. Incluso jugándose el puesto. Sin embargo, ahora, vivía en otra galaxia, en la que el compañerismo, la honestidad, la lucha diaria por informar y la ilusión habían dejado de existir. Sí, sobre todo la ilusión había desaparecido y su desinterés era realmente preocupante.

Llegué a casa pasadas las ocho. Gina tenía la cena a punto y estaba alegre, hasta que vio mi cara.

—¿Qué pasa? —me preguntó.

Nos sentamos en el sofá y le relaté cuanto había sucedido aquel día. En primer lugar mi alegría al desenmascarar a Hans y, luego, acto seguido, mi desilusión ante la absurda reacción de Frascatti. Gina me escuchó como sólo ella sabe hacerlo, sin decir palabra y muy cerca de mí.

—Tiene que estar pasando por un mal momento. Acuérdate de cómo estabas tú hace un par de años, cuando lo de tu famosa depresión —me dijo al concluir mi relato—. No se te podía ni tocar y creí que acabaría por recogerte con pinzas. Me parece que deberías ayudarle. ¿No crees? A veces unas palabras bastan para cambiar por completo unas actitudes y, no hace mucho, me contaste que habías rechazado un puesto que te ofrecía porque no eres un pájaro enjaulado. ¿Te imaginas lo que debió de sentir al escuchar esas palabras? Puede que los tiros vayan por ahí.

¡Qué mujer!, pensé. Cada día estaba más hermosa.

Se acercó un poco más y me besó con ternura.

—Lo que tú necesitas, ahora, es una buena cena y lo que vendrá luego —dijo con picardía y se escapó con la agilidad de un gato, para detenerse en la puerta de la cocina y sonreírme con tunantería—. He dicho lo que vendrá después, no antes.

Iba a levantarme para perseguirla, pero en aquel preciso instante llamaron a la puerta. Gina me hizo una seña para que no me levantase y fue a abrir. Era el vecino del quinto tercera. Les escuché hablar. Después, Gina entró en la habitación, tomó el abrigo y las llaves del auto.

—¿Qué sucede? —pregunté.

—Que nuestro vecino tiene su coche encajonado entre el tuyo y otro y no puede salir, pero tú tranquilo que yo lo solucionaré.

—Si tú no sabes conducir...

—Él lo moverá. Para eso tomo las llaves. Anda, descansa —me cortó y se marchó antes de que yo pudiese protestar. Nunca me gustó que nadie toque mi auto, pero no insistí. Cerré los ojos y aproveché su ausencia para poner los pies sobre la mesita de centro. A ella no le gusta, pero ojos que no ven...

Gina tenía razón, pensé. Frascatti estaba deprimido y necesitaba ayuda, así que hablaría con él, me lo llevaría a Cellini y, si era necesario, nos emborracharíamos hasta no conocernos, aunque, luego, mi estómago gritase y se retorciera de dolor.

Seguía meditando sobre el tema cuando di un respingo y bajé los pies de la mesita. Acababa de escuchar un tremendo ruido y no era un portazo. Además, los cristales habían temblado.

Tardé apenas unos segundos en identificar el sonido. ¡Se trataba de una explosión! Me levanté de un salto y corrí hacia la cristalera. Y entonces vi la escena que se ofrecía a mis ojos.

—¡Gina! —grité horrorizado. Y aporreé los cristales.

13 · UNA LUZ EN LA OSCURIDAD

Cinco horas sentado en una butaca de una sala de espera de un hospital, mientras en el quirófano están operando a la mujer a la que amas con locura y cuya vida pende de un hilo, es un sufrimiento que no se lo deseo ni al peor de mis enemigos. Los minutos se suceden con exasperante lentitud. Una puerta que se abre te sobresalta y los cigarrillos a medio fumar se amontonan en el cenicero, mientras tú esperas de un momento a otro que te sea comunicado un desenlace fatal. Es tiempo más que sobrado para pensar en mil cosas distintas, repasar cuantos momentos fuiste feliz a su lado y lamentar todas aquellas ocasiones que se perdieron en estupideces. Si crees en algo, es el momento de rezar, incluso de clamar justicia e implorar un milagro. Estás agotado y, sin embargo, tu cuerpo se niega a admitirlo y sigue tenso y a la espectativa.

Las paredes blancas, a veces, son símbolo de esperanza y, otras, se convierten en fúnebre presagio. Te levantas, paseas, enciendes otro cigarrillo, vuelves a sentarte, te desesperas y terminas preguntando a cualquiera que luzca una bata blanca. No hay noticias, te dicen, todo sigue igual. Hay quien te da ánimos y alguna que otra palabra de consuelo. Otros se limitan a decirte que se está haciendo cuanto se puede. Se presentan compañeras de Gina y casi soy yo quien tiene que consolarlas. Y así transcurren los minutos, entre sufrimiento y sobresalto, entre rabia y dolor, entre preguntas para las que careces de respuestas, consumiéndote lentamente, impotente, perdido. ¡Santo Dios! ¡Qué cinco horas! Menos mal que el encargado de la investigación era el inspector Ángelo de Luca, un buen amigo mío. Se presentó a los diez minutos de comenzar la operación y me puso las cosas bastante fáciles.

—Siento tener que molestarte con mis preguntas, pero es necesario —me dijo con su habitual seriedad.

Ángelo es un buen policía. Lo lleva en la sangre y carece de horario cuando el deber le reclama. Nunca ha aceptado un soborno, eso lo sabe todo el mundo, y ha plantado cara a sus superiores en más de una ocasión, sobre todo cuando le dicen que ciertos asuntos deben de ser tratados de diferente forma. Para él no existen diferencias, tanto si se trata de altas esferas como si el suceso tiene por escenario los bajos fondos. Él es policía por encima de todo.

—No te preocupes. Ya sé que es tu trabajo, de manera que responderé a todas tus preguntas —contesté y, adelantándome a su interrogatorio, proseguí—: No sé quien puede haberlo hecho, aunque sí sé que la bomba llevaba mi nombre escrito. Estaba en mi coche y Gina no sabe conducir ni nunca le ha tentado aprender. Tampoco he recibido amenazas de nadie. ¿Qué más puedo decirte?

—Todos hemos seguido con mucho interés tus artículos. ¿Crees que puedes haber..., no sé..., ofendido a alguien?

—Los accionistas de *Notizia* opinan que sería mejor que abandonase esta línea —manifesté.

—¿Grimaldi?

—No se te escapa una —respondí con una mueca que pretendía ser una sonrisa—. A Grimaldi no le ha sentado bien que ataque a Darelo y a la Mafia.

—Puede ser un punto de partida, aunque el estilo no es el habitual. Ésos tienen otros métodos —dijo Ángelo rascándose detrás de la oreja—. El explosivo era vulgar dinamita, pero el mecanismo detonador no era nada burdo y la carga había sido calculada cuidadosamente y situada bajo el asiento del conductor. El hombre que puso en marcha tu coche quedó destrozado.

—Pobre hombre —musité.

—El trabajo es de especialistas de alto nivel, técnicos en explosivos y la Mafia no pone tanto esmero y tampoco se rasga las vestiduras si muere algún transeúnte —explicó Ángelo—. Gina se hallaba a escasos metros y vuelta de espaldas. Estas dos circunstancias sumadas al hecho de que el explosivo estuviera minuciosamente calculado y preparado, son los factores que hacen que ella se encuentre en el quirófano y no junto a tu vecino. De manera que si hay algo más que puedas decirme cuéntamelo. Piensa que los que llevaron a cabo este intento puede que no se detengan aquí.

—Si se me ocurre algo te llamo —aseguré.

—No dejes de hacerlo. De todas formas, voy a ordenar que te asignen protección.

—Te lo agradezco mucho, pero no la quiero —respondí.

—Siempre has sido un cabezota —me dijo con disgusto—. No puedo obligarte a ello, pero te aseguro que mandaré poner en tu tumba una hermosa lápida en la que graben: «Aquí yace Mario. Murió por cabezota y testarudo».

Repito que necesitas protección.

—He dicho que no la quiero —insistí.

—Está bien, tú ganas, pero hasta tu ángel de la guarda puede largarse a tomar un café o echar una cabezadita y dejarte solo durante unos segundos. No creas que se necesita mucho más tiempo para morir.

Me estrechó la mano con fuerza y se marchó. Me senté en una butaca de la sala de espera y me dispuse a aguardar. Había silenciado mis encuentros con Hans, su relación con la CIA y al hombre que me seguía. Si no lo hubiese hecho, Ángelo me habría colgado una sombra y yo deseaba pescar a mi otra sombra, que seguro que tenía algo que ver con toda aquella tragedia. ¡Maldita sea! Si hubiese sido más prudente, si hubiese hecho caso de mi intuición... Pero, no. Soy idiota y no tengo remedio. Tan idiota que me creía un agente secreto y con suficiente capacidad para enfrentarme a quien fuese y vencerle. ¡Dios! ¡Qué inconsciente es la estupidez! Estaba convencido de que volvería a encontrarme con aquel hombre del aparador, que lo agarraría por el cuello y que conseguiría que cantase de plano. Entonces ya tendría el nombre de quien andaba detrás de todo.

Cerca de las diez apareció Frascatti. Estaba profundamente conmovido y no acertaba con las palabras. Ahora sí era el Frascatti que yo conocía.

—Todos lo sentimos mucho... He venido en nombre de los demás, ¿sabes? Hemos pensado..., bueno, que todos juntos estorbaríamos..., pero..., todos querían venir...

—No te esfuerces —le corté—. Sé cuánto aprecias a Gina y lo que sientes en estos momentos, a pesar de las diferencias que hayamos podido tener estos últimos días.

—Siempre he compartido tus ideas sobre el

periodismo y creo que estás haciendo una gran labor y que el mundo lo necesita. Me crees, ¿verdad?

—¡Claro que sí, hombre! Todos hemos pasado por momentos malos. De ello quería hablar contigo. Hace tan sólo unas horas Gina acababa de recordarme la depresión que padecí hace un par de años y me abrió los ojos.

—No, Mario, no estoy pasando por una depresión —dijo—. ¿Cómo te lo explicaría? —Se sentó y se frotó la cara con las manos—. Verás, yo tengo mujer e hijos y...

—¿Quién es? —le pregunté.

—Tú estabas fuera haciendo el reportaje del viaje de Pedro II y Grimaldi me llamó a su despacho y me dijo que no estaba de acuerdo con nuestra línea. Intenté razonar con él y defender mi punto de vista, pero se mostró inflexible y tajante. Entonces, tuvimos unas palabras y le dije que, si pretendía presionar al equipo, organizaría tal escándalo que se destaparía todo cuanto hubiera que destapar. Creo que, incluso, aludí a sus relaciones con la Mafia. A los dos días Francesca me dijo que alguien se le había acercado y le había dicho que tenía unos hijos muy guapos y que sería una pena que les ocurriese alguna desgracia. Aquel hombre no bromeaba. Chucho, el pequeño, estuvo a punto de ser atropellado por un coche que se dio a la fuga y Anna, con sus doce años, regresó de la escuela hecha un mar de lágrimas. Un hombre la había introducido en un portal y la estuvo tocando. La pobre temblaba de pies a cabeza y Francesca estaba muy asustada. Quise ir a la Policía, pero ella se negó y me rogó que hiciese lo que me pedían. ¿Te das cuenta?

—Sí, pero ellos se crecen con tu actitud —le reproché.

—Tú no tienes hijos y no sabes lo que es permanecer encerrado en mi despacho pensando que algo les puede suceder a ellos. No sabes lo que representa —se quejó.

—Hace más de dos horas que Gina está luchando entre la vida y la muerte y yo estoy encerrado en esta sala sin poder hacer nada, excepto odiar a quien lo ha hecho —le repliqué con rabia.

—Ella es una persona adulta. Un hijo es diferente —me respondió.

—Perdona —le dije. Ahora me daba cuenta de que él también estaba pasando lo suyo—. Ella es todo lo que tengo. ¡Todo! ¿Comprendes?

—Eres tú, quien tiene que perdonarme a mí. Estoy deshecho y no sé lo que me digo —se disculpó y hundió el rostro en las manos. Daba pena verle en aquel estado. Él, que era un torbellino, un periodista bragado, duro y habituado a todo, estaba llorando como un niño.

—Olvídalo. Yo también me estoy comportando como un idiota. Soy tan estúpido que pienso que si tú pierdes a uno de tus hijos aún te quedan otros dos, como si Gina valiese por cuatro, y me olvido de que estamos hablando de seres humanos y que todos valen lo mismo. Para mí, Gina es lo más importante de este mundo y para ti lo son cada uno de los tuyos —reflexioné y procuré consolarle.

—Si puedo ayudarte en algo...

—Lo sé, gracias.

Frascatti se marchó dejándome con el corazón en un puño. ¿En qué clase de mundo estábamos viviendo? Mi mente se nubló y vi sangre, mucha sangre. Ya no necesitaba a mi perseguidor para saber quién estaba detrás de toda aquella barbarie. Las palabras de mi jefe había asignado cada papel a cada actor y Grimaldi se llevaba el de protagonista. Deseaba con todas mis fuerzas agarrarlo por el cuello y estrangularlo lentamente, ver cómo su rostro se desencajaba, sus ojos se desorbitaban, sus labios se amorataban y su lengua se hinchaba, mientras la vida se le escapaba poco a poco, consciente de que moría en mis manos. Hasta llegué a imaginar que, en el último instante, lo soltaba para darle un respiro y, luego, volvía a estrujar su asqueroso cuello. Así una y otra vez para hacer más larga su agonía. Más tarde cambié de idea y cerré los ojos para deleitarme en las más sádicas y refinadas torturas. Le veía cabeza abajo, suspendido de una viga por los pies, mientras yo le arrancaba la piel a tiras con una navaja de afeitar. ¡Santo Dios! ¡Cuánto odio albergaba mi corazón! No quería que muriese, sino que sufriera eternamente, poder encerrarlo y torturarlo cada día, hasta que llegase a desear la muerte, hasta que implorase el fin de tanto sufrimiento y la liberación eterna. En toda mi vida había odiado tanto.

Media hora más tarde, agotado, vi aparecer a uno de los doctores, me levanté y me fui a hablar con él.

—No voy a ocultarle nuestras dificultades, señor Darino —me dijo—. Tiene afectados ambos riñones y nos preocupan los hematomas que presenta en la base del occipital y en la región del coxis.

—Le ruego que no haga uso de la jerga médica —le rogué, antes de que me soltase una retahíla de palabrejas.

—No tenía intención de hacerlo. Seré breve, señor Darino: necesitamos su permiso para extirpar el riñón izquierdo y el bazo —me soltó en frío.

—¿Es absolutamente necesario?

—Me temo que sí y, aun así, no puedo garantizarle que salga con vida. El riñón derecho tampoco trabaja como debiera, ha perdido gran cantidad de sangre y tenemos que andar con pies de plomo. Se trata de una persona con una ligera diabetes —respondió muy serio.

—¿Qué sucederá si no se los extirpan?

—Siento hablarle con tanta crudeza, pero es la única forma de expresarlo, o cuando menos la única que conozco. Tanto el riñón izquierdo como el bazo han dejado de recibir riego sanguíneo. Si no los extraemos estamos dejándole dos cadáveres dentro y morirá.

Me quedé helado. En contra de lo que dije, hubiera preferido un lenguaje más técnico. Sus palabras, más que crudas, habían sido brutales y tuve que apoyarme en la pared para no caerme.

—¿Prefiere sentarse? —me preguntó al tiempo que me sostenía por el brazo.

—No, no, estoy bien, gracias —susurré. ¿Qué podía hacer? En tales situaciones siempre se está en manos de los médicos. Carraspeé y sacando fuerzas de flaqueza añadí—: Hagan lo que crean conveniente, pero sálvenla, por favor.

Puso su mano sobre mi hombro y asintió en silencio. Después, antes de abandonarme e integrarse de nuevo al equipo que aguardaba mi respuesta en el quirófano, dijo:

—Todos apreciamos mucho a Gina. Los enfermos la adoran y en la capilla alguien reza por ella.

Le vi alejarse y entré de nuevo en la sala de espera. Me senté en una de las butacas y rompí a llorar.

Minutos después una enfermera me trajo un bocadillo y café y me comunicó que el doctor lo había encargado para mí. Me tomé el café y dejé el bocadillo. No tenía hambre. El reloj seguía moviéndose con idéntica lentitud.

Mis padres murieron a poco de finalizar mis estudios, no tenía hermanos y la poca familia de que disponía se hallaba desparramada por toda Italia. Gina no era romana. Su madre vivía y tenía, además, una hermana cargada de hijos, aunque ambas se hallaban a más de cuatrocientos kilómetros. De manera que estábamos solos. Y con esa reflexión me adormecí.

Durante aquel rato de modorra, la escena vivida horas antes volvió a representarse en mi mente. Veía con toda claridad mi coche ardiendo y el cuerpo de Gina tendido sobre la acera e iluminado por el tétrico resplandor de las llamas. Me vi a mí mismo, horrorizado, gritando su nombre con angustia, sin saber qué hacer. Y, luego, bajar las escaleras a toda prisa, saltar a la calle, apartar con violencia a las gentes que habían acudido y caer de rodillas junto a mi amada Gina y abrazarla. Después, el ulular de las sirenas, batas blancas de camilleros, el uniforme de los policías, los bomberos, la gente, la ambulancia...

Una mano se posó sobre mi hombro y me desperté sobresaltado. ¿Qué sucedía? Tardé un poco en ser consciente de que me hallaba en la sala de espera del hospital Gemelli y que frente a mí tenía a *el Romano,* al Papa Pedro II.

—Mario —me llamaba con su voz profunda y calma—. ¿Cómo se encuentra Gina?

—Siguen operándola —le informé todavía somnoliento.

Consulté el reloj. Era más allá de medianoche. Apenas habían transcurrido quince minutos desde que me había quedado amodorrado. La somnolencia desapareció por completo. Aquellos minutos de abandono habían bastado para restaurar parte de mis fuerzas y me sentía mejor. *El Romano* estaba de pie, frente a mí, vestido con un traje gris y alzacuello. Nadie que no le conociese bien se habría percatado de que bajo aquella sencilla vestimenta de sacerdote se ocultaba un pontífice.

—¿Cómo se ha enterado? —le pregunté al tiempo que iniciaba un ademán para levantarme y él me obligaba a permanecer sentado.

—Las noticias vuelan, sobretodo si hablan de desgracias —me explicó—. ¿Cómo se siente?

—Fatal. Yo debiera de estar muerto y, en lugar de ello, en el depósito reposa el cuerpo de un hombre completamente destrozado y Gina lleva más de tres horas en manos de los cirujanos. Me siento horrible, con ganas de gritar, echar a correr, encontrar al culpable y pasarle factura —respondí con rabia.

—No es momento de odio, sino de amor.

—Mire, Pedro, ustedes lo tienen fácil, pero nosotros, los simples mortales, actuamos conforme unos parámetros muy vulgares. Lo único que poseemos es la vida y nos aferramos a ella como a un clavo ardiendo. Todas las teorías sobre el amor, el perdón y todo lo demás son muy hermosas, mientras no te llega el turno —repliqué.

—Gina necesita de todo su amor, de toda su fuerza y de sus sentidos —me dijo mirándome a los ojos—. Es la ayuda que está pidiendo, no que usted se convierta en el ángel vengador y salga a la calle blandiendo su espada de fuego. Cuanto más odio y rencor albergue en su corazón, tanto menos espacio queda para el amor. Lo positivo se encuentra en sus sentimientos hacia ella. El resto no hace más que envenenarle la sangre.

—¿Qué quiere, que me cruce de brazos, perdone a quien colocó la bomba, a quien lo decidió y a quien lo ordenó? —le pregunté con ira.

—Deseo que luche por la justicia, pero sin odio en su corazón, sin cebarse en la injusticia, que no es más que la carencia de justicia, una ilusión, una falacia —dijo, y me señaló amenazador con su dedo índice—. Si lucha contra la injusticia su mente se cierra y se ofusca. Si lucha por la justicia su mente se abre, busca nuevos caminos y aprovecha todas las oportunidades. Ésta es la llave del éxito: luchar por algo, buscar el movimiento positivo y nunca la negación, la destrucción y el ataque, sino el combate. ¿Me he explicado con claridad?

—Con mucha claridad, pero yo no estoy en disposición de escuchar. Las palabras no sirven cuando los demás matan —contesté—. Yo no soy un mártir de las catacumbas ni de los circos romanos y no voy a arrodillarme delante de los leones a la espera de que me devoren mientras los espectadores aplauden. ¿Me he explicado yo también con claridad?

—Estupendo. Va a ponerse a su nivel y a aplicar la ley del Talión, una ley caduca y superada por otra de mayor rango hace más de dos mil años, y el sacrificio de Gina será tan inútil como cuantos le precedieron —dijo con tristeza—. Pero ésta es su decisión.

Iba a replicarle cuando apareció el doctor. Su rostro revelaba cansancio y gravedad. Me dirigí hacia él y le interrogué sobre el resultado de la operación, aunque ya sabía que las noticias no podían ser muy halagüeñas.

—No puedo darle demasiadas esperanzas —me comunicó con una mirada que decía «lo siento» a cada sílaba—. Ha entrado en estado de coma y no queda otra opción que rezar y aguardar un milagro. Bastante es que continúe con vida.

—¿Podemos verla? —intervino *el Romano.*

—¿Es usted pariente suyo? —le preguntó el doctor.

—Es Su Santidad Pedro II —me apresuré a decir y el doctor quedó cortado.

—Les proporcionaremos batas, zapatillas y mascarillas, aunque debo rogarles que permanezcan el menor tiempo posible —respondió. Luego, tomó del brazo a *el Romano* y lo apartó de mi lado—. Hay muy pocas esperanzas —le oí susurrar—. Ella es creyente y creo que agradecería la extremaunción.

En aquellos instantes pensé en lo que sería volver a casa y hallarla vacía. Tras oír las palabras del médico, la daba ya por muerta y sentía miedo de enfrentarme con nuestro hogar, con sus pertenencias, sus recuerdos y su ausencia. Habíamos sido tan felices... Las paredes de nuestro apartamento estaban impregnadas de sus pensamientos, sus palabras, sus sentimientos, sus sueños y nuestro amor. También me costaba entrar en la unidad de cuidados intensivos. Deseaba mantener vivo el recuerdo de su alegría, su vitalidad y su sonrisa, aunque la última imagen fuese su cuerpo tendido sobre la acera en mitad de un charco de sangre, escena que se me representaba constantemente y levantaba y encendía hogueras de odio en mi interior.

Fue *el Romano* quien me tomó del brazo y me obligó a seguir al doctor hasta la antesala de la UCI, en donde una enfermera nos entregó batas, zapatillas, gorros y mascarillas.

Minutos después me hallaba junto al lecho que ocupaba Gina.

Estaba tendida boca abajo, con la cara vuelta hacia la derecha, rodeada de todo tipo de cachivaches que controlaban sus constantes vitales, intubada y cosida a pinchazos en ambos brazos. Su sueño era el que precede a la muerte y tuve que hacer un notable esfuerzo para no echarme a llorar. Le tomé la mano y acerqué mis labios hasta aquellos dedos inmóviles. La vida se le estaba escapando por momentos. Lo presentía.

Levanté la mirada y fijé mis ojos implorantes en los de *el Romano,* que se había situado al otro lado de la cama y tenía su mano sobre la de Gina. Cerró sus ojos y levantó el rostro hacia lo alto, como si rezase. Se lo agradecí infinito. Yo no podía hacerlo.

Transcurrieron unos minutos, durante los cuales me sentí perdido y clamé al cielo exigiendo un milagro. Imprequé a Dios desde mi interior, con violencia, me quejé de su justicia, incomprensible para mí, y quise hacerle ver que se equivocaba, que era yo quien tenía que morir y no ella, criatura inocente. Abrí los ojos y vi a *el Romano* en la misma postura de oración. Entonces recordé sus palabras, cuando me hablaba de que Gina estaba reclamando todo mi amor y que únicamente podría dárselo si no había lugar para el odio en mi corazón. Una vez más mi crisol interior se ponía a trabajar y recuperaba palabras para dotarlas de significado.

¿Qué era el odio, sino el polo opuesto del amor? En una ocasión llegué a comparar el odio y el amor a los dos extremos de un termómetro: en la parte superior el calor y en la inferior el frío. Ambos no son más que dos puntos de una escala, dos nombres aplicados al mismo concepto, dos formas de ver el mundo. Así eran el amor y el odio. Amor era dar sin contrapartida, era lo que yo deseaba sentir por Gina aguardando tan sólo que ella me otorgase el placer de amarla, única fuente de felicidad. Dar sin más, por el placer de dar, relegando mi persona a segundo plano, obligando a que cuanto representa mi yo diario y mi personaje creado para buscar mi satisfacción se diluya para dar paso a mi auténtica identidad: la que no juzga, no califica y no compara, tan sólo vive, siente y ama.

El Romano tenía razón. Mi odio surgía del supuesto ataque que yo imaginaba, el despojo de mi entorno y la sobrevaloración de mi persona. En el fondo, si lo analizaba, mi dolor provenía de mi expoliación, no del estado de Gina. Me sentía ultrajado, perdido, solo y me daba miedo regresar a casa y comprobar que todo cuanto me rodeaba, aquello que yo tenía por sagrado, importante, eterno e inmutable, nuestro amor, era tan vulnerable y tan mutable como cualquier otra cosa y podía desaparecer en unos segundos para quedar convertido en recuerdo, únicamente en recuerdo. Y todo eso me asustaba y me dejaba suspendido en el vacío absoluto, sin nada firme a lo que asirme. Fueron unos instantes de vértigo, de pánico, de negación, de duda, de comprobar que hasta las baldosas del suelo del hospital, duras como la roca, eran inseguras, podían romperse, perder su solidez, deshacerse y convertirse en vulgar arena, desaparecer. Fue entonces cuando me pregunté si existía algo real, auténtico, verdadero, inmutable, eterno, sólido e indestructible y deseé que ese algo fuese mi amor por Gina, más allá de nuestro físico, del mundo y de la muerte.

El Romano abrió los ojos y me miró de extraña forma. Sus ojos parecían traspasarme.

—La ciencia no es perfecta. Hace cuanto puede y cada día conoce un poco más, pero es mucho más aquello que desconoce —dijo con voz profunda. Permaneció unos segundos en silencio y añadió—: Le deseo que halle pronto su camino, el verdadero, el auténtico, aquel que usted intuye y parece escapársele. —Hizo otra pausa y concluyó—: Creo que debemos salir. Gina está en muy buenas manos.

Abandonamos la habitación y nos dirigimos a los vestuarios para recuperar nuestro aspecto normal y desembarazarnos de las batas, zapatillas y demás artilugios.

Me estaba quitando la bata cuando, por la rendija de la puerta del vestuario, vi pasar a la enfermera que estaba al tanto de los controles de Gina. Iba muy deprisa. Casi corría. Me asusté e hice un ademán para regresar al lado de ella, pero *el Romano* me retuvo. Nunca hubiera imaginado que sus dedos delgados y largos pudieran inmovilizarme con tanta facilidad.

—Todo va bien Mario. No tiene que preocuparse por nada —me dijo con convicción, y yo le creí y seguí desembarazándome de la bata con lentos y mecánicos movimientos. Me sentía autómata.

De pronto, vi pasar al doctor seguido de la enfermera. Andaban deprisa, nerviosos, y hablaban mucho

—Todo va bien —escuché de nuevo la voz de *el Romano.*

Yo estaba alelado, idiota perdido. Supongo que la tensión soportada durante aquellas horas me tenía drogado, hasta el punto de no discutir nada.

Habíamos terminado de mudar nuestras ropas y salíamos del vestuario, cuando el doctor nos alcanzó.

—No me gusta dar falsas esperanzas, pero creo que hay novedades —me dijo muy optimista—. Gina ha abandonado el estado de coma y parece que está reaccionando.

—Quiero verla de nuevo —solicité.

—No, ahora no puede ser.

—¿Cuándo podré verla? —insistí.

—Dentro de un par de horas podré contestar con bastante exactitud a esa pregunta, aunque, si todo va bien, hasta mañana por la tarde no sabremos lo que puede suceder. Lo mejor es que se vaya a casa y procure descansar. Le doy mi palabra de que le llamaré en cuanto tenga noticias.

—Prefiero quedarme aquí —le contesté.

—Mario, está usted agotado y lo mejor que puede hacer es dormir —intervino *el Romano*—.Todo va bien y mañana por la tarde, cuando haya descansado, podrá ver a Gina.

Era la tercera vez que me decía que todo iba bien. Le miré a los ojos, luego miré al doctor, que asentía en silencio. Me sentía cansado, muy cansado. La tensión a que me había visto sometido durante las últimas horas había acabado con mis reservas y el café ingerido no había hecho más que alterar en mayor grado, si cabía, mi estado nervioso. En otras circunstancias no habría aceptado el consejo, pero la voz de *el Romano* invitaba a seguirle y su tono, lleno de autoridad, aunque no agresivo, daba a sus palabras un toque de seguro convencimiento. Respondí afirmativamente con un ligero movimiento de cabeza.

—Gracias por todo —dije al doctor.

—Es nuestro trabajo —me respondió.

—De todos modos, gracias. Aguardaré cualquier noticia con verdadera impaciencia.

Abandonamos el hospital. Hacía fresco. Me subí el cuello de la americana y metí mis manos en los bolsillos. A unos pasos de la puerta nos encontramos con Pasqualina, una compañera y amiga de Gina. Ambas habían entrado a trabajar en el hospital el mismo día y se llevaban muy bien. Pasqualina venía corriendo y se detuvo al reconocerme.

—Me he enterado hace un rato —me dijo resoplando por la carrera—. ¿Cómo está?

—Ha sido una operación muy complicada, pero está reaccionando bien —le contesté.

—¡Cuánto me alegro! —le salió del alma—. No tengo que trabajar hasta mañana por la noche, bueno hasta esta noche, que ya estamos en otro día, y he pensado pedir permiso para quedarme con ella.

—Te lo agradezco mucho. A mí me han echado, aunque me han prometido que estaré informado de todo —dije con tristeza.

—No te preocupes. Si hay alguna novedad te llamaré yo —me aseguró y, luego, la vi vacilar.

—Te lo contaré mañana. Ahora no me tengo en pie —me disculpé.

—La curiosidad puede aguardar —me sonrió al tiempo que colocaba su mano sobre mi brazo y lo apretaba cariñosamente—. Te llamaré si hay algo —repitió y echó a correr escaleras arriba.

—Venga, le acompañaré hasta su casa —dijo *el*

Romano y le seguí hasta un Fiat gris nada llamativo, que estaba aparcado un poco más allá.

Al llegar junto al coche sentí un escalofrío y me asaltó el temor de que pudiese estallar al entrar y ponerlo en marcha. *El Romano* pareció captar mis pensamientos.

—Si hemos de morir es que ha llegado nuestra hora, aunque me molestaría un poco que así fuese. Aún me quedan algunas cosas por hacer —sonrió y abrió la portezuela con absoluta tranquilidad.

Tuve un sobresalto al escuchar el rugido del motor que se ponía en marcha, pero no sucedió nada fuera de lo normal. Más tranquilo, entorné los ojos y procuré descansar. Había sido un día extraordinariamente largo y me sentía desfallecer. Menos mal que Gina había reaccionado... Cuando menos era una pequeña luz en la oscuridad.

—¿Sabe por qué el hombre se siente atraído por el fuego y el mar? —escuché la voz de *el Romano* junto a mí.

—¿Qué? —inquirí abriendo los ojos.

—¿No se ha quedado nunca hipnotizado ante el chisporroteo de los leños que arden en la chimenea o por el batir de las olas del mar? —preguntó.

—Sí, en muchas ocasiones —le contesté.

—¿Y no sabe por qué?

—Nunca me lo he cuestionado —respondí frunciendo el ceño. ¿Qué tenía que ver aquello con el presente?

—Cuando el hombre comienza a hacerse preguntas y descubre que todo es relativo, que nada permanece, sino que se mueve y está en continuo cambio, termina por hallarse en el vacío, hasta que se da cuenta de que lo único que permanece es el movimiento en sí.

—Hasta ahí ya he llegado —le sonreí.

Gina solía preguntarme por qué la amaba y yo siempre le respondía que definir el amor es imposible, que se trata de un sentimiento y no hay palabras para ello. Era mentira. Lo cierto es que carecía de respuesta porque no sabía qué responder, porque era consciente de que su juventud, su belleza, su energía, su carácter y todo cuanto veía en ella no serían eternos. Aquel pensamiento me entristecía y me producía incomodidad. ¿Qué sucedería el día en que despertase y viese a una persona distinta de la que me enamoré? El tiempo, a pesar de que he llegado a la conclusión de que no existe, de que no es más que un engaño de nuestra mente, un parámetro para mantener viva la conciencia del movimiento, se convierte en tortura infinita. En aquel momento, durante el corto silencio que reinó en el interior del Fiat camino de casa, con *el Romano* a mi lado, me daba cuenta de que yo me había pasado la vida persiguiendo la eternidad y no había sido consciente de ello hasta entonces. Una vida no me bastaba y la creencia de que podía vivir con la esperanza y la fe puestas en algo más allá de la muerte me sonaba a estupidez. Yo deseaba, anhelaba poseer la eternidad y que cuanto me rodeaba permaneciese a lo largo de los tiempos.

El coche se detuvo frente al portal de nuestro apartamento y yo miré a *el Romano.* Fue como un relámpago, algo instantáneo, como un fogonazo y, en un instante, descubrí lo que él pretendía hacer, de lo que significaba despertar al hombre, caminar hacia la vida eterna, abrir los ojos y contemplar el camino que conduce al Ser Supremo.

—¿Por qué habla tan poco de usted y siempre se refiere al hombre? —le pregunté.

—Los hombres somos egoístas, nos vemos únicamente a nosotros mismos y nos comportamos como si fuésemos el centro del universo y todo girase en torno a nuestra persona. Y no somos más que un minúsculo fragmento, una partícula infinitesimal, la más pequeña de las motas de polvo que hay en el todo inconmensurable. ¿Cómo voy a hablar de mí si yo carezco de valor frente a la creación, si soy una parte de esa creación, y no la creación en sí? —me dijo vuelto hacia mí y mirándome desde la profundidad de sus ojos oscuros—. Cuanto nos sucede y nos agobia, incluso la muerte de un ser querido o la mayor de las desgracias, no nos sucede a nosotros, sino que, simplemente, acontece. Es una manifestación de la Suprema Inteligencia que todo lo ordena. Resulta un terrible golpe descubrir que no somos tan importantes como creíamos, que somos una parte del todo y no un aparte del todo, y ese descubrimiento lleva aparejada la negación de todo cuanto hemos construido en nuestra mente día a día, mes a mes, año tras año. Es cambiar de posición nuestro punto de vista y contemplar cómo el universo entero se detiene y va en otra dirección. Es un morir para renacer. Es comenzar a vivir la eternidad desde lo temporal, sin fechas de caducidad. Es, en una palabra, el gran salto de la humanidad. —Se detuvo, me sonrió y preguntó—: Hermosa teoría, ¿verdad?

—Sí, muy bonita, pero...

—Pero hay que vivirla para que se convierta en realidad —me cortó—. Ahí tiene su reto y el de la humanidad entera. Ésta es también la misión de la Iglesia: conducir al hombre hasta el umbral. Luego, el hombre empezará a caminar despierto, erguido, sin temor, sabiendo que existe un más allá y abandonará la fe ciega, punto de arranque para multitud de fanatismos. La fe es un señuelo que nos ayuda a seguir en pos del conocimiento de Dios, pero cuando la fe deja de ser un medio y se convierte en un fin, todo se desmorona. Entonces surge la necesidad de imponer obligaciones y crear dogmatismos erróneos y nos olvidamos de que los caminos para llegar son muchos y que el dogma no es más que uno de ellos. Los dogmas son focos de luz que otros hombres hallaron y situaron en el firmamento a modo de estrellas que guíen al navegante. Cumplir unas normas porque otros hombres las dictaron y creer en unos dogmas por la sencilla razón de que tras esa creencia hay la promesa de salvación, es una pérdida de tiempo y una estupidez, mientras no exista el deseo de ir más lejos, de acercarse a la fuente, a Dios.

—¿Por qué me cuenta eso?

—Porque debo pedirle perdón —me respondió.

—¿Perdón?

—Sí —afirmó repetidas veces—. He iniciado un camino y le he arrastrado conmigo. Le dije que habría peligros, pero ni yo mismo imaginé que fuesen tantos ni tan grandes.

—No se atormente. Ya soy mayorcito y tomo mis propias decisiones. De manera que no me ha arrastrado —le sonreí.

—En momentos como éste, dudo de todo. Durante siglos se ha pedido a Roma, como cabeza de los católicos, que dicte normas y pautas a seguir. Mientras algunos han considerado que papas, obispos y cardenales caminábamos muy despacio, otros eran de la opinión de que corríamos demasiado y se alejaban de la doctrina predicada por Jesús. Estoy asustado, Mario y ahora veo que tanto unos como otros se van a ver desbordados, porque si sigo adelante les conduciré hasta un callejón sin salida, como no sea hacia lo alto. Todas las estructuras temblarán y el caos se apoderará de los corazones. Incluso es posible que todos cuantos creen ser llamados se sientan rechazados y se pierdan. No olvidemos que el que se valora será devaluado y todo el que cree poseer la verdad morirá víctima de sus mentiras —De pronto se puso muy serio y levantó su dedo índice hacia mí, acusador—. Ahora, salga de aquí, enciérrese en su casa, eche leña a la hoguera de su odio y planee su venganza. Luego, muera lentamente consumido por el infierno que se va a desatar en su interior. Pero recuerde que lo hará sólo. Aunque siento gran afecto por usted, no podré acompañarle.

Se me heló la sangre en las venas, un estremecimiento recorrió mi espina dorsal y en sus ojos vi el más allá.

*** ***

A la mañana siguiente me dolía el estómago y me sentía débil, aunque más descansado. El teléfono no había sonado en toda la noche. Maldije a Pasqualina y al doctor. Me habían engañado. Salté de la cama y me vestí sin afeitarme ni lavarme la cara tan siquiera. Ya estaba en la puerta cuando recordé que el teléfono móvil lo había dejado en el despacho y que el contestador automático del fijo lleva incorporado un dispositivo que lo conecta a las doce y lo mantiene activo hasta las siete y media. Di media vuelta e investigué si había recibido alguna comunicación.

¡Menos mal que recordé ese detalle! Habría sido muy molesto plantarme en el hospital hecho una furia para tener que presentar excusas de inmediato. Había tres llamadas. Una del doctor y dos de Pasqualina. En ellas me informaban de que Gina había tenido una recuperación espectacular, fuera de normas, y que podía visitarla al mediodía. Parecía un milagro. Deseaba echar a correr, pero permanecí sentado. Tenía otro compromiso que cumplir.

A las diez en punto hacía mi entrada en redacción. Di las gracias a cuantos se interesaron por Gina, les conté sobre su reacción positiva y me dirigí al despacho de Frascatti. Anna se levantó al verme y me expresó su sentir por lo sucedido. Agradecí sus palabras y procuré cortar lo antes posible. Anna es muy dada a los dramas.

Llamé a la puerta de Frascatti, entré y deposité en sus manos una copia impresa del artículo que acababa de escribir y que había decidido entregar en propia mano.

—¿Cómo está Gina? —me preguntó.

—Vive y vivirá —le respondí con una amplia sonrisa y absoluto convencimiento.

Frascatti entornó los ojos, inspiró profundamente, soltó el aire de sus pulmones e hizo un gesto afirmativo con la cabeza. Se le veía feliz por la noticia. Luego, pulsó el botón del intercomunicador y llamó a Anna para entregarle mi artículo y ordenarle:

—En primera página para mañana.

—¿No vas a leerlo? —le pregunté sorprendido.

—Basta con mirarte a la cara para saber que es extraordinario —me respondió. En aquel preciso instante sonó el teléfono interior. Frascatti descolgó y habló apenas unos segundos. Colgó, me miró, señaló hacia el techo y me dijo—: Es Grimaldi. Sabe que estás aquí y te espera arriba, en el despacho del consejo de administración.

La sangre se me alteró. El primer impulso fue subir y llevar a cabo mis fantasías mentales de la noche anterior, pero las últimas palabras de *el Romano* pesaban demasiado. ¡Horrores!

Salí despacio del despacho de Frascatti, tomé el ascensor, recorrí el pasillo que conducía hasta el sanctasantórum y respiré profundamente antes de entrar.

El elegante Amadeo Grimaldi, con su bien cortado traje azul oscuro, vino hacia mí y me tendió la mano. La tomé e hice un esfuerzo por apretarla.

—Me siento muy apenado por el accidente de su... —dudó un instante— esposa —dijo al fin. Era un hombre que pasaba por buen creyente y practicante.

—No es mi esposa ni fue un accidente —no pude reprimirme.

—He preferido la palabra accidente. Es menos dura y no creo adecuado seguir echando leña al fuego. En cuanto a si es su esposa, su amiga o su compañera, creo que usted la ama lo suficiente como para entender que mis palabras no esconden ningún significado —me respondió con cortesía—. No deseaba herir sus sentimientos y le ruego que me perdone.

—Lo siento. Estoy un poco susceptible —me disculpé.

—Siéntese, por favor. —me invitó y me indicó una de las butacas. Me senté—. Quiero que sepa que, a pesar de las diferencias de criterio que hayamos podido tener, he sentido el suceso como si se tratase de mi propia persona. ¿Me comprende?

Pues, no. Lo cierto es que no acababa de comprender. Me estaba diciendo que ellos, la Mafia, no tenían nada que ver con el atentado. Me quedé confundido. La Mafia tiene una norma sagrada: la palabra. Si ellos lo hubieran hecho no se disculparían de aquella manera. Al contrario: me darían a entender que había tenido suerte y aquello podía tomármelo como un aviso. Eso me constaba. Entonces, ¿quién había sido? Y la imagen de Hans pasó a ocupar el puesto de Grimaldi.

Asentí levemente dando a entender que captaba el mensaje.

—Quiero que sepa que he escrito un artículo y que Frascatti ha ordenado que se publique mañana en primera página, aunque ni tan siquiera lo ha leído. No sé si le gustará... —dije y esperé a ver su reacción. Pude captar una ligera tensión en su rostro, pero mantuvo el tipo y no hizo el menor comentario, así que seguí—. Es un canto al amor en la misma línea que mis últimos trabajos.

—Entonces debe de tratarse de un gran artículo y merece ese puesto —respondió—. Desearía añadir que mi oposición a sus últimos trabajos no venía motivada por el tema, sino porque podía dar pie a que se ponga en duda la tradicional imparcialidad del periódico. Sin embargo, debo confesar que la aceptación que han tenido entre el público disipan por completo mis dudas y que estoy con usted.

Seguía siendo el hombre astuto y diplomático. Siempre quedaba bien y nunca cometía errores, sino que, en todo caso, tenía cambios de criterio, como él solía decir. Estaba claro que el aumento de tirada era algo que le proporcionaba buenos beneficios y Grimaldi era, ante todo, un hombre de empresa. No en vano se había apresurado a subir las tarifas publicitarias.

—Gracias, muchas gracias.

—También quiero salir al paso de ciertos rumores sobre algún pequeño incidente que ha sufrido el señor Frascatti en la persona de sus hijos. No tenía la menor noticia y puedo asegurarle que, de haberlo sabido, habríamos tomado antes las medidas oportunas. De hecho, ya se ha dado parte a la policía y se le ha proporcionado protección adecuada —añadió. Yo asentí una vez más—. Le comunico todo esto y me gustaría que, si necesita alguna cosa, la que sea, no dude en recurrir al periódico. Usted, al igual que cualquiera de nuestros colaboradores, es un elemento valioso para la dirección. Sin ustedes, nosotros no podríamos hacer nada.

Me acompañó hasta la puerta del despacho y me reiteró su ofrecimiento. Le di las gracias y salí.

Tardé más de media hora en regresar a mi mesa de trabajo. Cuantos conmigo se cruzaban me detenían y no paraban de hacerme preguntas y más preguntas, hasta que no tuve más remedio que rogarles que tuvieran un poco de paciencia. Tenía que ir al hospital.

Al fin llegué hasta mi mesa y descubrí que habían depositado sobre ella casi todas las publicaciones del día y que todas, sin ninguna excepción, daban la noticia del atentado y la salpicaban de comentarios harto elocuentes sobre la repulsa que tan brutal acto generaba en el mundo informativo. Me sentí emocionado. Junto a las publicaciones había un montón de recados telefónicos de amigos y colegas. Liliana, la telefonista, me trajo otros cuatro y aprovechó la ocasión para interesarse por Gina. Su trabajo no incluía el repartir los recados, pero yo conocía muy bien la innata curiosidad de aquella mujer, lo que la convertía en una buena fuente de información para aquellos que gozasen de sus simpatías. Por fortuna, yo era uno de ellos.

—El señor Grimaldi le ha pedido al señor Frascatti una copia de su artículo —me informó en tono confidencial. Luego, se acercó un poco más y bajando la voz añadió—: Puede estar tranquilo, ha dicho que es muy bueno y que causará sensación. —Y se fue sigilosamente como la espía que acaba de pasar información vital. ¡Cuánto le gustaban a Liliana las intrigas!

Abandoné *Notizia* y tomé un taxi que me condujo hasta el hospital Gemelli. Durante el trayecto estuve meditando sobre Hans. No tenía sentido que hubiese sido él, porque le desenmascaré aquella misma tarde. No había tenido tiempo para prepararlo todo y era evidente que quien iba tras de mí, ya hacía días que lo preparaba. Al menos, eso se desprendía de las explicaciones de Ángelo. Para mi desesperación, estaba como al principio. E instintivamente me puse alerta y me dediqué a observar todos los coches que seguían al taxi.

Entré a la una y media y me informaron de que Gina había sido trasladada a una habitación. Aquello era una buena señal. ¡Magnífica señal! Tomé el ascensor y, durante el trayecto, retomé mis pensamientos de la noche anterior, cuando descubrí que el concepto del amor era un espejismo, y me di cuenta de que yo buscaba en ella algo más que un contacto físico, unos pensamientos, una personalidad, un carácter o unos sentimientos. Yo buscaba a la Gina sin nombre, a la mujer sin sexo, buscaba su alma, al igual que buscaba la mía. Su cuerpo, sus pensamientos, sus emociones y sentimientos, aunque necesarios, no eran más que medios puestos en nuestras manos, puertas de entrada hacia el amor sin límites y hacia la unión sin fronteras, y me alegré de que así fuera. Si Gina volvía a preguntarme por qué la amaba, le respondería «porque eres tú», sabiendo muy bien lo que decía y teniendo la seguridad de que ella captaría todo cuanto tan pocas palabras encerraba.

El ascensor se detuvo y mi pulso se aceleró. Empujé la puerta y apresuré el paso. Algo en mi interior me susurraba que ella me estaba llamando, que presentía mi presencia y deseaba verme. Llegué a la puerta de la habitación cuando Pasqualina la abandonaba. Se la veía cansada, pero sonriente.

—Está mejor. Débil, pero bien, que es lo que importa —me comunicó en voz baja—. No la molestes demasiado y procura que no hable y que duerma. Es lo más importante en estos momentos.

—¿Cuánto hace que está despierta? —le pregunté.

—Apenas unos minutos. Yo diría que te aguardaba —sonrió.

Le di las gracias y entré en la habitación. La persiana estaba baja, la estancia en penumbra y llena de silencio. Aguardé hasta que mis ojos se habituaron a la ausencia de luz y escuché la voz de Gina, débil, lejana y apagada, que me llamaba.

—Mario.

—Sí, soy yo. No hables que me pegan —me atreví a bromear. Estaba muy emocionado y las lágrimas brotaron con facilidad. Me sentía infantil llorando, alegre. Me acerqué a la cama, tomé su mano entre las mías y rocé su mejilla con mis labios.

—Te quiero, Mario —susurró.

—Yo también —le respondí.

—¿Estás llorando?

—Si no te callas, Pasqualina me echará —le contesté. Un ligero sentimiento de vergüenza por mi llanto me embargaba. Demasiadas veces me habían dicho que los hombres no lloran. Tantas, que me lo había llegado a creer. ¡Menuda estupidez!

—Estoy bien. Esto no ha sido nada —la escuché musitar con voz semipastosa.

—No hables más o Pasqualina me va a pegar una paliza que tendrán que internarme —sonreí. Siempre bromeábamos sobre el físico de su amiga, que era dueña de unas espaldas dignas del más bruto de los estibadores.

Su mano apretaba la mía. Permaneció callada y al poco se durmió. Seguí a su lado durante un buen rato, hasta que entró Pasqualina y me hizo una seña para que saliese. Ya en el pasillo, cerró la puerta.

—¿Has comido? —me preguntó.

—No —respondí. Tampoco había desayunado. Y menos todavía, cenado la noche anterior.

—Pues vete a llenar el estómago, que haces una cara de famélico...

—Se ha quedado dormida —le comenté.

—¿Y qué esperabas que hiciera con los sedantes que le hemos metido en el cuerpo? —se rió.

—Entonces. ¿A qué venía todo aquello de que procurase que durmiera y que no la molestase?

—Era para darle un poco de emoción a la situación —bromeó. Luego, se puso seria—. Mario, hay algo que debes saber —dijo, y a mí se me encogió el ombligo—. La operación ha sido un éxito, pero, aparte del riñón y el bazo que le han sido extraídos, tiene una lesión en la columna. Es prematuro y los doctores no quieren pronunciarse, pero temen que pueda quedar parapléjica.

—Lo importante es que vive —respondí sin pensarlo—. Te agradezco mucho que me lo hayas dicho. ¿Lo sabe ella?

—No. Todavía no es seguro. ¿Comprendes?

Apreté los labios y permanecí en silencio. En mi interior luchaban dos Marios: el que se asustaba ante la imagen de lo que podría ser mi vida junto a una persona inválida, con todo lo que ello significaba de sujeción y de dependencia, y el que estaba dispuesto a sacrificarlo todo, a pensar en Gina y a ayudarla a superar una situación traumática. Para ella, mujer dinámica y habituada a moverse con entera libertad, tener que pasar el resto de sus días amarrada a una silla de ruedas, con total dependencia de los demás, sería un drama de proporciones incalculables. Sí, Gina sufriría horrores. Más por mí que por ella. Eran demasiadas las pruebas que había recibido de su generosidad como para dudarlo. Y venció el Mario fuerte, generoso y sincero.

—Comprendo —le respondí sonriendo.

Con aquella sonrisa pretendía hacerle llegar el mensaje de que estaba dispuesto a aceptar cualquier condición con alegría. La vida de Gina, la riqueza que me proporcionaba su compañía, la felicidad que me procuraba el poder devolverle sus desvelos para conmigo, su paciencia y su comprensión estaban por encima de todo, de cualquier circunstancia adversa. Pasqualina captó mis pensamientos, puso su mano sobre mi brazo, se acercó y depositó un beso en mi mejilla. Me sentí orgulloso. Con aquel beso acababa de decirme que yo era un gran tipo.

14 - LA GRAN REVOLUCIÓN

Al siglo XX se le conoce como la Centuria de la Aceleración y no es de extrañar. Los saltos se sucedieron con velocidad de vértigo. Dos guerras, de tal magnitud que merecieron el calificativo de mundiales, ocuparon la primera mitad del siglo y se llegó a las puertas de los años 50 con la mirada puesta en la luna, cuando la base de partida apenas rozaba el motor de explosión.

La segunda conflagración sirvió para el advenimiento de una nueva generación con nuevas ideas, nuevos proyectos y nuevas metas. El Atlántico ya no era una frontera, las distancias se redujeron y, con la llegada de la era espacial, las dimensiones se multiplicaron. Era lógico pensar que la mentalidad de aquellas generaciones de posguerra también se ensancharían y traerían consigo cambios importantes.

La explosión demográfica, tan natural tras de una contienda, creó un ejército de jóvenes que comenzó a tener peso específico en la segunda mitad de la década de los 50.

Y, así, se llegó al año 1960, que fue el inicio de una década que pasaría a la historia como la Revolución de la Contracultura. En aquellos diez años el mundo sufrió un revulsivo que inició un cambio de estructuras a una escala sin precedentes, aunque pocos sean conscientes de tal magnitud. Una juventud con imaginación se puso en marcha y arrasó con todo. Fue la década de los Kennedy, los Beatles, la moda Op-Art, los Hippyes, la entrada de corrientes orientales en el mundo occidental, Jean Paul Sartre, el Mayo Francés...

Luego, los jóvenes parecieron adormecerse, desorientarse, y la fuerza y el empuje de sus anhelos de paz y las teorías de Gandhi evolucionaron y dieron paso al movimiento verde, la imagen Punk y a un mosaico variopinto de tendencias y movimientos contrapuestos que tenían por común denominador al descontento y la frustración. La crisis y el paro revelaron que las estructuras ya no servían, eran caducas. La evolución tecnológica y la entrada en la década de la revolución electrónica (la de los 80), con la aplicación masiva de la nueva tecnología a todo cuanto nos rodeaba, nos condujo a un mundo increíble en donde la realidad superaba ampliamente a la imaginación. Todo se automatizaba, el hombre trabajaba menos horas y vivía con más comodidad, pero cuanto es mayor la cara de una moneda, tanto mayor es su cruz.

Y en el siglo XXI un concepto acuñado hacía años cobraba viva actualidad y se convertía en un drama lacerante. Ya era una realidad lo que se conocía con el nombre de civilización del ocio. Dos terceras partes de la humanidad seguían viviendo en el Tercer Mundo, pero había otro mundo, el primero, había llegado a tal grado de desarrollo que tenía planteado ante sí un reto: ¿Cómo ocuparían su tiempo libre? En ese punto se hallaban los

Estados Unidos, Japón y Alemania y, tras ellos, a poca distancia, Gran Bretaña llamaba a las puertas, Francia, Suecia, Dinamarca, Holanda, Bélgica, Suiza, Noruega y algunos más empujaban a los británicos, mientras que los países meridionales como Italia, España, Grecia y Portugal se agarraban a la cola de la serpiente multicolor y eran arrastrados hacia las fauces del monstruoso dios del ocio. Era una cuestión de tiempo, tan sólo de tiempo, y Europa entera seguiría copiando los modelos marcados por el coloso americano.

Las grandes fábricas, totalmente automatizadas, producían y producían sin parar e inducían a consumir más y más. Los ritmos musicales se tornaban cada vez más trepidantes. La vida se convirtió en un torbellino en pos de la felicidad y en un intento por llenar las vacías horas de ocio. El mercado de servicios entró en la espiral creciente que procuraba estrujarse el cerebro para dar cabida a cuantas ideas, a cual más descabellada, se encaminaba hacia esa felicidad artificial. Los gurús aparecían hasta debajo de las piedras, las reuniones espiritistas y ocultistas atraían a un nutrido grupo de insatisfechos y el sexo adquirió rango de dios y muchos eran los que entraban en su órbita y muchos aquellos que terminaban asqueados, rotos y aparcados en la cuneta. La droga formaba parte del quehacer cotidiano de hombres y mujeres que ya lo habían probado todo, según sus propias palabras. Una cabeza semirrapada, un rostro pintarrajeado, una vestimenta repelente y un lenguaje empobrecido se convirtieron en símbolo de liberación. A mí me daba la sensación de hallarme frente a la decadencia.

Así nacieron dos grandes tendencias: los conservadores, a quienes el sistema les parecía adecuado y que se habían amoldado a las estructuras, y los destructores que bajo el lema de «Todo cuanto recuerda al

Sistema debe ser destruido» perseguían el establecimiento de un nuevo orden basado en la libertad del individuo y que, sin darse cuenta, eran tan conservadores como los primeros.

Los destructores preconizaban su distinción respecto de los conservadores y respecto de todo el mundo, pero adoptaban los mismos parámetros que aquellos y habían creado un estilo de vida, al igual que los conservadores, y formaban grupos homogéneos con formas de vestir, de hablar, de andar y de comportamiento bien definidas, al igual que los conservadores. ¿En qué se distinguían? Únicamente en sus manifestaciones externas. Su interior era idéntico. Deseaban derribar un ídolo para implantar otro y seguir adorándolo.

Aquello no era una revolución, todo lo más era un simple cambio de decoración. Era la decisión de una mujer caprichosa que renueva el mobiliario de su hogar y que está harta de sentarse en el mismo sofá y contemplar el mismo aparador. Ni tan siquiera era un cambio de residencia.

El propio sistema, con mucha más inteligencia, absorbía, digería y se nutría de aquellos cambios, creando una estructura económica y comercial que mantuviese a raya y tornase productivos a quienes perseguían su destrucción. De esa forma, con sencillas normas psicológicas, convertía a cualquier pseudorrevolucionario en hombre famoso, le llenaba los bolsillos y le alistaba en sus filas. Así nacieron modistos, peluqueros, filósofos, escritores, cantantes, músicos, pintores... que escupían y vociferaban contra el sistema, para que éste se afirmase aún más. El proceso era extremadamente simple: generar sus propios movimientos revolucionarios para que los disconformes diesen rienda suelta a sus impulsos destructivos y se adormeciesen en sus sueños, mientras permanecían presos en la creencia de que estaban logrando sus objetivos. Había que descubrirse ante tamaña sabiduría y perfección. Nada podía destruirlo porque controlaba los hilos de su propia destrucción, merced a su capacidad camaleónica de adoptar el camuflaje apropiado a cada circunstancia.

Su más feroz y encarnizado enemigo, el polo opuesto, el mundo comunista, había dado un giro de ciento ochenta grados y ahora era su más preciado aliado. China se despertaba, Rusia comenzaba un lento resurgir y otros países se sumaban. Los muros caían, como el de Berlín, símbolo de un pasado caduco y de la nueva globalización, pantalla que pretendía esconder que el propio sistema había hallado la forma de perpetuar que siempre existirán ricos y pobres.

Es un proceso harto demostrado en marketing que cuando dos firmas quieren hacerse con el control absoluto del mercado, afianzar su permanencia y destruir a todo posible competidor, orquestan una campaña publicitaria en la que se recuerde constantemente al consumidor la existencia de ambas y la necesidad de que se decida por una de las dos. Este u Oeste, Occidente u Oriente, he ahí el dilema, que diría Shakespeare, el resto no cuenta, no existe, y ambos se perpetúan. El uno, con sus ataques, no hace más que recordar y perpetuar al contrario y viceversa: yo te ataco para que tú me ataques y, así, el hombre, con su mente dual y obtusa, nos sostiene. De esta forma, sólo temeremos a aquellos que se coloquen al margen de nuestras posturas y busquen un camino nuevo sin conexión con nosotros, mientras que toda mezcla de ambos será buena e irá a parar, indefectiblemente, a alguna de nuestras órbitas y será controlada.

El hombre continuará buscando una salida inmerso en el laberinto creado por el sistema. Los poderosos no hacen más que agrandar el laberinto con gran rapidez y el hombre sigue dando vueltas y más vueltas, desorientado, hasta que pierde por completo el rumbo y olvida que su fin era salir y cree que su objetivo estriba en seguir andando. Entonces surge la patética imagen del ser que se torna un andarín mecánico que se bambolea a derecha e izquierda en función de la información que se le muestra.

Incluso los que parecen hallarse fijos, que su voluntad y su trayectoria son rectas y están encauzadas hacia un objetivo concreto, aquellos que son catalogados como hombres de ideales claros, no son más que marionetas, pobres cabecillas de un movimiento político necesario al sistema. Son máquinas averiadas que giran en torno a un punto fijo y luchan por atraer hacia sí a cuantos crean hallar con ellos la puerta de la libertad. Son, en una palabra, los fanáticos, los extremistas, los dementes que ven el mundo por una rendija y con luz monocroma.

Una vez más me descubría ante tanta perfección y, una vez más, me preguntaba si había algo capaz de cambiar aquel orden y transformarlo en un orden superior. ¿En qué se diferenciaban los imperios persa, romano, egipcio, el de Felipe II o el napoleónico de los modernos ruso y americano? Quizás en las formas, en su aspecto externo, pero en nada más, porque el poder, el afán de dominio, el uso de la fuerza bruta y la creencia de hallarse en posesión de la verdad seguían siendo las características de todo imperio.

Sin embargo, nada en este mundo posee los atributos de perfección y eternidad, ni siquiera el propio mundo que, como todos bien sabíamos podía ser destruido en apenas unas horas y ver sus restos esparcidos por todo el universo, que se cuidaría de reabsorberlos y transformarlos. Entonces, ¿dónde quedaría el ser humano con toda su carga de arrogancia y de egocentrismo?

Éste fue el terrible mensaje con que *el Romano* llenó

el éter durante el mes de junio y que motivó que los jóvenes comenzasen a escucharle y los poderosos temblasen en sus tronos y lanzaran feroces ataques contra la Iglesia a la que acusaban de demagógica y con claras tendencias revolucionarias y desestabilizadoras. El Papa Rossi cumplía sus promesas hechas en los Países Bajos, sus predicciones tomaban cuerpo y los que más pedían eran los que ahora se horrorizaban y clamaban con mayor fuerza.

A poco que se analizase el alcance de sus palabras se comprendería el motivo de su horror. Si todos despertábamos de nuestro letargo descubriríamos que el laberinto en el que nos habían situado era artificial, una ilusión, un tremendo, tétrico, ridículo y espeluznante espejismo y que no teníamos por qué desperdiciar nuestra vida procurando salir de algo que no existía y acabar perdidos por vericuetos que no conducían a ninguna parte. Capitalismo, comunismo, socialismo, liberalismo, globalismo, proteccionismo y todas sus mezclas no eran más que conceptos que caían al más leve soplo. Religiones, creencias, tendencias, ideas, ideales y fanatismos eran fuegos fatuos que se deshacían al tocarlos. Lo auténtico, que permanecía y tenía solidez, era el hombre y su Creador. El sistema, en sí, no era más que un artilugio, un sueño sin consistencia, sin fuerza y sin valor. El pecado era el error y el engaño. La avaricia, la lujuria, la envidia y cuantos defectos cupiese imaginar no eran más que el producto de una creencia tan falsa como el mismo concepto de pecado, o sea: pensar que somos elementos únicos y que el universo gira en torno a nuestra persona.

El Romano hablaba del hombre como manifestación de Dios, Ser Supremo, Inteligencia Total, Amor Infinito y Poder Absoluto. Ahí era necesario romper con todo lo aprendido, convertirse en un niño y despertar a una nueva visión de la vida. Ver y vivir como un bebé, sin trabas pero con toda la intensidad y experiencia de un adulto. *El Romano* ofrecía un nuevo aliciente a nuestra existencia: el de desarrollarse y buscar la fuente del saber y de todo gozo. Era un revolucionario a los ojos de quienes ostentaban el poder, cuando no hacía más que desempolvar conceptos enterrados largo tiempo atrás, que no por ello caducos.

Durante todo el mes de junio escuché sus palabras con gran interés y frecuenté el Vaticano con asiduidad. Parecía que ya nadie me seguía. Bolone me confirmó el rumor de que el IOR estaba siendo desmantelado y que el complejo aparato burocrático de la Santa Sede estaba sufriendo una profunda reestructuración y simplificación que mantenía en vilo a sus moradores, que veían peligrar sus comodidades y prebendas. También hallé en repetidas ocasiones a Chigi y me detuve a conversar con él. El pobre curita no se pronunciaba en ningún sentido, aunque, en esta ocasión, no era por seguir su inveterada costumbre, sino que adiviné en sus ojos su desconcierto. Aquellos no eran los cambios que él esperaba, pero su sentido del deber y la disciplina le obligaban a seguir el ritmo marcado en contra de sus deseos.

A finales de mes los rumores se pusieron en marcha y llegaron hasta mis oídos. Un grupo de cardenales, encabezados por Albi, se movilizaba. En su mente una idea: la Iglesia sería destruida si *el Romano* continuaba su incontenible avance. Al desmantelamiento de todo el aparato burocrático, económico y financiero podía suceder otro de imprevisibles consecuencias, como daban a entender veladamente. Toda la compleja burocracia vaticana desaparecería y, con ella, la influencia política y social de que gozaba la Santa Sede. El hombre de la sotana blanca lanzaba a las masas mensajes demasiado peligrosos, explicaba que nadie poseía la potestad de juzgar y legislar en materia espiritual, que el camino hacia Dios nacía del interior y necesitaba de la libertad absoluta de pensamiento, de la independencia y la no sujeción a modelos prefabricados. Y lo que era más duro de aceptar: el hombre había venido a la tierra para ser feliz, para gozar, no para sufrir. Tales aseveraciones podían conducir al caos a millones de mentes tradicionales y había que evitarlo a toda costa.

El Romano decía que el hombre vive inmerso en un mundo material que tiene que comprender para aceptarlo y que la libertad no es la facultad de hacer cuanto se quiera, sin tener en cuenta a los demás, sino la suprema decisión de ejecutar aquello que debemos sin depender absolutamente de nada, tanto si se trata de un acto heroico como si es el más vulgar de los trabajos. De ahí nacía el gozo y la alegría, no del disfrute de las vanidades, pero, para ello, el hombre tenía que sentirse hombre, no máquina, debía vivir el presente intensamente, sin remordimientos, sin trabas, sin complejos. En este vivir cotidiano estaba su realidad inmediata y la puerta para su realidad trascendente. Sentirse vivo era el primer escalón, no cumplir un montón de recetas que terminaban produciéndole frustraciones y sentimientos de culpabilidad. Frases tales como «el justo peca setenta veces al día» debían retomar su verdadero significado, el de mantenerse vigilante, no el de estar arrepintiéndose a cada instante y rogando el perdón de los pecados.

Sin embargo, todo cuanto de hermoso había en sus palabras era silenciado por el grupo de cardenales y los ataques se sucedían y extendían, aunque su voz comenzaba a ser coreada por otros cardenales, aquellos que comprendían el sentido de sus mensajes y se buscaban a sí mismos con sinceridad.

A finales de aquel mismo mes Gina abandonó el hospital. Los médicos no se ponían de acuerdo. Algunos decían que no volvería a andar y otros, más optimistas, mantenían una débil esperanza. Yo procuraba estar en casa la mayor parte del tiempo posible y Giacomina la cuidaba con extremo cariño. Nos costaba un ojo de la cara, pero renuncié a las copas en Cellini, fumaba la mitad de lo habitual, casi no acudía a cenas y me di de baja del club. Entonces descubrí la larga lista de cosas superfluas que había convertido en imprescindibles y me sentí liberado. Mis pulmones me lo agradecieron y mi estómago dejó de existir. Me parecía increíble no haberlo descubierto hasta aquel instante.

A principios de julio llegó la primera de una larga serie de noticias que se convertirían en costumbre a la semana siguiente. Macobe, el obispo del Senegal, fue detenido e interrogado sobre sus supuestas instigaciones a la desobediencia a las leyes y sus sermones tintados de tonos revolucionarios. Nos volcamos sobre internet, que se plagaba de noticias. Iba a ser juzgado. A los seis días le llegó el turno al arzobispo de Filadelfia. En este caso la acusación era el intentar crear un movimiento comunista. Luego, el cardenal arzobispo de Los Ángeles también visitó la comisaría. Y, así, asistimos a un desfile de más de quince prelados, sin contar los sacerdotes que sufrieron ataques personales, insultos y agresiones físicas, incluso por parte de otros sacerdotes. En poco menos de quince días la Iglesia se vio cercada y asediada desde todos los frentes y aquellas escaramuzas se convirtieron en algo más serio: tres sacerdotes habían muerto apaleados. El mundo andaba desquiciado.

Cuando todos esperábamos un cambio de rumbo, una intensa ofensiva diplomática de la Santa Sede, *el Romano* se dirigió a la multitud congregada en la plaza de San

Pedro y clamó bien alto que las puertas de la Iglesia estaban abiertas de par en par. Aquello venía a significar que él no iba a acceder a las peticiones de los sacerdotes, obispos y cardenales que abogaban por un respiro y una vuelta a los esquemas anteriores. Quien desease abandonar el sacerdocio podía hacerlo con entera libertad, nadie le sujetaba, a no ser su propia conciencia. Los tiempos de la sujeción por la fuerza habían concluido.

Una semana más tarde las peticiones de secularización se amontonaron sobre la mesa y *el Romano* dio orden de que se analizasen y se cursaran con la máxima celeridad. Un hombre que duda es un hombre que sufre y quizá necesita perder aquello que posee para darse cuenta de su valor. Si regresaba sería para quedarse. Si no regresaba era que, quizá, no era éste su camino.

Las gentes se echaban las manos a la cabeza y veían en la actitud de *el Romano* el signo del Anticristo. voces de todos los rincones del orbe se levantaron y clamaron que aquello era la destrucción de la Iglesia, el fin de la obra de Cristo. Sin embargo *el Romano* no retrocedió.

—¿Qué teméis? —preguntó durante una improvisada rueda de Prensa—. Si la Iglesia es una institución divina, ¿a qué viene tanto alboroto? ¿Acaso vuestra fe es tan pobre que necesitáis poner dogal a todo aquel que creyó erróneamente que su vocación era el sacerdocio? Aquellos que han sido encarcelados y desean liberarse y, para ello, quieren retractarse de todo cuanto dijeron, pueden hacerlo, porque significa que no fueron sinceros. El servicio a Dios es entrega total, absoluta, sin reservas. ¿No se ha pedido a la Iglesia libertad? Pues ahí tenéis hasta la libertad de morir. Nadie, aquí en la tierra, os va a juzgar. Nadie, absolutamente nadie, tiene ese poder y desgraciado del que lo haga. Todo aquel que desee buscar a Dios es libre de hacerlo y libre de liberarse a sí mismo. Ésa es la libertad que debemos defender. Las leyes las cumplimos porque somos libres, no porque sean obligatorias. Así, toda ley injusta desaparece, toda ley que persiga tan sólo la comodidad del poderoso es injusta y toda ley que contribuya al desarrollo personal es justa. Toda ley debe ser el reflejo de la Ley y nadie está al margen o por encima de ella. Por grande que sea su poder en la tierra nadie escapará a la Ley Universal.

—¿Qué piensa del divorcio? —preguntó una periodista.

—Lo que yo pienso o dejo de pensar sobre un tema concreto, el que sea, poco importa. Lo que siente cada cual en lo más profundo de su ser es lo que cuenta. Pocos son aquellos que saben lo que se esconde en lo más íntimo de su sentir, y viven dormidos. El matrimonio, en su aspecto espiritual, no es un contrato, aunque las leyes humanas así lo catalogan. El matrimonio es un vínculo que recibe el nombre de sagrado. Una vez se consuma es absolutamente imposible deshacerlo, ya que está por encima de cualquier ley humana. Pero no se engañe. El matrimonio no queda consumado por el simple acto de yacer juntos hombre y mujer. ¿Cuántas veces hemos oído de boca de unos padres frases tan absurdas como «he casado a mi hija o a mi hijo»? ¿Cuántas veces se ha dicho «nos casó tal cuál sacerdote»? ¿Desde cuándo los padres o los sacerdotes son los ministros del matrimonio? ¿Acaso no ha quedado claro que los ministros del matrimonio son los propios contrayentes? Nadie les empuja a aceptar un vínculo de esa categoría. Su libertad de elección es una exigencia y muchos matrimonios de hoy en día, aun a pesar de tener hijos, todavía no han sido consumados. ¿Se da cuenta del significado de tal exigencia? Por muchas cortapisas que pongamos, por mucha obligación que impongamos, nadie puede mandar en la inconsciencia ni en la estupidez. Se necesita una gran dosis de humildad para comprender que el matrimonio es una escuela de infinitas posibilidades en la que se aprende convivencia, caridad, paciencia, humildad y generosidad. Es muy cómodo decir «me he equivocado». Lo difícil es buscar la causa del error y enmendarlo y esa causa no suele estar en el matrimonio, sino en uno mismo, en el egocentrismo que nos lleva a considerar a nuestro compañero o compañera como una posesión. Cuando se está dispuesto a reconocer y a aceptar se descubre que todo es sencillo y que, conocida la causa, poner remedio puede ser un juego de niños, como también lo es el caprichoso revoloteo de flor en flor a que nos ha habituado el ritmo de vida actual. Cada vez que alguien habla en esos términos se eleva una voz que grita bien alto «¡Basta de sermones!» ¿Acaso la zorra no dijo que las uvas estaban verdes, cuando, en el fondo, estaba dolida porque no las alcanzaba? —hizo una ligera pausa, miró a la periodista, sonrió y añadió—: Que yo le explique mis pensamientos no la tranquilizará. Busque con sinceridad y hallará esa paz que ha perdido. Deje que su verdadero yo aflore, siéntase copartícipe del universo y será protagonista de su propia existencia. Ahora, quizás, no es ni eso.

Cuantos periodistas asistíamos a aquella rueda de Prensa nos quedamos sorprendidos. Sabíamos que nuestra compañera estaba en trance de obtener el divorcio.

Cada día más los periodistas le ponían a prueba y *el Romano* aceptaba el reto con una sonrisa. Sus palabras me interesaban y su personalidad atraía poderosamente mi atención. Las múltiples apariciones en público y sus compromisos me impedían verle con la frecuencia que hubiera deseado, por lo que no me quedaba otro remedio que ceñirme a las ocasiones en las que lo cazaba al vuelo.

Los periódicos, todos sin excepción, aumentaron sus tiradas. La gente leía con avidez todo cuanto se refería a la

Iglesia, que ocupaba con frecuencia las primeras páginas de los rotativos. Dudo que, en toda su historia, cualquier tema relacionado con Roma tuviese tanta resonancia. Un movimiento del Papa se convertía en motivo de especulación y era interpretado de mil maneras distintas por las dos tendencias opuestas del mundo católico: los asustados que pregonaban que la Silla de Pedro estaba en manos del Anticristo y que Satanás andaba en libertad y aquellos que le defendían a capa y espada. Pero lo más importante era que en medio surgía una tercera vía, curiosa por demás. Muchos sacerdotes, que habían fundado comunidades de base, comenzaron a repetir las palabras de *el Romano* y aglutinaron a grupos de jóvenes y mayores que hacía largo tiempo que no pisaban una iglesia. Eran hombres y mujeres que ayudaban a sus semejantes sin enarbolar la bandera del cristianismo, sin preguntas, que aceptaban a cualquiera que desease unirse a ellos sin obligarles a ser católicos, sin una pizca de proselitismo, sin más condicionante que el de buscarse a sí mismos y a Dios. Algunas de esas comunidades saltaron a la palestra con motivo de algún supuesto escándalo, pero era de notar la unión que reinaba entre sus integrantes y los miembros de otras comunidades distintas, como si entre ellos existiese un vínculo más allá de las distancias e ideologías. Era un movimiento que bien merecía un estudio en profundidad.

En la redacción de *Notizia* asistí a un espectáculo que era el fiel reflejo de cuanto acontecía en la calle. Mis compañeros discutían entre ellos, unos a favor y otros en contra de *el Romano* y sus planteamientos.

En una ocasión le pregunté a Frascatti qué opinión le merecía el Papa Pedro II y me confesó que estaba desconcertado, que todas sus estructuras mentales se venían abajo y que vivía en un mar de confusiones, incluso ya no sabía distinguir con claridad entre el bien y el mal y en nada contribuyó a clarificar su nebulosa el hecho de que *el Romano* dijese que el bien y el mal sólo existían en nuestras mentes. Aquello era demasiado. O se hallaba una salida o él se ahogaría, me dijo. Y yo recordé las palabras de *el Romano* cuando me dijo: «Vamos a situar al hombre en un callejón sin salida, como no sea hacia lo alto».

Yo, por mi parte, apuntaba a que con aquella doctrina se estaba orquestando un posible final al sistema y una posible puerta hacia un estrato superior del pensamiento y del espíritu. Pero... ¿permitirían los poderosos que así fuese?

15 · CITA EN JERUSALÉN

Días después de mi conversación con Frascatti, Michele y Serena vinieron a casa a cenar. Gina se pasó la tarde dándome un montón de indicaciones desde su silla de ruedas para lograr que yo fuese capaz de preparar una cena decente, objetivo que se logró tras que ella me apartase desesperada y diera los últimos toques. Estaba muy hermosa y francamente recuperada. Nunca creí que llegase a tomarse su nueva situación con tanta filosofía. Me hacía traerle un montón de diarios y me obligaba a relatarle cuanto tenía relación con *el Romano,* cosa que yo hacía con todo lujo de detalles mientras ella seguía preguntando más y más. El día que le conté la visita del Papa a la UCI, en donde ella había estado internada, se emocionó y lloró. En varias ocasiones cruzó por mi mente la idea de invitar a *el Romano* a cenar con nosotros, pero Gina estaba aún un poco débil. La cena con Serena y Michele sería como su prueba de fuego, porque yo sabía que, inevitablemente, se hablaría del tema de más actualidad y podía ser motivo de discusión, cosa que no le convenía a Gina en absoluto.

—¿Te das cuenta de la que ha liado Pedro II? —me preguntó Michele durante la cena.

—Más o menos —respondí. Dijera lo que dijese yo estaba dispuesto a darle la razón en todo para evitar cualquier enfrentamiento.

—En casa tengo grabados unos treinta discursos suyos y los he escuchado un montón de veces —me explicó—. Hay para asustarse, te lo aseguro.

—¿Tan malo es lo que dice? —preguntó Gina.

Comencé a rezar y a buscar la manera de cortar el tema, pero Michele venía dispuesto a largarnos cuanto llevaba en su interior y nada le detendría, a no ser un derecho a su mandíbula, así que me resigné a escucharle y a procurar suavizar cualquier subida de tono.

—Al contrario, es extraordinario —exclamó Michele—. Me he pasado una vida entera persiguiendo aquello que siempre he tenido delante de mis narices y el Papa me lo ha servido en bandeja de plata. —sonrió y nos miró a Gina y a mí—. Todos buscamos la felicidad, ¿no es cierto? Vosotros sabéis que Serena y yo hemos viajado mucho, conocemos Egipto, la India, Japón, Australia, Europa entera, Canadá, los Estados Unidos, Brasil... y un montón de rincones de este planeta. Pues bien, hace pocos días he descubierto que viajaba en pos de una quimera. Siempre que emprendía un nuevo viaje me decía a mí mismo que el secreto de la felicidad debía de estar en algún lugar de la tierra y que yo lo encontraría, pero siempre regresaba con un sinfín de fotografías y una tremenda desilusión. Las piedras de Egipto, sus tumbas y sus pirámides no me revelaron nada. La misteriosa India y el complejo Japón no dejaron en mí más que recuerdos y experiencias sorprendentes. Brasil, con todo su embrujo, me desilusionó y no encontré nada —se detuvo a tomar aliento y continuó—. Serena y yo hemos escuchado las palabras del Papa y las hemos meditado. Os digo que ese hombre es pura dinamita. ¿Os habéis fijado en que no habla de misterios? Todo lo explica con una sencillez pasmosa. No hay más que escucharle y la oscuridad se ilumina. Ya no necesito seguir buscando fuera de aquí. En mi interior hay material suficiente para llenar toda mi vida.

—Sí —intervino Serena—. Hemos descubierto que podemos prescindir de muchas de las comodidades que nos rodean, que no seremos más alegres por beber tal o cuál refresco, ni nos sentiremos más seguros por tener un yate y ser la envidia de nuestros amigos.

—Ella sigue siendo ella aunque deje de frecuentar peluquerías caras, aunque no luzca el modelito de la temporada. Su belleza está en ella misma, en su interior, en su mirada, sus gestos y todo su ser.

—Si queréis declararos nos podemos esfumar sigilosamente —bromeé. Todos reímos y yo respiré aliviado. La atmósfera era muy cordial y mis temores se habían desvanecido.

—Pero eso no es todo —añadió Michele muy eufórico—. Al igual que yo, otros muchos llegarán a idéntica conclusión y todo el montaje se vendrá abajo. ¿Os dais cuenta? Hemos luchado contra la globalización, porque no está bien planteada y ahora todo, absolutamente todo, se vendrá abajo, el hombre irá en busca de lo útil y huirá de lo superfluo. Ya no dependerá de unos objetos materiales, sino que los tendrá a su servicio. Hasta el dinero perderá su excesivo valor y quedará reducido al papel que le corresponde: un sistema de trueque.

—¿Me estás hablando del año 3000? —pregunté con sorna.

—No. Te estoy hablando de mañana, de unas horas si me apuras —me contestó sin tener en cuenta mi tono irónico—. ¿No lo ves? Está a la vuelta de la esquina. ¿Por qué crees que todos arremeten contra el Papa? ¿Por deporte? No. Cargan contra él porque se sienten amenazados. Ven en sus palabras la causa de su posible destrucción. Nuestra civilización está cimentada en el miedo y en las rivalidades. ¿Qué sucederá si el hombre comienza a desterrar sus temores y ayuda a sus semejantes? Interesante pregunta. ¿No crees?

La cena fue un éxito y nos despedimos a altas horas de la madrugada. Gina estaba agotada. La ayudé a acostarse y estuvimos hablando sobre lo comentado durante la cena. Ella compartía la opinión de Serena y Michele, mientras que a mí me sonaba a música celestial. Demasiado hermoso, pero... ¿No era precisamente eso lo que estaban haciendo las nacientes comunidades universales, como se las llamaba ya? Lo cierto era que tanto Gina como yo habíamos sido gratamente sorprendidos por nuestros amigos. Tantos años de amistad y desconocíamos lo que guardaban en su corazón, sus ilusiones, sus pesquisas y sus anhelos. La amistad parecía significar algo tan simple como un compañerismo de diversión, cuando podía transformarse en una palanca impulsora de nuestro desarrollo. ¿Cuántos hombres y mujeres se habrían dado cita para cenar juntos y habrían hablado de temas afines aquella misma noche?, me pregunté y dejé volar la imaginación creando un mundo nuevo basado en las hermosas ideas de paz y amor.

El Romano no revelaba nada nuevo, sencillamente repetía algo grabado en nuestros corazones desde el origen de los tiempos y lo hacía con palabras simples que llegaban a cualquiera que tuviese un poco de humildad para escuchar y, además, podía hacerlo desde un lugar en que las reglas del juego le confería autoridad. Para darle un calificativo diría que hablaba un lenguaje universal. Por primera vez el énfasis se centraba en el mensaje y se desviaba de la persona que hablaba, foco de polarización a lo largo de los siglos. Sí, la figura de Jesús representaba un ejemplo a imitar y su importancia estaba sobradamente demostrada, pero lo que él no vino a este mundo a era erigirse en objeto de adoración, sino en mensaje que debíamos captar, al igual que sucedió con Buda o Mahoma, por nombrar alguno. La imagen es válida aunque rasgue vestiduras y produzca gran controversia. No se trata de comparar a las personas mencionadas, sino de que cada una de ellas tiene su lugar, su trascendencia y su momento. Bajo la óptica del musulmán Mahoma es el enviado de Dios y Jesús es tenido por un profeta más; si habla un budista los papeles se trastocan y otro tanto acontece con el cristiano. Y, sin embargo, si se dejan a un lado los protagonismos y se desnudan las palabras para buscar la esencia, nos hallamos ante un milagro: todos, absolutamente todos, van en pos del camino hacia el Ser Único, el Creador. ¿A qué viene, pues, mantener esas distancias, como no sea para perpetuar el afán de dominio y de protagonismo de quien se cree en posesión de la verdad? ¿Acaso no es tan cristiana la iglesia Ortodoxa como pueda serlo la Católica?

Gina se quedó dormida escuchando mis reflexiones en voz alta. La pobre estaba rendida. Demasiado ajetreo para un solo día. Yo permanecí despierto largo rato con la vista perdida en la penumbra de la habitación débilmente iluminada por la claridad de la luna que se filtraba por las rendijas de la persiana. Todo cambiaba muy deprisa y tenía la extraña sensación de hallarme a las puertas de una gran revolución, en la que no faltarían persecuciones, plagas, guerras y muertes. *El Romano* se me antojaba como un profeta capaz de escudriñar en las sombras del más allá. Ya no me cabía ninguna duda.

Durante el transcurso de las casi dos horas que permanecí en vela estuve meditando sobre la figura de Jesucristo. Arropado por el silencio de la noche, las ideas emergían de mi mente con una claridad diáfana y descubrí que todo cuanto sucedió, la venida de Jesús, su vida de predicación, sus milagros, su calvario y su muerte, constituían los jalones de un proceso lógico, absolutamente calculado, meticulosamente preparado y perfectamente ejecutado. No pudo ser de otra forma y sus palabras no podían brotar de otros labios más que los suyos en el momento en que fueron pronunciadas, ni antes ni después, y ante quienes las escucharon. Él tenía autoridad para hacerlo, la autoridad que le confería su sabiduría, y las circunstancias eran propicias. Incluso su muerte aparecía como necesaria, imprescindible, para que su mensaje perdurase a través de los siglos. Si no hubiese padecido los tormentos que le infligieron jamás se habría logrado que gran parte de la humanidad se fijase en él. Precisamos de un hecho dramático y luctuoso para que queden impresos en nuestras mentes cuantos detalles le acompañaron.

Y, ahora, en el mundo de las comunicaciones instantáneas, se revelaba otro instante propicio para que otro hombre, heredero de la autoridad de Jesús, con mente clara y corazón fuerte, gritase bien alto la importancia de un mensaje frente a su mensajero, aunque todos sabíamos que un extenso coro de voces alzaría sus protestas e intentarían acallarle.

A la mañana siguiente me levanté temprano. Roma estaba llena de turistas que adelantaban sus vacaciones, el sol lucía en todo su esplendor y yo me sentía pletórico de energía. Desde que había abandonado las copas en Cellini y había rebajado el índice de nicotina en mi sangre, mis ánimos se habían incrementado notablemente. Tenía más apetito y mi panículo adiposo amenazaba con tornarse crónico, así que tomé la determinación de levantarme un poco antes que de costumbre y hacer un poco de ejercicio. Me enfundé el chandal y las zapatillas de deporte y salí al rellano con la intención de corretear un rato por la calle. El ascensor seguía averiado y bajé a pie. Me sentaría bien, pensé con optimismo.

Nada más posar el pie sobre el descansillo del quinto piso se abrió la puerta de la que fue vivienda del infortunado vecino que ocupó mi plaza en el fatídico viaje hacia la muerte. El corazón me dio un vuelco. Su viuda, vestida íntegramente de negro, daba instrucciones a unos hombres sobre cómo tratar los muebles.

Dos días después del atentado había hablado con ella. No me odiaba ni me echaba la culpa de su desgracia, aunque me costase creerlo. Había leído mi artículo sobre el amor, aquel que escribí al día siguiente del luctuoso hecho, y con lágrimas en los ojos se abrazó a mí. Me sentí mal, muy mal. Intenté transmitirle cuánto lo sentía, procuré explicarle mi deseo por haber ocupado el puesto de su marido, tal como me correspondía, pero aquella mujer, extraordinaria y valerosa, había encajado el golpe mejor que cualquiera. A pesar de ello, cada vez que me cruzaba con ella seguía presente en mí un sentimiento de culpabilidad, como si le hubiera hurtado la vida de su esposo. Yo, no sólo había salvado la vida sino que, además, conservaba a Gina.

—¿Sucede algo? —le pregunté.

—Nos mudamos —me contestó con una sonrisa—. Mis padres me han convencido y nos vamos a vivir con ellos. Seguir aquí es un suplicio —dijo con voz apagada—.

Mis hijos me lo recuerdan constantemente. Solía revolcarse con ellos por el suelo y se me aparece. ¿Me comprende?

—Comprendo —dije con un nudo en la garganta.

—Siga escribiendo como hasta ahora. No abandone nunca, por favor.

La miré a los ojos. Era toda una mujer. Si es que los que nos han abandonado pueden vernos, su esposo debía sentirse muy orgulloso de lo que había dejado atrás. Asentí levemente y le pregunté:

—¿Puedo ayudarla en algo?

—Es usted muy amable, pero ya está todo empaquetado —me sonrió—. ¿Cómo está su esposa?

—Se está recuperando.

—¿Podrá andar de nuevo?

—No lo sabemos. De momento hay que tener paciencia.

—Les deseo mucha suerte.

—No sé qué decirle... —me quedé como suspendido en el aire.

Me sonrió e hizo un ademán de despedida antes de cerrar la puerta. Ya no tenía ganas de correr, así que di media vuelta y subí de nuevo por la escalera. Siempre la había llamado señora Prastelli y no conocía su nombre de pila. Me sentí muy triste. Sin desearlo, la terrible escena que puso fin a la vida de su marido y que estuvo a punto de acabar con la de Gina, volvió a representarse en mi interior con toda su brutal crudeza y la sangre se me agolpó en la cabeza y una oleada de odio me invadió. ¿Quién fue el cerdo que puso la bomba?, gritaba en mis entrañas.

Repasé los hechos uno a uno y descarté a Grimaldi. No se habría disculpado como lo hizo. Ángelo de Luca me había dicho que volverían a intentarlo, pero no había sido así. ¿Por qué? Quizás habían cometido un error. ¿Por qué no? Posiblemente, tras el atentado, se dieron cuenta de que se habían precipitado, que no necesitaban matarme. Y comencé a pensar en Hans Brükner, el Halcón Alemán. Aquella misma mañana le había desenmascarado. Si tramaba algo, bien podía creer que yo estaba al tanto y podía ser importante, tanto como para quitarme de en medio. Luego, tras el frustrado intento, debió de percatarse de que yo no sabía nada, excepto que era un agente de la CIA. Si todas mis suposiciones eran correctas, bastaría con averiguar lo que se proponía para acusarle directamente a él.

Entré en la habitación. Gina ya se había despertado y Giacomina se presentaría en unos minutos. Le di los buenos días y me vestí a toda prisa, le di un beso y salí disparado. En mi mente un destino: la Porta Pia.

Llegué frente al edificio comercial hacia las nueve y me planté como un perro guardián. Al poco aparecía el Lancia rojo y se metía en el aparcamiento. Huges lo conducía y Hans iba a su lado. Entré en un bar y llamé a Frascatti para pedirle prestado el coche. No puso reparos. Podía recogerlo del aparcamiento de *Notizia.* Por fortuna, Frascatti volvía a ser el de siempre, sus temores se habían desvanecido y las amenazas también.

Una hora más tarde volvía a ocupar mi puesto de guardia frente al edificio, aunque, en esta ocasión, al volante del antediluviano Fiat de mi jefe. Miedo daba conducirlo. Minutos después el Lancia emergió por la rampa del aparcamiento y yo me apresté a seguirlo. La sangre se agolpaba en mis sienes y cada vez me sentía más tentado a cometer una locura, pero un camión se detuvo a mi lado bloqueándome la salida. Maldije al camionero y le conminé a que lo retirase, cosa que hizo refunfuñando, discutiendo y con toda lentitud, mientras yo contemplaba con creciente desespero cómo mis perseguidos se alejaban y desaparecían de mi vista.

Regresé a la redacción hecho una furia, despotricando e insultando a todos los camioneros de Roma y agarré el teléfono para comunicarme con Ángelo y relatarle todos mis razonamientos. Me agradeció la información y me rogó que permaneciese tranquilo. Me conocía lo suficiente como para saber que no lo haría, aunque, en esta ocasión, el destino se puso a su favor y desvió mi atención de Hans Brükner.

Aquella misma mañana *el Romano* hacía pública su intención de realizar un viaje a Tierra Santa. ¡Menuda noticia!

Cualquier desplazamiento del Sumo Pontífice atrae la atención del mundo periodístico y más todavía cuando no hacía demasiado tiempo, en unas declaraciones, había mencionado la posibilidad de cambiar el Vaticano por Jerusalén, verdadera sede del Papa, según sus palabras. Y, ahora, llegaba el anuncio de su viaje a Israel.

Me reuní con Frascatti y me ordenó abandonar todo cuanto llevaba entre manos y centrarme en aquel viaje. Le repliqué que no podía dejar a Gina y me contestó que *Notizia* pondría a su disposición, día y noche, a una enfermera, pero que yo tenía que acompañar al Papa en un viaje que podía ser realmente histórico.

Por la tarde me acerqué al Vaticano y logré hablar con Bolone. El pobre andaba loco. La venta de las acciones que la Santa Sede poseía se había convertido en la comidilla de los altos círculos financieros, que veían en ello un peligro. ¡Qué digo, un peligro! ¡Una catástrofe! *El Romano* quería que se hiciese a toda prisa y los grandes cerebros de las finanzas gritaban que una acción precipitada generaría el pánico en no pocas bolsas. De hecho, únicamente los rumores ya habían desatado el vendaval y las bolsas habían reaccionado con violencia, hasta el punto que los grandes inversores se echaban las manos a la cabeza y las caídas fueron monumentales.

El pobre Bolone se hallaba entre dos fuegos. Mi buen amigo el cardenal estaba pálido y demacrado y había perdido varios quilos, presentando un aspecto ajado y envejecido. Sé que, incluso, había recibido amenazas.

En el interior de los muros del estado pontificio se respiraba un ambiente enrarecido. Los rumores corrían como demonios y el malestar abundaba. Las últimas manifestaciones de *el Romano* sobre la pobreza habían caído como un jarro de agua fría y algunos cardenales habían hecho veladas alusiones que apuntaban hacia un posible desequilibrio mental del pontífice. A todo ello había que sumar las noticias de las últimas semanas sobre tumultos y apaleamiento de sacerdotes con muertes incluidas. Y las autoridades de varios países, sobre todo de Sudamérica, habían permanecido impasibles y con los brazos cruzados, mientras *el Romano* seguía arremetiendo contra los sordos, mudos y ciegos. Aquél podía ser un verano más que caliente. ¡Tórrido! En algún país las comunidades universales habían sido declaradas ilegales y eran objeto de persecución. Tuve la extraña sensación de que retornábamos al pasado: la época nazi con los judíos, la posguerra civil española con los comunistas y los masones, la inquisición y las catacumbas. El aire olía a muerte y a barbarie.

—Esto es demasiado —gritaba el cardenal.

Dejé a Bolone inmerso en sus preocupaciones y fui en busca de Pasquale Chigi, quien se hallaba más desorientado que nadie. En pocos meses el Vaticano había pasado de ser un santuario con intrigas soterradas a un hervidero de serpientes. Incluso, se rumoreaba que algunas obras de arte habían desaparecido hábilmente sustraídas y permanecían escondidas en algún lugar de Roma. Sin embargo, no se había presentado denuncia alguna.

—Su Santidad, Dios me perdone, se ha vuelto loco —me dijo Chigi—. Pretende quedarse en Jerusalén —y agrandó los ojos escandalizado—. Va a abandonar Roma para siempre.

—Sus razones tendrá —le repliqué.

—A usted le escucha y le hará caso —me tomó por el brazo—. Háblele, dígale que es una locura, haga que reflexione. Roma es la ciudad de los papas. Lo ha sido siempre y siempre lo será.

—En otros tiempos fue Aviñón —le recordé.

—Eran tiempos de locura —contestó—. El Papa no puede hacer esto. Sería la destrucción de la Iglesia, el fin. Convénzale, por favor.

Nunca había visto a Chigi tan desencajado y me asusté. Así que decidí hablar con *el Romano.* Deseaba averiguar qué era lo que podía impulsarle a tomar semejante determinación. Chigi me condujo al despacho de Pedro II y anunció mi visita, que fue acogida con alegría.

Tuve una sorpresa mayúscula al hallar a un hombre de rostro cansado y abatido. Su mano tomó la mía y la apretó con fuerza. Sufría. Sus ojos enrojecidos y sus párpados hinchados revelaban las largas noches de insomnio. Hacía poco más de diez días que no le veía y noté que su pelo había encanecido un poco, su rostro mostraba la sombra de alguna arruga y sus pómulos estaban ligeramente marcados.

—¿Cómo está Gina? —me preguntó con una sonrisa. Aún en las peores circunstancias seguía siendo el mismo, preocupándose por los demás y actuando como si el tiempo no existiese.

—Cada día mejor, gracias.

—Espero que los médicos vuelvan a equivocarse. No

creo que sea mujer como para quedarse sentada en una silla de ruedas.

—Yo también lo espero —asentí.

—Mario, estamos al borde del abismo —me dijo muy serio.

—Lo sé. El mundo entero lo sabe —le respondí creyendo captar el significado de sus palabras.

—Deseo con todas mis fuerzas escapar, no dar el paso que es de menester, quedarme quieto. —dijo, levantó los brazos en alto y cerró los puños como si clamase al cielo. Luego, extendió sus brazos en cruz con las palmas vueltas hacia arriba, los dejó caer pesadamente y añadió—: Pero, lo que tiene que hacerse no admite demora y debo sobreponerme y lanzarme al vacío.

—No entiendo muy bien a qué se refiere —le insté a continuar.

—Mucha gente no ha sabido escuchar o, quizás, es que yo no he sido capaz de explicarme —dijo con tristeza—. Jamás he pretendido echar abajo las estructuras existentes. Mis palabras van en el sentido de descubrir que todo cuanto hacemos está escrito y que, cuanto antes aceptemos que es así y nos pongamos a favor del viento, antes alcanzaremos el equilibrio necesario para llegar a Él. El hombre no debe destruir nada, sino mejorar y adecuar lo que ya existe. Éste es el camino de la evolución, del desarrollo, el sendero que conduce a la felicidad. Sin embargo, mis palabras han sido interpretadas como símbolo de la destrucción, de abolición de las leyes y de las estructuras, de libertinaje y anarquía —hizo una pausa, meneó la cabeza a derecha e izquierda, como si no entendiese cuanto estaba sucediendo y prosiguió—: Yo sabía que así sería, yo estaba informado de todo cuanto me esperaba y quise evitarlo, me opuse a los designios de Dios. Cometí un tremendo error y, ahora, tengo frente a mí otro dilema: si dejo Roma y me marcho a Jerusalén será el caos y si permanezco aquí debo retractarme de cuanto dije y sumir al mundo en la desesperación. Mi misión consistía en meter al hombre en un callejón sin salida y, con ello, yo mismo creaba mi propia trampa mortal —suspiró profundamente—. Dios sabe bien lo que hace, pero, a veces, pide demasiado.

En aquellos instantes lo comparé a Jesús en el Huerto de los Olivos, quejándose, adoptando la faceta más humana de cuantas existen: la del temor, la del miedo a los acontecimientos que se avecinan. Veía en él al hombre extraordinario que lucha consigo mismo, con sus flaquezas y sus temores, al hombre que sufre ante una decisión que afecta a muchos, mientras es atacado por todos los frentes.

—Algunos ven claro —le dije.

—Lo sé, pero soy yo quien carga con todo el peso —se quejó.

—Yo estoy a su lado.

—También lo sé, Mario. Y otros muchos lo están. —me respondió, y sonrió levemente agradeciendo mis palabras—. Hasta el cardenal Bolone, a quien se le exige un tremendo sacrificio, ha cerrado los ojos y se deja arrastrar mansamente por la voluntad divina, que, a fin de cuentas, es quien se impondrá. Así ha sido, así es y así será por siempre jamás.

Inspiró profundamente, como si intentase acaparar todo el aire de la habitación, y asistí a una transfiguración. Su rostro recobró el calor, sus mejillas volvieron a la vida y sus ojos se llenaron de profundidad. Volvía a estar de nuevo frente a *el Romano* que conocí.

—Somos expresión de Él y como tales vamos a actuar —sentenció habiendo recuperado su habitual tono de voz profundo y calmo—. ¿Vendrá a Jerusalén? —me preguntó.

—No me perdería un acontecimiento así por nada de este mundo —sonreí.

—Allí nos veremos.

Se despidió de mí con un fuerte apretón de manos y me acompañó hasta la puerta, tras la cual aguardaba Pasquale Chigi presa de impaciencia. Nada más verme, se abalanzó sobre mi persona.

—¿Lo ha conseguido? ¿Qué le ha dicho? ¿Abandonará su proyecto de ir a Jerusalén? —me atropelló con sus preguntas.

—Si no se toma un respiro, mal voy a poder contestarle —procuré calmarle.

—Es cierto, perdóneme —me dijo recuperando el tono.

—Su Santidad es un hombre de sólidas convicciones, que confía plenamente en la divina voluntad de nuestro Creador, que sufre ante lo que se avecina y que desea servir a Dios por encima de todo. Su Santidad ha decidido ir a Jerusalén y quedarse allá. Nada ni nadie podrá mudar sus intenciones. Nadie, excepto Dios —le dije muy serio y contundente.

—Entonces, es cierto...

—Sí, lo es —asentí con firmeza.

—Va a destruir a la Iglesia —dijo en voz baja.

—No creo que sea ésa su intención —le repliqué—. En todo caso, será el fin de Vaticano S.A. La Iglesia no puede ser destruida. Jesús así se lo dijo a Pedro —le contesté.

—Somos los siervos de Dios quienes tenemos por misión velar por Ella —dijo con una mirada de loco. Luego se quedó callado durante unos instantes, tras los cuales musitó—: Abandonar Roma es el fin.

Pobre Pasquale, pensé. En él podían más las consignas recibidas cuando pequeño que la evidencia de una realidad tangible.

16 · CITA EN GETSEMANÍ

Pocas horas antes de emprender viaje hacia Israel recibí una noticia extraordinaria, la mejor de cuantas podía esperar. Gina había recuperado parte de la sensibilidad en los pies y los médicos calificaban el hecho de circunstancia favorable y puerta para la esperanza. La suerte nos sonreía de nuevo y *el Romano* acertaba una vez más: las ciencias no lo saben todo y el cuerpo humano tiene el don de la sorpresa.

A quien la suerte parecía haber abandonado por entero era a mi buen amigo el cardenal Bolone, que se había convertido en el espectro de aquel hombre enérgico y dispuesto que pasaba por ser uno de los grandes cerebros financieros del mundo. Había envejecido rápidamente y, ahora, representaba más años de los que realmente tenía. Supongo que el hecho de no poder acompañarnos a Tierra Santa influyó en ello. Sobre su cabeza pendía la acusación formal de varios delitos monetarios y, si abandonaba los seguros muros del Vaticano, caería en manos de la justicia italiana. Sus antiguos amigos y aliados, aquellos que utilizaban el Banco del Vaticano como canal de evasión de capitales y aquellos otros que por una u otra razón mantenían estrechos lazos económicos con Botone, se sentían traicionados, engañados, ultrajados y abandonados. Y es bien sabido que cuesta mucho entrar en ciertos círculos privilegiados, pero parejas dificultades se hallan a la salida. Botone había desoído las voces de sus aliados y había escogido al Papa como jefe. Eso era una traición y un desaire que recibiría su castigo que serviría de ejemplo para los demás.

El Romano, pasando por alto su calidad de jefe de estado, había rechazado el avión especial puesto a su disposición por las autoridades italianas y ordenó comprar pasajes para su séquito de acompañantes y para él. La noticia causó tal revuelo que los periodistas nos lanzamos como locos en busca de una plaza en el avión. El Papa viajaría como un ciudadano de a pie. Todo un reportaje que sería devorado por ávidos lectores de magnos acontecimientos. Sin embargo, los billetes se habían agotado. Alguien bien informado los había comprado todos y se dedicó al lucrativo y cómodo negocio de la reventa que, como era de suponer, centuplicaría su inversión. Las cifras pagadas fueron auténticamente escandalosas: de Roma a Tel Aviv por el módico precio de una vuelta al mundo en primera clase incluyendo hoteles y caprichos. Menos mal que mi ángel guardián o mi hada madrina, cualquiera de ambos es bueno, andaba despierto. Mi amigo el cardenal, por orden expresa de *el Romano*, había reservado un pasaje a mi nombre. Fue todo un detalle.

—Antes de un par de semanas estaré de regreso —le dije a Gina.

Desde el atentado no nos habíamos separado y ella estaba triste, por más que procuraba disimularlo. Tampoco yo daba saltos de alegría, pero sí me sentía excitado ante la magnitud de los acontecimientos que se avecinaban, y me costó trabajo dejarla, aun a sabiendas de que quedaba en buenas manos. El periódico había contratado a Pasqualina para que cuidase de Gina durante mi ausencia. Otro detalle a tener en cuenta y mi agradecimiento a Grimaldi, que lo consiguió con un par de llamadas telefónicas. Las influencias siempre serán las influencias.

Un taxi me aguardaba a la puerta y Gina me obligó a hacer un último repaso: camisas, calcetines, mudas, pañuelos, dos trajes, un par de suéteres, enseres de aseo, maquinilla y espuma de afeitar, el despertador, una cazadora... Estaba todo, hasta el frasco de tabletas para el estómago. La abracé por tercera o cuarta vez.

—Vas a perder el avión —decía Pasqualina a mi espalda.

—Cuídate —me dijo Gina desde su silla de ruedas y una lágrima resbaló por su mejilla.

—Si lloras me quedo —la amenacé.

Se enjugó la lágrima y me sonrió. Me partía el corazón. Hice un esfuerzo y agarré la maleta con decisión. Ya en la puerta volví a escuchar su voz:

—Ve con cuidado. Recuerda que te espero.

Preferí no responder e hice como si no la hubiera oído, aunque el toque dramático de sus palabras me acompañaría durante todo el trayecto hasta el aeropuerto. Aquellas frases me sonaban a modo de oscuro presagio y un eco interior me las devolvía a cada instante.

El aeropuerto se hallaba atestado de policías y un gentío se agolpaba para ver llegar a *el Romano.* Confirmé mi billete y crucé el control de pasaportes. Había muchos colegas, nos saludamos e hicimos algunos comentarios sobre la suerte que teníamos de poder contarnos entre el pasaje. Alguien bromeó y dijo: «Es un seguro de vida. Ningún Papa ha muerto en accidente de aviación». Otro explicó que aquel viaje le costaba una fortuna a su periódico y yo me hice el sueco.

—La gente es tonta —dijo Adams del *Washington Post*—. Sigue ahí plantada aguardando que el Papa se persone en taxi, cuando yo sé de buena tinta que ya se encuentra en el aeropuerto y que aparecerá a la hora de embarque. —Me miró y dirigiéndose a mí me preguntó—: ¿Puedes confirmarnos la noticia?

—¿Yo? ¿ Por qué? —le contesté adoptando mi mejor expresión de sorpresa.

—Vamos, hombre. Todos sabemos que tienes muy buenos contactos en el Vaticano, aunque, ahora, se hallen en dificultades —sonrió irónicamente.

Era cierto. Para ninguno de ellos constituía secreto que Bolone me tenía cariño. Las noticias vuelan y yo comenzaba a preguntarme si también estarían al corriente de que *el Romano* y yo habíamos charlado en repetidas ocasiones.

—Pues, lo siento, pero no tengo ni la menor idea de lo que me preguntas.

A las tres menos veinte nos rogaron a través de los altavoces que acudiésemos a la puerta de embarque. Nadie había visto al Papa y nos miramos confundidos. ¿Y si no venía? ¡Menudo chasco!, pensé.

Entramos en la nave por la rampa del portón trasero y escuché exclamaciones de alivio de quienes me precedían. El Papa ya se hallaba a bordo. Al llegar a la altura de las hileras de butacas, pude distinguir la nuca de *el Romano* y vi de refilón a Pasquale Chigi, que estaba tieso como un palo, pálido y tembloroso. ¡Vaya!, al pobre secretario le daba miedo volar. No tenía que extrañarme por ello.

Cuadraba con su talante ciertamente conservador. También reconocí a los cardenales Reverter, Hooke, Tipelo, a monseñor Bonevski, a monseñor Antrali y a otros purpurados cuyos nombres no recuerdo.

Nunca aprenderemos. Nada más verle, los primeros en entrar se abalanzaron sobre *el Romano* y le asaetaron a preguntas, mientras la azafata les rogaba que ocupasen sus plazas. Se originó un pequeño tumulto que el Papa atajó con prontitud.

—Señores, les ruego que se sienten. Tiempo habrá para hablar. El viaje va a durar algo más que un simple trayecto en autobús y no tengo ninguna intención de apearme en marcha —dijo acompañando sus palabras con una amplia sonrisa.

La broma fue acogida con risas y los impulsivos se dirigieron a sus respectivos puestos. Tras las formalidades de rigor, el recuento de pasajeros, las consabidas recomendaciones sobre el uso de los cinturones de seguridad y un enérgico mensaje del comandante sobre los peligros de cargar todo el peso sobre un punto del avión, los motores rugieron y nos sentimos catapultados hacia las alturas.

En cuanto la azafata comunicó al pasaje que ya podíamos soltarnos los cinturones, varios compañeros se levantaron de sus asientos con la intención de dirigirse hacia la parte delantera del aparato, pero el avión inició un brusco picado y perdieron el equilibrio. Acto seguido, la voz del comandante recordó en tono imperioso la advertencia hecha antes del despegue, mientras yo me fijaba en que la azafata, que no podía contener la risa y se había vuelto de espaldas. El comandante debía de ser un tipo listo, pensé, aquel pequeño truco bastaría para disuadir a los incontrolados.

Fuera de aquel incidente ya no hubo más sobresaltos y el viaje discurrió por los cauces habituales y, tras una hora de vuelo, *el Romano* se levantó y se sometió pacientemente a las preguntas que le formulamos.

Al comienzo fue una rueda de prensa que me pareció simpática e improvisada, pero conforme avanzaba mi opinión varió notablemente. Tenía la sensación de que Pedro II se hallaba volcado por completo en sus respuestas, como si el tiempo se le escapase de las manos. Con una autoridad que caló hondo en todos los presentes, se fue adueñando de la situación y terminó por acallar nuestras intervenciones. Yo me abstraje un instante y contemplé los rostros de mis compañeros, mudos y pendientes de cada palabra, mientras sus micrófonos direccionales captaban cuanto salía de labios de *el Romano* y las grabadoras guardaban memoria de ello. Ni siquiera se atrevieron a hacer el menor comentario cuando Pedro II anunció su intención de considerar seriamente la posibilidad de trasladar su sede a Jerusalén, abandonando el Vaticano para siempre. Todo cuanto decía era demasiado importante como para cortarle con inoportunas preguntas.

Otro anuncio venía a confirmar los rumores que corrían de boca en boca desde hacía varias semanas: el IOR estaba llamado a desaparecer y todo cuanto separaba a la Iglesia de su mensaje inicial también. *El Romano* dejó bien sentado que todo aquel que deseara seguir a Cristo, debía hacerlo conforme lo que él predicó. Los rangos de Príncipe de la Iglesia no tenían razón de ser. Cristo, siendo rey, fue el más humilde de todos. Él vino a la tierra para legarnos un mensaje en perpetuo presente, nunca un recuerdo en constante pasado. El hombre era fruto de la creación y su destino consistía en retornar a la fuente de su origen. Por ello, jamás debería ser egocéntrico, sino una parte de un todo que camina inexorablemente hacia arriba, sin que todo lo dicho quiera significar abolición de lo fundamental, sino una reafirmación de la supremacía de la libertad interior inherente en el propio concepto de creación.

«El hombre no tiene más remedio que comprender, aceptar y asumir su papel o perecer», siguió explicando. «La tecnología actual permite que todos los pueblos de la tierra puedan vivir decorosamente y en libertad. Por lo tanto, todo intento por acaparar los hallazgos y utilizarlos con egoísmo y para la pura satisfacción de sus deseos y ansias de poder, es contra natura, y persigue la esclavitud del más débil frente al poderoso. Y todo ello no es más que la prueba palpable de la inseguridad y el miedo que atenazan al supuestamente llamado fuerte. Ningún hombre está por encima de nadie por grande que sea su poder, ni puede obligar a ningún semejante a creer o dejar de creer en algo. La aceptación o rechazo de una creencia es un acto puramente voluntario que se deriva de la utilización de la libertad. La condenación es el resultado de la ceguera y desaparece en el preciso instante en que la sinceridad preside los actos y abre los ojos del alma para percibir la auténtica realidad. La muerte no existe más que en nuestra mente. El hombre deja un estado para pasar a otro, abre una puerta, traspasa un muro; es perpetuamente porque fue creado para ser».

Y así fue como en tres horas nos hizo una condensación de un saber milenario, compendio de todas las religiones, de todas las creencias, de todas las filosofías y de todas las instituciones que se esconden en nuestro interior. Había materia de sobra para confeccionar varios tomos o para llenar toda una vida. Sus frases, cada una de ellas, era el resumen de largas meditaciones. Pero lo que más me sorprendió fue la fluidez con que sus palabras afloraban. Cada frase era una sentencia pronunciada con autoridad, su rostro exteriorizaba paz y el rugir de los motores parecía acallarse para no apagar el sonido de su voz.

Nos tenía a todos pendientes de su persona, de cuanto decía, de sus gestos y su mirada, hipnotizados por la profunda serenidad de que hacía gala y por la seguridad que emanaba de él.

Cuando hubo concluido su exposición, agradeció la atención que le habíamos prestado y volvió a ocupar su plaza, sin que nadie se atreviese a abrir la boca para preguntar nada. Nos habíamos quedado mudos y a él se le veía cansado, como si hubiese llevado a cabo un supremo esfuerzo por legarnos su testamento. Ésta fue la impresión que saqué.

—Ha sido grandioso —dijo Bertolino del *Corriere della Sera* al cabo de un rato—. Ese hombre no es humano.

—Pues, por desgracia, lo es, aunque merecería no serlo —le contesté.

—Esto debe de valer millones —comentó con tres horas de grabación en las manos—. Propongo que nos pongamos de acuerdo para su comercialización. Nos lo van a quitar de las manos.

—Eres la leche —exclamé con disgusto.

—Ese Bertolino se pasa el día escupiendo capulladas —se escuchó más atrás.

—El capullo lo serás tú —bramó Bertolino levantándose y dirigiéndose a quien había hablado.

—Siéntate, que vas a estrellarnos. ¡Azafata, eche a ése! —se oyó otra voz en son de burla.

—Siéntate ya, hombre —corearon otros.

—Imbéciles. Todos sois unos imbéciles —murmuró Bertolino mientras regresaba a su puesto y ponía cara de perdonavidas.

El pobre no era demasiado popular entre nosotros.

Su afán de lucro era tan patente que llegaba a cansar y se pasaba el día en busca del gran negocio de su vida que lo convertiría en el hombre más rico de la tierra y explicaba a todo el mundo lo que haría si se daba semejante circunstancia. Se compraría la villa más grande de Italia, desayunaría en Egipto, comería en Roma y cenaría en París y todos acudirían a un chasquido de sus dedos. Ése era su sueño dorado: chasquear los dedos y contemplar cómo un ejército de babosos se desvivía por servirle y un harén de hermosas mujeres aguardaban con el corazón palpitante para convertirse en la favorita. ¡Pobre diablo!

Cuando aterrizamos, el aeropuerto de Ben Gurión rebosaba de guardias de seguridad y se nos ordenó permanecer quietos hasta que *el Romano* y sus acompañantes hubiesen descendido del avión, aunque yo logré acercarme hasta el portón de salida y atisbar por encima del hombro de un policía que debía de medir metro noventa y cuyas espaldas parecían un muro de piedra. ¡Cualquiera se atrevía a salir!

La escena que se divisaba desde mi improvisado puesto de observación era insólita, por demás. El presidente Isaías Brentel recibía calurosamente a Pedro II en el centro de un campo de aviación absolutamente gélido, a pesar de que la temperatura reinante era alta, pero las monocromas hileras de guardias se extendían más allá del edificio de la terminal y aquellos que habían acudido a recibir al Papa se habían quedado a más de quinientos metros del lugar. Únicamente dos tímidas pancartas se alzaban para dar la bienvenida a *el Romano.* Más tarde me enteré de que las carreteras habían sido cortadas y que, tan sólo, aquellos que mucho madrugaron lograron llegar hasta el aeropuerto.

Hubo un discurso por parte del presidente Brentel, que no llegué a escuchar en su totalidad. La voz de la azafata me indicó que debía regresar a mi asiento y aguardar a que se me concediera permiso para desembarcar. Decidí no hacerle caso y permanecí en mi punto de observación, pero el policía de metro noventa y espaldas de búfalo se dio la vuelta y me dirigió una fría y dura mirada. Su dedo estaba curvado alrededor del gatillo y el arma apuntaba directamente a mi estómago. Le sonreí, di media vuelta y cumplí al pie de la letra las indicaciones de la azafata. ¡Perra suerte! Jamás supe lo que *el Romano* respondió ante el discurso del presidente.

Quince minutos más tarde abandonábamos la nave. Las ceremonias habían concluido deprisa y *el Romano* y su séquito habían desaparecido en coches oficiales fuertemente escoltados.

Fuimos conducidos a la terminal y se nos sometió a un exhaustivo y minucioso registro que llegó hasta nuestra propia persona. Protestamos inútilmente. Luego, tuvimos que aguardar hasta que los controles de carreteras se hubieron levantado para que los taxis lograsen llegar hasta el aeropuerto. Seguimos despotricando, nos quejamos hasta la saciedad y, al fin, tras casi dos horas, nos repartimos los vehículos y fuimos en busca de alojamiento.

Otra sorpresa (desagradable sorpresa, por supuesto) que añadir a la larga lista del día: en el Hotel Savoy no tenían noticias de mi reserva. Me enfurecí, grité e hice un montón de tonterías, hasta que terminé por acogerme al recurso más universal de cuantos existen: un par de billetes dejados al alcance de una mano inocente obraron milagros y aquel caradura recobró la memoria y mi reserva apareció. Se había traspapelado. Habitación 205.

El botones que me acompañó hasta la habitación, depositó mi maleta sobre la cama, encendió todas las luces de la habitación y me preguntó con una sonrisa si todo se hallaba a mi gusto. Estuve a punto de decirle que la propina estaba incluida en los dos billetes que habían pasado a bolsillos del sinvergüenza y desmemoriado recepcionista, pero decidí que más valía no meterme en líos y tener un buen aliado, así que fui generoso hasta el extremo de recibir amplias muestras de gratitud y una oferta de servicios de cualquier clase, sin distinción de sexo, color, raza... Le agradecí el ofrecimiento y le contesté que lo pensaría.

La habitación era cómoda y espaciosa, con un cuarto de baño completo y limpio. Deshice el equipaje y, cumpliendo la promesa que hiciera a Gina antes de partir, colgué los trajes y camisas en el armario. Terminé de acomodar el resto de la ropa y entré en el cuarto de baño para depositar los enseres de aseo sobre la repisa del lavabo. Unos golpecitos en la puerta de la habitación interrumpieron mi ritual. Me acerqué hasta la puerta de la alcoba y pregunté receloso:

—¿Quién es?

—Traigo un recado de Pedro —respondió una voz varonil en correcto acento italiano.

Me sentí confundido y dudé antes de abrir la puerta y hallarme ante un franciscano de negra y poblada barba.

—Me ha encargado que le diga que desea verle —me dijo sonriente.

—¿Dónde? —le pregunté con un gesto que indicaba mi desorientación.

—Yo le llevaré —se ofreció—. Para eso estoy aquí.

—¿Muy lejos?

—Al Huerto de los Olivos.

—¿Getsemaní? —le pregunté abriendo los ojos como

platos. O sea, que *el Romano* ya no se encontraba en Tel Aviv, sino en Jerusalén, su lugar de destino. Tiré del franciscano, lo metí en la habitación y eché una mirada al pasillo. Estaba desierto.

—¿Le ha visto alguien? —le pregunté cerrando la puerta.

—De niño era monaguillo y me echaba mis buenos tragos de vino de misa en las propias barbas del capellán — me respondió, al tiempo que sonreía con una chispa de picardía en sus ojos burlones.

Le miré de arriba abajo. A pesar de sus barbas, tenía pinta de crío travieso y parecía un hombre despierto, así que le otorgué un voto de confianza.

—Póngase algo de abrigo, que al anochecer refresca —me aconsejó.

—¿Cómo se llama, padre? —le pregunté mientras tomaba un suéter de lana bastante grueso.

—Francesco, como nuestro fundador —me respondió con visible orgullo en sus palabras.

Me puse a su disposición, salimos al pasillo y me dispuse a encaminarme hacia el ascensor, pero el padre Francesco me tomó por el brazo y me obligó a seguirle hacia la escalera de servicio. Era listo el franciscano y parecía conocerse el hotel como la palma de la mano.

—Tengo un primo que trabaja de camarero aquí en el hotel —me explicó mientras alcanzábamos la salida sin ser vistos.

—!Ah! —exclamé. Los italianos somos el colmo. Tenemos parientes en todos lados, aunque yo sea una excepción a la norma, detalle que me ha pesado en más de una ocasión. ¡Qué le vamos a hacer! A cada cual le toca una familia y con ella acarrea. La mía casi ni existía.

Caminamos un par de manzanas. El sol se había puesto y el padre Francesco se movía con la agilidad de un niño, que más que andar parecía deslizarse sobre patines. Me costó trabajo seguir su ritmo. Mi vida en Roma era demasiado sedentaria y el escaso tiempo que dedicaba cada mañana a desentumecer los músculos no había obrado milagro alguno.

Mi acompañante se detuvo junto a un viejo y achacoso Volkswagen y me sonrió. Aquél iba a ser nuestro medio de locomoción hasta Jerusalén, aunque a mí me costaba trabajo creer que estuviera capacitado para alcanzar las afueras de Tel Aviv, por muy legendaria que fuese la dureza de la marca alemana.

Me acomodé junto al franciscano y nos dispusimos a emprender la aventura. El motor se mostró perezoso y protestó a cada intento de puesta en marcha.

—Le cuesta un poco arrancar, pero luego se porta bien —me aclaró el padre Francesco a modo de disculpa.

Cinco intentos más y la carrocería tembló, mientras el motor emitía un terrible bufido que en nada envidiaría a la furia de un dragón enloquecido y agonizante. Por enésima vez pensé que no llegaríamos ni a las afueras de la ciudad. Sin embargo, no fue así, aunque el viaje se convirtió en un infierno. La calefacción estaba atascada, los faros bizcos y demasiado altos, por lo que recibíamos frecuentes ráfagas de los automóviles que venían de cara. La suspensión casi ni existía, la carrocería temblaba y amenazaba con abrirse como una flor en primavera, los cinturones de seguridad estaban rotos y mi trasero se vio sometido al constante flagelo de un muelle suelto, pero llegamos a Jerusalén, lugar en el que nos detuvimos a repostar y que yo aproveché para abandonar mi puesto y frotarme las posaderas para aliviar el martirio.

Durante todo el viaje no había abierto la boca. El

padre Francesco tomó la palabra nada más abandonar Tel Aviv y no la soltó ni un instante. Al comienzo le presté atención, pero no tardé en descubrir que vivía en otro mundo y que hablaba sin preocuparse de si era escuchado o no, así que me olvidé de él y me centré en mis pensamientos.

El discurso de *el Romano* me había sorprendido mucho, no tanto por su contenido como por la forma en que lo pronunciara y el especial cuidado puesto en dar una visión lo más completa posible de lo que debería ser el futuro del ser humano. Aquella misma noche las agencias de noticias estarían emitiendo largos comunicados y los periódicos se aprestarían a dejar un hueco en sus páginas para reproducir sus palabras y lograr que, a la mañana siguiente, se convirtiese en el tema preferido de conversación y discusión para muchos ciudadanos de puntos muy dispares. Yo no había tenido tiempo de mandarle nada a Frascatti. ¡Me mataría en cuanto me echase el ojo encima!

Cinco minutos más tarde continuábamos rumbo a Getsemaní. Al poco de reiniciar nuestro camino, mi corazón se aceleró y me olvidé por completo del muelle que laceraba mi trasero. Sin saber porqué, me sentía inquieto y extrañamente conturbado y, conforme nos acercábamos a nuestro punto de destino, mi alteración iba en aumento. Deseé que aquel cacharro corriese más y más, que ya hubiésemos llegado. Un fúnebre presentimiento se apoderó de mí y en mi imaginación vi a *el Romano* tendido en el huerto, muerto. Procuré dominarme, pero en cuanto se detuvo el viejo Volkswagen salté como un gamo y crucé en una exhalación la verja que hay junto a la Basílica de la Agonía y que conduce directamente al huerto.

Conocía aquellos lugares de otras visitas a Israel, durante mis correrías a lo largo y ancho de este mundo en busca de la noticia. Recuerdo, incluso, la sensación que se apoderó de mí la primera vez que pisé la tierra del Huerto de los Olivos. En aquel mismo lugar habla estado Jesús a las puertas de la agonía;.en aquel mismo lugar se puso de manifiesto su condición humana, su faceta terrena, cuando se rebeló contra el suplicio que le aguardaba; en aquel mismo lugar fue prendido por aquellos que pocas horas antes le abrían las puertas de Jerusalén y le aclamaban como a su rey; y en aquel mismo lugar yo acababa de imaginar el cuerpo de *el Romano* tendido y sin aliento, sin vida.

El huerto parecía hallarse desierto. Los turistas se habían marchado hacía mucho rato y yo me asusté y grité:

—*¡Romano!*

—Hola, Mario. La paz sea con usted —escuché a mis espaldas una voz y me volví sobresaltado.

Allí estaba, frente a mí, con su blanca sotana de misionero, sonriente, ¡vivo! Respiré aliviado. Todo había sido un sueño, una horrible pesadilla. Nada más que eso. Entonces me di cuenta de que le había llamado *Romano,* no Pedro, señal de que mi llamada brotó del alma, porque cuando hablaba con alguien y me refería a él utilizaba el título de Su Santidad o su nombre pontifical, cuando hablaba con él le llamaba Pedro a secas, tal como él me pidiera, pero cuando pensaba en él mi mente se servía de su apodo para identificarle: *el Romano.*

—¿No debería encontrarse en Tel Aviv? —le pregunté.

—Me encanta hacer diabluras —me sonrió—. Sin embargo, no me he escapado. Aquí es prácticamente imposible hacerlo. Aunque no lo crea, le diré que hay un mínimo de diez pares de ojos que nos observan con discreción, pero sin perder detalle. Si yo no hubiese advertido de su llegada, puede estar cierto de que no habría cruzado la verja. —Levantó la mirada hacia las estrellas que brillaban en el firmamento e inspiró profundamente gozando del aire fresco de la noche—. ¿Andamos un poco?

—Será un placer —le respondí.

Caminar a su lado por aquellos parajes me otorgaba paz. Era una noche tranquila y estrellada de luna creciente y la temperatura aún permanecía en niveles agradables. Tenía mil preguntas que formularle acerca de sus intenciones futuras y sobre el motivo real de su viaje, cosa que no había hecho en nuestra última conversación en el Vaticano, y que tampoco me atrevía a hacer en aquel instante, prefiriendo que fuera él quien marcase la pauta. Alguna razón debía existir para tan misteriosa cita.

—Deseo confiar algo a su cuidado, si acepta —dijo al cabo de un rato de silencio.

—¿Qué es? —le pregunté, sorprendido. Era lo último que podía esperar.

—Un montón de resoluciones con el sello pontifical, mi firma y la de cincuenta cardenales más. Un largo cántico en favor de la absoluta libertad del hombre en su búsqueda de Dios y de la verdad. La abolición de un sinfín de normas caducas y encadenadoras que han producido enormes retrasos, muchos crímenes y legiones de fanáticos enardecidos por un celo engañoso y apocalíptico. El fin del tiránico yugo del acérrimo dogmatismo en el que hemos terminado por caer y que nos mantiene en lo más hondo de un pozo desde donde es imposible ver la luz del día que todo lo clarifica. Algo lo bastante importante como para que lo cuide bien y haga llegar a manos de todo el mundo, si algo llega a sucederme. —Se detuvo y me miró—. Supongo que le suena el nombre de «Benson & Prite», ¿no?

—Sí —asentí—. Pasa por ser una de las más prestigiosas firmas de la abogacía americana.

—También le sonará Jesús Fernández Piloña —me

dijo interrogante.

—Es el actual presidente del tribunal constitucional de España —recordé.

—¿Y Jean René Dauvinier?

—Me suena a suizo, pero no acabo de localizarlo —Me froté la frente. Me sentía agotado y mi mente se mostraba perezosa.

—Es el actual secretario general de las Naciones Unidas —sonrió *el Romano.*

—¡Santo Dios! Hoy no tengo la cabeza en su sitio —me disculpé avergonzado por el olvido.

—Como periodista queda usted suspendido —bromeó Pedro y, más serio, añadió—: Todos ellos disponen de una copia de lo que le entrego a usted y todos ellos son hombres honrados, con la suficiente talla y grandes amigos míos. Además están los cincuenta cardenales que firmaron el documento. Como puede comprobar, le he cubierto bien las espaldas. Lo que digo en esos documentos debe llegar a los hombres y mujeres de este planeta sin que nadie ponga en duda su autenticidad.

—¿Cuándo quiere que se publique?

—Ya le he dicho que únicamente debe publicarlo en el caso de que algo llegase a sucederme —sonrió—. Sé que suena a novela de misterio, pero, antes de que acepte, debo comunicarle que hay gente interesada en que esos documentos no salgan nunca a la luz pública. —Se detuvo de nuevo y me miró directamente a los ojos—. Puede ser muy peligroso y comprenderé perfectamente que me devuelva el sobre y me diga que usted ya ha pasado por demasiados calvarios.

—Traicionaría mi condición de periodista responsable si me asustase tan fácilmente —fanfarroneé, aunque un escalofrío había recorrido mi espina dorsal al recordar a Gina—. ¿Por qué no lo hace público usted mismo?

—Si se pueden obrar los cambios evitando traumas innecesarios, tanto mejor para todos —contestó, y echó de nuevo a andar.

—¿Se va a quedar aquí en Jerusalén?

—Aún no lo sé. —Se quedó pensativo y añadió·: Antes he de pacificar Roma.

—Hay algo que siempre me ha inquietado y que desearía preguntarle —dije, cambiando de tema, y él se detuvo de nuevo y se plantó frente a mí aguardando mi pregunta—. Ningún laico, a no ser por la fuerza, había logrado entrar en los Archivos Secretos del Vaticano, tal como yo hice. Es más, según mis conocimientos, ni siquiera el Papa tiene tanto poder como para otorgar semejante privilegio y lograr que se cumpla. ¿Cómo lo consiguió?

—Amigo Mario, cuando murió mi antecesor la situación interna de la Iglesia era lo más parecido a la Torre de Babel y puede estar bien seguro que el más leve soplo habría derribado la Basílica de San Pedro, aunque a diferencia del pasaje bíblico, había algo positivo. Todos éramos conscientes de esta triste realidad —me explicó despacio—. El mundo entero se sorprendió por la rapidez de la decisión que me elevó hasta la Silla de Pedro. No sabían que todo estaba pactado de antemano y, únicamente, quedaba por cumplir la formalidad del cónclave. Se necesitaba un hombre absolutamente neutro, sin tendencias conocidas, con imaginación e ideas renovadoras y claras, con una visión diáfana de la urgente necesidad de reflotar todas las instituciones. No sé si cometieron un error al pensar en mí para tal cometido, aunque sí sé que más de uno se ha arrepentido de ello, pero en aquel momento se me juzgó como el hombre adecuado y yo impuse mis condiciones. Aceptar sin más era un suicidio y yo no soy un loco, aunque, en ocasiones, dude de mi cordura. Una de esas condiciones fue que yo podría ofrecer cualquier cosa a la prensa con el fin de tenerla de nuestro lado, condición que fue aceptada en parte, ya que se me pidió una lista de posibilidades a ofrecer. Confeccioné la relación que creí más oportuna y la sometí a criterio de los cardenales. La mayor parte de los puntos no ofrecían demasiadas dificultades y fueron aceptados de inmediato, otros rechazados de plano y sin posible discusión y el resto debatidos y recortados. Uno de los que entraron en discusión fue, precisamente, la apertura de las puertas de los Archivos Secretos y se me concedió licencia para realizar un experimento. Podía buscar a un periodista y permitirle la entrada por una sola vez. Luego se discutiría el resultado y se vería la conveniencia de seguir adelante o no.

—Pero usted me dijo que me abría las puertas del Vaticano de par en par... —le dije reprochándole su mentira en mi primera conversación con él—. ¿Qué habría sucedido si, en lugar de pedirle visitar los Archivos Secretos, le pido otra cosa?

—Mario, no es usted ningún niño —exclamó abriendo los brazos—. Yo necesitaba a un periodista especial al que conociésemos bien y cuyos pasos pudiéramos medir y prever y, ¿qué mejor fuente de información que el desconfiado, astuto y precavido Bolone?

—Por eso mismo me citó poco antes del cónclave... —medité en voz alta.

—Exacto.

Le miré incrédulo. Había jugado conmigo como con un peón de ajedrez y me sentí vejado. Yo que había confiado ciegamente en aquel hombre, ahora le veía y le cataloga de ser intrigante y su imagen se desprendía del pedestal al que yo lo había encaramado y se estrellaba contra el suelo para terminar hecha añicos. Toda mi confianza en él se desmoronaba y me veía a mí mismo estúpido e infantil.

—Le pido perdón por todo —me dijo clavando sus negros y profundos ojos en mi persona—. Se lo pido con toda humildad y estoy dispuesto a darle toda clase de explicaciones. —Puso su mano sobre mi hombro y añadió—: Sé cómo se siente, pero no disponía de otra opción. Luchar contra las intrigas cortesanas es muy difícil y desmontar estructuras centenarias y anquilosadas es un esfuerzo de titanes. Sin embargo, quiero que sepa que le tengo mucho aprecio y que cuanto ha sufrido lo he sentido en propia carne. Puede estar seguro de ello. Lo único que no fui capaz de prever fue el atentado que sufrió Gina, y no sabe hasta que punto lo he lamentado.

—¿Qué habría sucedido si le pido una segunda visita a los Archivos? —le pregunté desafiante.

—Para evitar tal eventualidad estaba monseñor Bonevski —me dijo sencillamente.

—O sea, que también me engañó como a un chino —ironicé.

—No, Mario. Bonevski es un hombre de una honradez absoluta y yo le aseguro que cuanto le dijo era lo que sentía. Yo no podía arriesgarme a mentirle y la única baza de triunfo de que disponía estaba en la verdad desnuda —dijo, y se detuvo un instante—. Usted busca la verdad y únicamente se le podía detener con ella. Sí, es cierto que he jugado con usted, que me he servido de su bondad, pero nunca para provecho propio. Le doy mi palabra de que así ha sido.

Permanecí mirándole mientras en mi interior se debatía la duda. Sopesé pros y contras y hasta me sentí tentado a devolverle el sobre, salir del recinto del huerto y regresar a Tel Aviv. Tantos años de experiencia como periodista, un título de psicólogo a cuestas y la terrible arrogancia de creerme de vuelta de todo y... en el fondo nada. Jugaban conmigo como les venía en gana.

—Me duele el estómago —dije y extraje una tableta del frasco que llevaba en el bolsillo para introducirla en la boca y chuparla lentamente—. Le voy a ser sincero: no sé si creerle o no.

—Y yo no me atrevo a rogarle que confíe en mí porque mis palabras podrían sonarle a falsete. Lo que sí le ruego es que medite con calma y, si decide que no puede creerme, me lo haga saber haciendo llegar a mis manos el sobre que le he confiado.

—De acuerdo.

—Gracias por escucharme hasta el final.

Le estreché la mano y nos despedimos allí mismo. Yo no deseaba que me acompañase hasta la verja y él captó mis pensamientos, así que me alejé lentamente, sin volver la vista atrás. Una vez fuera, divisé el Volkswagen del padre Francesco y me resigné a someterme de nuevo a su tortura. Abrí la portezuela y el franciscano se despertó sobresaltado.

—¡Ah! Menudo susto me ha dado —exclamó— ¿Volvemos a Tel Aviv?

Asentí en silencio, al tiempo que me acomodaba lo mejor que pude. Nada más arrancar, el padre Francesco abrió su boca y ya no la cerró de nuevo hasta que se detuvo frente al Savoy.

Le di gracias y luego agradecí internamente al cielo por librarme de él y de su cacharro, sin que me fuese posible precisar cuál de los dos era peor. Mi trasero estaba lleno de morados y mi cabeza a punto de estallar.

Cuando le vi partir, respiré aliviado y entré en el hotel. En el interior todo estaba tranquilo y no había clientes en el vestíbulo, a excepción de un hombre que permanecía sentado en una butaca escondido tras un enorme periódico. No le presté mayor atención. Me sentía cansado y en mi cerebro flotaban imágenes de blandas camas de suaves sábanas. Me dirigí al recepcionista y le pregunté si había algún recado para mí, a lo que me contestó con un gesto negativo con su cabeza y una sonrisa profesional. Tanto mejor, pensé, así dormiría más tranquilo. Y me encaminé hacia el ascensor.

17 · UN HOMBRE VA A MORIR

—Buenas noches —escuché una voz extrañamente familiar a mis espaldas.

Me di la vuelta para devolver el saludo. El hombre que leía el periódico sentado en la butaca dejó caer la cortina de papel impreso sobre su regazo y apareció Hans, el Halcón Alemán.

—¡Vaya! —exclamé—. No te vi en el avión.

—Es que en el avión del Papa sólo viajan los privilegiados —sonrió.

—Confieso que me extrañaba tu ausencia —dije, de pie, junto a la puerta del ascensor—. ¿Qué te trae por aquí?

—Te esperaba a ti, precisamente. —Se levantó despacio y se acercó hasta mí—. En una ocasión me dijiste que, si algún día venía a verte, creerías en los milagros y yo deseo que creas para que así puedas salvarte —dijo mientras sonreía cínicamente y yo lo comparaba a una hiena—. ¿Qué te parece si nos vamos a charlar a un lugar tranquilo?

Le observé con recelo e, instintivamente, palpé el sobre que me había dado *el Romano* y que yo había ocultado bajo la camisa. Hans bien podía ser uno de los que sentían interés por su contenido. Iba a responderle que no, pero el Halcón Alemán seguía siendo el mismo y captó todas mis dudas acerca de sus nunca claras intenciones.

—Elige tú el lugar —se adelantó a mi respuesta—. ¡Ah! Si quieres, puedes dejar eso que guardas por ahí dentro, en la caja del hotel o, si lo prefieres, te esperaré aquí hasta que consideres que se halla a buen recaudo y lejos del alcance de malas personas —y me lanzó una nueva sonrisa.

Quedé desconcertado. Aquel hombre era el mismísimo diablo y sus compañeros de la CIA unos fisgones asquerosos y carentes de principios.

—Conozco su contenido de cabo a rabo —siguió hablando Hans con aquel tono de superioridad que yo tanto despreciaba—. Y te diré más: no tenemos ninguna intención de impedir que siga su camino. En el fondo salimos bastante bien parados y, con un poco de habilidad, hasta puede resultarnos enormemente positivo —se rió—. Es la ventaja de estar bien informados.

—Está bien. Subamos a mi habitación —resolví.

No tenía objeto negar la existencia del sobre y tampoco ganaba nada rechazando su proposición. Sus amigos podían acabar conmigo en cualquier momento o robarme los documentos. Si no lo habían hecho ya, debía de ser cierto lo que decía Hans. Al menos en parte.

Nos metimos en el ascensor. Hans estaba muy hablador e irradiaba optimismo, aunque yo conocía aquella faceta de su personalidad. Cuanto mayores eran sus dificultades o su empeño, tanto más entusiasmo derrochaba. Era un modo como otro cualquiera de sembrar el desconcierto entre sus adversarios y procurarse ánimos para él. Y... mi experiencia me demostraba que Hans obtenía siempre resultados.

—Bueno, ¿qué quieres? —le pregunté a bocajarro nada más cerrar la puerta de la habitación—. Estoy muy cansado y deseo dormir. Así que abrevia.

Me miró despacio y fue a sentarse en una de las butacas. Parecía no tener ninguna prisa por comunicarme el motivo de su visita y disfrutaba con ello. Encendió un cigarrillo y exhaló una bocanada de humo hacia el techo. Yo seguí de pie, plantado junto a la puerta.

—Nunca cambiarás. Eres un impulsivo —me dijo—. He venido aquí para ofrecerte una información vital para Pedro II y ya me estás echando. —Chasqueó la lengua varias veces al tiempo que desaprobaba mi actitud con la cabeza.

—Mira, si quieres comunicarme algo, lo haces pronto y en paz, pero tiene que ser todo o nada, ¿me entiendes? —le atajé muy serio.

—No te comprendo...

—Hans, las cosas claras —le corté de nuevo—. Tú nunca haces favores, a menos que persigas un beneficio superior a aquello que estás dispuesto a entregar. O pones todas las cartas boca arriba sobre la mesa o te largas por donde has venido —le dije con dureza. No estaba de humor para aguantar sus juegos y él se dio cuenta de que no bromeaba.

—Te doy mi palabra de que voy a ser absolutamente sincero.

Su palabra valía tanto como una mierda, pero, al menos, me contaría un poco más de lo que tenía previsto en un principio. De manera que asentí con la cabeza, abandoné mi postura junto a la puerta y me senté en el borde de la cama para aguardar sus palabras.

—Tenemos noticias de que se está preparando un

atentado contra el Papa.

—Y, ¿por qué me lo cuentas a mí? —le pregunté sorprendido.

—Hemos intentado decírselo a él y no ha querido escucharnos. En cambio, a ti te escuchará —me explicó. Y me pareció que tenía cierta lógica.

—¿Cuándo y dónde será? —me interesé.

—Creemos que va a producirse aquí, en Israel, aunque desconocemos el momento escogido —me dijo mirándome a los ojos. Era evidente que se estaba esforzando por parecer sincero—. De todos modos, pensamos que puede ser el día que visite Jerusalén. Habrá mucha gente, se desplazará a pie y pronunciará varios discursos. Un blanco perfecto.

—¿Quién va a hacerlo?

—No lo sé.

Ladeé la cabeza, arqueé una ceja y le dije con la mirada que los dos éramos gatos viejos, así que no le creía. Háns titubeó.

—Bueno..., tenemos alguna pista, pero no es segura.

—¿Quién? —insistí.

—Un grupo de fanáticos religiosos que piensan que Pedro II es el Anticristo. Son unos cuantos exaltados.

—¿Y vosotros no tendréis algo que ver en todo ello? —le pregunté despacio.

—Nada en absoluto. ¿Crees que estaría aquí hablando contigo si fuera de otro modo?

—No lo sé —le respondí dubitativo—. Sois más retorcidos que un sacacorchos y no me fío ni un pelo de tus palabras.

—¿Por qué? —me preguntó con cara de niño bueno.

—Gina está sentada en una silla de ruedas —le espeté sin más—. Y me es difícil olvidar que, pocas horas antes, te había desenmascarado.

Su rostro cambió por completo y me miró a los ojos. De pronto estalló en una sonora carcajada. Estuve a punto de saltar sobre su garganta y estrangularlo. ¿Qué demonios era lo que le hacía tanta gracia?

—Perdona —se disculpó procurando contener la risa—. Perdona —repitió por segunda vez—. O sea, que tú piensas que fui yo...

—Quizás tus amigos hicieron el trabajo sucio —le respondí.

—¿Mis amigos? —dijo riéndose todavía. De pronto se quedó serio—. No has crecido. Sigues siendo tan inocente como cuando trabajábamos juntos —me dijo con cierto desprecio—. Si hubiésemos querido matarte, ¿crees que estarías aquí? Eres uno del montón y, por tanto, tan vulnerable como el que más. Se te puede pegar un tiro en plena calle, hacerte saltar por los aires, simular un atraco con navajazo incluido, envenenarte, darte una paliza de muerte o utilizar cualquier otro procedimiento más o menos burdo o expeditivo. —Su rostro se endureció—. Yo te aseguro que, si hubiésemos sido nosotros, Gina asistiría a tu entierro sin necesidad de ir sentada en una silla de ruedas.

—¿Ah, sí? —le pregunté incrédulo—. Entonces, ¿Quién fue? ¿El asesino enmascarado?

—Fue un aficionado de tres al cuarto contratado por Albi y sus ángeles custodios —soltó, y me señaló con el dedo índice—. Eres tan idiota que no sabes ni en qué mundo vives. Cuando tu amigo te escogió siguiendo los consejos de tu otro amigo Bolone, el cardenal Albi hizo que te siguieran. Por si acaso. Ya les conoces. Luego, tuviste mala suerte.

—¿Qué quieres decir?

—Que viste algo que no debías de haber visto —sonrió divertido—. En Viterbo —aclaró.

—¿Qué?

—Sí, pobre idiota. Le sonreíste como si le hubieses cazado —se rió.

¿A quién había sonreído yo en Viterbo? Y mi memoria se destapó. Ahora lo recordaba. Aquel hombre del restaurante era, ni más ni menos, el mismo que hablaba con el cardenal Albi en el descansillo de la escalera del Vaticano el día que Pasquale me acompañó hasta los archivos secretos de la Santa Sede. ¡Mierda! Ahora lo recordaba.

—... y en ese restaurante ya se fraguaba una tempestad —seguía hablando Hans—. Albi, aunque no le viste, también asistía a esa última cena. ¿Qué hacías tú allí? Pregunta interesante. Albi y sus acompañantes llegaron a la conclusión de que les habías seguido y que quizás sabías mucho más de lo que aparentabas. No tienes ni idea de quienes eran los demás, ¿Verdad?

—No.

—Una cena muy concurrida. Dos banqueros, tres embajadores, unos cuantos políticos y algunos poderosos hombres de negocios. ¿Comprendes? —Soltó una carcajada—. Lo sabían todo sobre ti: tus horarios, tus paseos, tus aficiones, tus movimientos... Era sencillo y tú morirías en nombre de ese Dios Todopoderoso del que tanto hablan. Justamente para que no pudieses comunicar a todo el mundo que querían destituir al Papa. Sí, un dios tan poderoso que necesita delegar los trabajos sucios en sus más fervientes seguidores, no sea que todo el tinglado se les escape de las manos y se venga abajo. —Hizo una pausa y recuperó su sonrisa irónica—. Luego, se dieron cuenta del error cometido. Tú eras un pobre desgraciado que no sabía nada. Se asustaron y prefirieron dejar las cosas tal como estaban. Sin embargo, el Papa ha sido más rápido que ellos y ahora están más asustados que nunca y no sería de extrañar que ellos mismos hayan pagado para ver morir a Pedro II. Es la única solución que les queda —abrió los brazos y las manos con las palmas hacia arriba y ladeó la cabeza—. ¡Bien! Querías saberlo todo. Pues, ya lo sabes.

Me quedé de una pieza. Jamás se me habría ocurrido imaginar lo que acababa de escuchar de labios de Hans. La cabeza me daba vueltas y las sienes me latían con extrema violencia. Si todo aquello era una invención de Hans... Pero, no, no era ninguna invención. No podía serlo, porque entonces nada tendría sentido.

—¿Por qué tanto interés en salvar la vida de Pedro II? —le pregunté más calmado.

—Israel es un gran aliado de los Estados Unidos y no interesa que el magnicidio tenga lugar aquí. —Se detuvo un instante y añadió de inmediato—: Ni en ninguna otra parte, por supuesto.

—No me sirve —le devolví la sonrisa.

—De acuerdo —respiró hondo, como si fuese a vomitar toda la cena—. Si Albi logra sus propósitos y vuelve a hacerse con las riendas del Vaticano, el IOR no se desmantelará y hay quien ha invertido varios meses preparándose para comprar a bajo precio la mayor parte de sus acciones. Supongo que ahora ya tienes una razón lo suficientemente poderosa como para mantenerle vivo. Luego, como dicen ellos, que sea lo que Dios quiera. Como verás, te lo he contado todo, hasta la última coma.

—Sí, me estás contando tantas cosas que estoy empezando a tenerte pánico. La factura que me vas a pasar debe ser enorme. ¿Qué sacas tú de todo esto?

—Un retiro dorado —se encogió de hombros—. Ya ves que pongo sobre la mesa todas mis cartas y sólo te pido que hables con Pedro II. ¿Lo harás?

—¿Y qué le digo, si él ya lo sabe y no quiere hacer caso? —me quejé.

—Convéncele para que pasado mañana no visite el Huerto de los Olivos. Dile que lo retrase hasta el domingo.

—Eso es imposible —exclamé.

—Para ti, no. Anda y no seas modesto —me contesté riendo—. Estoy seguro de que a ti te escucha. Sobretodo en privado —y sonrió cínicamente.

—No sé cómo ponerme en contacto con él.

—Vamos, vamos. Se lo dices al fraile que te ha traído y él se encargará de todo. Es muy eficiente el franciscano. Y bastante escurridizo.

—Lo pensaré.

—Sí, pero no demasiado. La vida del Papa depende de ti —concluyó y se levantó despacio—. Bueno, espero que duermas bien.

La puerta se cerró tras él y yo permanecí sentado en el borde de la cama. Ya no tenía sueño. Aquel miserable sabía tocar las fibras delicadas y meter el miedo en el cuerpo. ¿Por qué tanto interés en conservar al Papa con vida?, me preguntaba. Sí, cierto era que los argumentos esgrimidos no carecían de fuerza, pero con Hans nunca se sabía a qué carta jugar. Además, no veía demasiado claro que el simple hecho de retrasar una ceremonia pudiera salvarle la vida a *el Romano*. ¿O era que Hans sabía mucho más de lo que había contado?

Sea como fuere, al día siguiente me puse en contacto con el padre Francesco y le dije que necesitaba hablar con *el Romano* con toda urgencia, que era asunto de vida o muerte. Sin embargo, era del todo imposible llegar hasta él. Su horario era apretadísimo y no dejaba resquicio alguno. Insistí y conseguí que mi recado llegase hasta Pasquale Chigi. Ya es algo, pensé.

A primera hora de la tarde, el secretario particular

de Pedro vino a verme. Por su aspecto le supuse cansado. Estaba como ausente y lucía un buen par de ojeras que le daban un aire tremendamente ascético.

—¿Qué puedo hacer por usted, Mario? —me preguntó con su habitual cortesía, adoptando la postura de confesor.

—Necesito hablar con Su Santidad antes de mañana por la mañana —le urgí.

—No puede ser —negó con la cabeza.

—Es importante. Debe de suspender su visita al Huerto de los Olivos. Van a atentar contra su vida —le expliqué y Pasquale se quedó lívido y me miró incrédulo, con unos ojos dilatados y llenos de sorpresa—. Se lo aseguro —añadí.

—¿Cómo lo sabe? —me preguntó.

—Tengo un amigo que trabaja para la CIA y anoche estuvo aquí para comunicármelo.

—Haré llegar a Su Santidad cuanto me ha dicho —me aseguró y, aún pálido, se levantó tambaleándose.

—¿Se encuentra mal? —me apresuré a sostenerlo.

—No, no. Ha sido la impresión causada por la noticia —susurró al tiempo que se frotaba la frente—. Ya ha pasado, gracias. —Recuperó parte del color en sus mejillas y añadió—: Hablaré con él y me pondré en contacto con usted tan pronto sepa algo.

—Gracias. Estaré ansioso por conocer las intenciones de Su Santidad.

Pobre hombre, pensé mientras Pasquale abandonaba el vestíbulo del hotel. Se había impresionado muchísimo. Subí a mi habitación e intenté ordenar las ideas. Me tendí cuan largo era sobre la cama y, a los diez minutos sonó el teléfono. Era Frascatti. Estaba preocupado porque no había recibido noticias mías. Los demás periódicos ya habían publicado montañas de datos y nosotros, dijo, teníamos que contentarnos con los despachos de las agencias. ¿Para eso me había mandado a Israel? Yo no tenía ganas de enzarzarme en una discusión y opté por prometerle que aquel mismo día le mandaba un artículo, pero que andaba tras la pista de un posible atentado.

—¿Qué? —gritó al otro lado del hilo telefónico.

—Lo que oyes. Parece ser que su vida está en peligro —le repetí.

—Mándame lo que tengas y te lo publico de inmediato.

—No tengo suficientes datos.

—¡Maldita sea! —gritó de nuevo—. Si es una patraña para ocultar que has estado de juerga y no has pegado golpe, te pongo de patitas en la calle.

—¿Cuándo te he fallado? —le pregunté enfadado.

—Está bien, está bien. Te creo, pero ve con cuidado. ¿Eh?

El bueno de Frascatti. Muchos gritos, mucho hacerse el ogro y, en definitiva, era un padrazo para sus periodistas. Seguro que le había dejado preocupado para el resto de la jornada.

Puse en marcha el televisor y me encontré con el noticiario de la tarde, en donde exhibían un amplio reportaje sobre la llegada de *el Romano* y un resumen de las entrevistas mantenidas aquella mañana.

Aquel primer día de estancia en Israel carecía de actos públicos, por lo que yo había preferido quedarme en el hotel. La jornada que se avecinaba sería absolutamente distinta. *El Romano* se desplazaría hasta Jerusalén y recorrería los Santos Lugares, desde Getsemaní hasta el Santo Sepulcro. Y sobre aquella mañana caía la negra sombra de una mano criminal que esperaba poder asestar el golpe mortal, si es que, definitivamente, daba crédito a las informaciones de Hans Brükner.

A las seis sonó de nuevo el teléfono. Descolgué esperando escuchar la voz de Pasquale Chigi, pero no se trataba de él. Era Hans que llamaba para saber si habla logrado hablar con *el Romano.* Le contesté que aún no y le relaté mi entrevista con Pasquale. Me dio un número de teléfono al que llamarle si se producía alguna novedad y colgó.

Me fumé más de media cajetilla de tabaco en poco menos de dos horas y media. Atrás quedaban mis buenos propósitos de abandonar tan funesto vicio. ¿Por qué no llamaría Pasquale?, me preguntaba y los minutos se sucedían casi con la misma rapidez que la cadencia de mis cigarrillos. Quise escribir el artículo que le prometiera a Frascatti, pero, tras más de una hora, no pasé de la cuarta línea.

Estaba nervioso y mi mente era lo más parecido a un caleidoscopio enloquecido que mudaba las composiciones con espantosa velocidad. De tanto en tanto lanzaba una furibunda mirada al teléfono y lo maldecía. Sobre la mesilla de noche reposaba el sobre que recibiera de manos de *el Romano* y, junto a él en una hoja suelta, figuraba el número que acababa de darme Hans. Lo metí en la agenda del teléfono móvil y rompí el papel. Entorné los ojos y procuré relajarme, pero, en lugar de distensionarme, volví a ser testigo en mi imaginación de la visión del cadáver de *el Romano* tendido en el Huerto de los Olivos, sin vida.

Me levanté furioso y me dirigí al lavabo con la intención de refrescarme la cara, pero un inoportuno corte en el suministro de la zona frustró mis propósitos. Llamé a recepción y protesté enérgicamente. Se disculparon y me contestaron con mucha amabilidad que no dependía de ellos, lo que aún me hizo sentirme más ridículo.

Al cabo de quince minutos volví a ponerme en contacto con recepción y ordené un «Martini» seco, que tardaron un buen rato en suministrarme. Quizá fuera una represalia por mi estupidez. Y Pasquale sin llamar.

Cuando, por fin, dieron el agua, preferí ducharme en lugar de refrescarme la cara. Fue una sabia decisión, que alivió un poco mi tensión y pude tenderme de nuevo en la cama. Me dormí al poco rato.

Hacia las once de la noche me desperté con un fuerte dolor de estómago. No había cenado. Aunque no fue el estómago que causó mi despertar sobresaltado, sino el teléfono con su agudo y penetrante timbre. Mi móvil no funcionaba en mi habitación. Otro curioso misterio que quizás me costaría otra propina. Lo descolgué de un tirón y me senté de un salto. Ahora si que Pasquale se hallaba al otro lado.

—Su Santidad no desea cambiar el programa establecido —me dijo.

—Tiene que insistir —medio le grité.

—No quiere. Es su última palabra. Le aseguro que he procurado por todos los medios disuadirle de sus intenciones, pero se niega a escucharme —me contesté con extraña y lejana voz.

—Pero es su vida...

—Lo sé, pero ya le he dicho que he hecho cuanto estaba en mis manos para salvarle.

Le di las gracias y colgué. Acto seguido marqué el número de Hans y me contestaron que ya había salido, pero que había dejado recado de que, si llamaba yo, me dijeran que al día siguiente me estaría aguardando en una cafetería de Jerusalén. Anoté la dirección y volví a tenderme en la cama. Media hora más tarde me levantaba e ingería una tableta para calmar el perro rabioso que se revolvía en mi estómago.

18 · HASTA PRONTO ROMANO

Al día siguiente, a las siete en punto, partía camino de Jerusalén en un coche alquilado. *El Romano* tenía prevista su llegada sobre las once e iría directamente a Getsemaní. Disponía de suficiente tiempo como para entrevistarme con Hans, desayunar un poco y acercarme al Huerto de los Olivos antes de que *el Romano* llegase. Seguía doliéndome el estómago.

No tuve demasiadas dificultades en encontrar la cafetería en Mehané Yehuda. Hans me aguardaba leyendo la prensa del día. Me senté junto a él y ordené un vaso de leche.

—¿Lograste hablar con él? —me preguntó doblando el periódico.

—Anoche, sobre las once, me llamó su secretario y me dijo que no había nada que hacer. No tiene intención de modificar su programa.

—Entonces tendré que solicitar que se extremen aún más las medidas de precaución —suspiró—. Debo telefonear.

Se levantó y se alejó para impedir que escuchase la conversación. Estuvo ausente de la mesa unos cinco minutos, durante los que yo bebí un par de sorbos del vaso de leche y me tomé una tableta. El estómago me dolía menos, pero aún se hacía notar demasiado.

—Bien, ya se ha hecho cuanto se podía —me sonrió Hans—. Te doy las gracias por tu cooperación —y se despidió con un apretón de manos.

Le observé mientras abandonaba el local, cruzaba la calle y se dirigía hacia la plaza.

Mi mente estaba en blanco y mis manos sostenían el vaso de leche cuando un automóvil, cerca de donde Hans se hallaba en aquellos instantes, estalló con gran violencia. El ventanal saltó hecho añicos, el vaso de leche se me vino encima y me vi despedido hacia atrás dando con mis costillas en el piso.

Aún atontado por la explosión y el golpe, me levanté y salí al exterior. En la calle todo era confusión y lamentos. Varios cuerpos aparecían echados sobre la acera y las gentes del lugar acudían en tropel. Eché a correr hacia el lugar en donde viera a Hans por última vez.

La onda expansiva lo había lanzado varios metros más allá. Su cuerpo estaba echado de bruces y cubierto de sangre y polvo. Me acerqué hasta él y le di la vuelta. Seguía vivo, aunque se le veía en las últimas y respiraba con bastante dificultad, mientras que su mirada permanecía medio extraviada.

—Ma.. .ri. ..o —me llamaba quedamente. Acerqué mi oído a sus labios y le escuché balbucear—. Dios... no... exis... te. No... puede... exis.. .tir.

—No te muevas, muchacho. Enseguida vendrá ayuda —procuré que se calmara, pero él me agarró por la solapa. El pobre sabía que le habían cazado y deseaba comunicarme algo.

—Getse... maní, Getse... maní. Un... hom... bre —y se detuvo.

—¿Qué sucede con el hombre? —le apremié.

—El... bol.. .si. . .llo —y se llevó la mano hacia el corazón.

Introduje mi mano en el bolsillo interior de su chaqueta y extraje un sobre. Se lo mostré.

—¿Esto? —le pregunté, pero Hans ya no podía responderme. Acababa de fallecer.

Una sirena se acercaba deprisa cuando yo me alejé de aquel desastre. Caminé varias manzanas para dar un rodeo e ir en busca del coche. Una vez sentado en su interior, rasgué el sobre y vacié su contenido. En mis rodillas tenía unas cuartillas y una fotografía, detrás de la cual habían anotado un nombre: Jesús Fuertes. Se trataba de un hombre moreno, de facciones sudamericanas o centroamericanas, de pelo rizado y ojos negros. Su edad era, poco más o menos, parecida a la de *el Romano.* Desplegué las cuartillas y les eché una ojeada. No había que ser un lince para descubrir que contenían anotaciones sobre un plan de atentado. El hombre de la fotografía era nicaragüense y había luchado en la guerrilla, junto a *el Romano.* Jesús Fuertes, explicaban las anotaciones, tenía una hermana que tuvo relaciones con *el Romano,* en sus tiempos de la selva cuando era un guerrillero que luchaba por la libertad con la fuerza de las armas. Hasta ahí nada que reseñar, pero la segunda parte no tenía desperdicio. El plan consistía en que Jesús Fuertes se acercaría a *el Romano* y se daría a conocer. Entonces, cuando *el Romano* le saludase, el hombre gritaría bien alto: «¡Tú deshonraste a mi hermana!» y dispararía sobre él. ¿Y luego? Tampoco había que ser un lince para descubrir que la historia se repetía. Inmediatamente, Jesús Fuertes sería abatido. De eso no me cabía ninguna duda. El resto ya era coser y cantar y cualquiera con dos dedos de frente podía deducirlo: se investiga, aparece la relación del Papa con la joven, la Iglesia de Dios se rasga las vestiduras, un nuevo pontífice sube al poder y pone orden en el desconcierto que el Anticristo había sembrado entre los fieles. Punto y final, y vuelta a empezar.

¡Claro! Los señores de Wall Street no podían permitirse el lujo de un desastre en la bolsa como en 1929 o en 2007. De ahí que la propia CIA intervenía en el asunto y la historia que Hans me había contado en la habitación del hotel, sobre un grupo de supuestos empresarios que querían comprar acciones a bajo precio, era una patraña.

Hans Brukner fue un podrido hijo de mala madre hasta su último instante, en que debió de arrepentirse por alguna razón que desconozco. Ahora yo sabía que vino a verme para asegurarse de que *el Romano* no modificaría su itinerario, no para advertirme. Sus amigos habían estudiado a *el Romano* y conocían que era un hombre imprevisible, pero que, cuanto mayores fueran las presiones, tanto más procuraría cumplir con su itinerario. Eran muy listos. Demasiado. Jesús Fuertes, presionado de alguna forma o, quizás engañado, disparaba contra *el Romano* y le mataba. Nicaragua quedaba involucrada y el prestigio del Papa sufría un duro revés al salir a la luz pública sus relaciones, supuestamente deshonestas, con una muchacha. A los ojos del mundo la versión más escuchada sería también la más sórdida. El asesino moría de inmediato y nunca se llegaría a saber la verdad.

¡Claro que la historia se repetía! Antecedentes no faltaban. No había más que recordar a los hermanos Kennedy. Y las palabras de *el Romano* quedarían en entredicho, con lo que su fuerza ya no preocuparía a nadie. Un plan perfecto. ¿Y ahora qué?

Quedaba poco tiempo. *El Romano* ya debía de estar en camino y el asesino también. Ahora lo veía claro. La llamada de Hans no fue para solicitar protección para el Papa, sino para dar la orden de ejecución. Consulté el reloj: las diez menos cuarto. Guardé la fotografía y las hojas en el bolsillo y descendí del auto. A partir de ese instante comencé a vivir con una intensidad desconocida para mí.

Lo primero que se me ocurrió fue sacar fotocopias de todo, de las hojas y de la fotografía. Luego me dirigí en busca de sobres y sellos. Introduje la fotografía original en uno y los documentos en otro, los franqueé y los deposité en un buzón. Ambos sobres tenían mis señas de Roma. Era muy arriesgado, lo sabía, pero no tenía otra solución mejor. Después escribí una escueta carta a Frascatti rogándole que, si llegaba a sucederme algo, pidiese los sobres a Gina y publicase su contenido. Saqué el teléfono móvil del bolsillo d ela chaqueta y comprobé que tenía la pantalla rota y no funcionaba. Así que busqué un teléfono desde el que poder hablar sin ser molestado y solicité el número de la embajada americana. Las diez y siete minutos.

—¡Aló! Quisiera hablar con el señor embajador.

—¿Quién la llama, por favor? —me preguntó una voz femenina.

—Oiga, es muy urgente —dije tajante.

—No se retire, por favor —e interrumpió la comunicación para hablar con alguien.

Consulté de nuevo el reloj: las diez y diez. Aquella mujer se había dormido. Tamborileé los dedos y adopté siete posturas diferentes. Tardaba mucho en contestar. ¿Y si estaban localizando la llamada? Reaccioné y colgué, para volver a marcar de nuevo. Insistí en que deseaba hablar con el embajador en persona.

—Señor, ¿podría usted explicarme el motivo de su llamada?

—No —le espeté—. Mire, señorita, es muy importante que hable con él. Es un caso de vida o muerte.

—Le pongo con su secretario —me respondió.

Iba a protestar, pero no me dio tiempo. Escuché cómo sonaba el teléfono interior de la Embajada. «Vamos, contesta ya», gritaba en mi interior.

—Dígame —escuché una voz masculina.

—Oiga, yo quiero hablar con el señor embajador. Es muy importante y urgente. Cada minuto es vital.

—Dígame de qué se trata, por favor —me respondió con estudiada calma.

—Sólo hablaré con él —me negué con energía.

—El señor embajador está en una reunión y no se le puede molestar. Soy su secretario y le ruego que me diga lo que desea —se mantuvo firme aquel hombre.

Permanecí en silencio durante algunos segundos. Tenía que tomar una decisión, pero no quería comunicar a aquel hombre el motivo de mi llamada. Tendría que explicar demasiadas cosas y él tendría que discutirlo con otras personas. Demasiada pérdida de tiempo.

—Escúcheme con atención —casi le grité—. Voy a colgar y llamaré dentro de cinco minutos exactos. En ese tiempo quiero que agarre a su maldito embajador por los cojones y lo traiga hasta el teléfono. Dígale que lo sé todo. Hans Brükner acaba de morir. ¿Me ha comprendido bien? Si no lo hace, su país se verá involucrado en un asunto de descomunales proporciones y usted no encontrará empleo ni de palanganero —y colgué.

Hasta yo me quedé sorprendido por la violencia de mis palabras, pero surgió el efecto deseado. A los cinco minutos volví a llamar y me pasaron de inmediato la comunicación con el embajador. Después de todo, el secretario debía de ser un hombre inteligente, supo captar toda la veracidad de mis afirmaciones y llamó a su embajador.

—Virgil Foster —dijo la voz del embajador en un tono apremiante y enfadado.

—Señor Foster, no tengo tiempo que perder, así que escuche con mucha atención. Hace apenas una hora se ha producido un atentado en Jerusalén, del que le supongo informado. En ese atentado ha muerto un hombre, Hans Brükner, que era agente de la CIA. En su bolsillo se encontraba una fotografía de un nicaragüense y un plan para matar al Papa. Ese plan se va a ejecutar dentro de escasos cuarenta minutos, durante la visita de Pedro II al Huerto de Getsemaní. ¿Ha comprendido?

—Sí, pero no entiendo...

—¡Cállese y escuche! —le corté—. Arrégleselas como pueda, pero haga que detengan a ese asesino. En caso contrario, dentro de una hora, el mundo entero leerá en todos los periódicos la noticia del atentado y, junto a ella, podrá contemplar los documentos que se hallaban en poder de Hans Brükner. Imagínese el lío que se va a organizar.

—¿Quién es usted y dónde podemos localizarle?

—Usted me cree idiota, ¿verdad? Sepa que, aunque dé conmigo, yo ya no tengo esos documentos en mi poder y, si algo llegase a sucederme, se destapa la olla. Dispone usted de treinta y cinco minutos.

—¿Por qué no ha acudido usted a las autoridades? Sería lo correcto.

—Usted lo hará por mí y con más efectividad. Treinta y cuatro minutos, señor embajador. Buena suerte —y colgué sin aguardar su respuesta.

A Dios rogando y con el mazo dando, que dicen en España. Así que abandoné el lugar a toda prisa. Cabía la posibilidad de que hubieran localizado la llamada. Tomé el coche y me dirigí a Getsemaní.

Las calles de Jerusalén se habían convertido en

hormigueros y avanzaba muy despacio. Consulté el reloj en un montón de ocasiones y terminé por maldecir a todo el mundo, a su estupidez y a la maldita costumbre de aborregamos y marchar en tropel. La gente quería ver al Papa y, si yo no llegaba a tiempo, contemplarían su cadáver.

El tiempo corría deprisa y las manecillas del reloj andaban desbocadas. Perdí los estribos e hice sonar el claxon, pero todo era inútil. Al fin, divisé un lugar en que dejar el auto estacionado y detuve la circulación para encajar mi vehículo en el pequeño espacio en el que apenas podía entrar. Aparqué como pude, nada extraño en un italiano, y puse pie en tierra.

El lugar se hallaba abarrotado de gente de todos los lugares del planeta. ¿Cómo encontrar a Jesús Fuertes en aquel lío, entre la marabunta? Únicamente disponía de una fotografía y unos minutos. Siempre quedaba la opción de intentar acercarme a *el Romano* y aguardar a que el asesino actuase. Mi corazón andaba a saltos, se aceleraba y se detenía produciéndome sensaciones de ahogo.

Me mezclé entre el gentío y, a trancas y barrancas, entre las protestas de los hombres y mujeres que se apretujaban, me desplacé gritando «¡Prensa, prensa!» y exhibiendo mis credenciales. Generé malestar y malas caras, pero logré llegar hasta primera línea. Las once y cuatro minutos.

El estómago comenzó a dolerme de nuevo y puse una tableta bajo mi lengua. *El Romano* se retrasaba. Escuché algún comentario que explicaba que el Papa se había detenido en varios puntos del trayecto y llegaría con un poco de retraso. Yo no paraba de observar a cuantos me rodeaban con la esperanza de dar con el asesino. Entonces, pude darme cuenta de que bastantes hombres andaban moviéndose con sigilo y tomando posiciones entre los espectadores. Me sentí más aliviado. Mi llamada al embajador norteamericano había dado sus frutos, pensé.

Aquellos que se movían no eran espectadores, sino que escrutaban los rostros de cuantos se apretujaban y luchaban por obtener un puesto que les permitiese ver al Papa.

La tableta no surtió el efecto deseado y mi estómago se inundó de acidez. Tenía los nervios de punta. De un momento a otro llegaría *el Romano.*

Saqué la fotocopia de la fotografía. Había quedado un poco oscura, pero el rostro del asesino se distinguía bien y la contemplé durante algunos segundos. Consulté mi reloj de pulsera: las once y diez.

El gentío era cada vez mayor y los cordones de seguridad me obligaban a estirar el cuello para poder atisbar por entre los policías. Retroceder era absolutamente imposible y cambiar de posición significaba volver a enfrentarse con los rostros que me rodeaban y me miraban como a un intruso.

En aquellos momentos recordé la angustia que pasé en el hospital, cuando lo del atentado que casi cuesta la vida a Gina. Volvía a sentirme impotente y el desespero se apoderó de mí. ¿Qué podía hacer, Dios mío? Había logrado situarme a unos veinte metros de donde *el Romano* se apearía del coche y me desvivía por inspeccionar a todo aquel que se hallaba a la vista. De pronto, la gente comenzó a gritar.

El automóvil de *el Romano* se acercaba y mi desasosiego crecía sin parar. Cada segundo mermaba la distancia que le separaba de su asesino y yo no podía hacer nada por evitarlo. Comencé a sudar. Las once y diecisiete.

Los asistentes agitaban banderitas y vitoreaban y los policías tuvieron que hacer un notable esfuerzo por contener el conato de avalancha. Fue en aquel preciso momento que se abrió un pequeño hueco frente a mí y un rostro apareció y se destacó en mi mente entre el resto de asistentes, para esfumarse casi de inmediato, como un relámpago. Tan sólo un flash, pero creí reconocer en aquel rostro al hombre de la fotografía, a Jesús Fuertes.

La comitiva se acercaba lentamente. Pensé deprisa. No podía jurar que era él. Jamás le había visto en persona. ¿Qué hacer? Divisé el auto a lo lejos. Unos minutos más y *el Romano* posaría sus pies en aquel lugar. El estómago me dolía más y más, hasta lograr que me encogiese un poco para buscar algo de alivio. Entonces le vi por segunda vez. Sí, era él, tenía que ser él. Quise cruzar el cordón policial para acercarme hasta el hombre, pero me lo impidieron. El coche estaba cada vez más cerca y *el Romano* descendería de él y, a pie, se dirigiría directamente hacia el punto en el que le aguardaba su asesino. Tenía que tomar una determinación y mi estómago se convirtió en una pesadilla.

Súbitamente una fuerza interior me empujó hacia delante y levanté el dedo acusador hacia el lugar en que viera por última vez a aquel hombre y grité con toda la fuerza de mis pulmones:

—¡Allí, allí!, ¡Jesús Fuertes!

Bastantes rostros de aquellos que momentos antes ocupaban posiciones, me miraron y, acto seguido, siguieron con sus ojos la dirección mostrada por mi dedo. Entonces, al otro lado de la pequeña avenida artificial creada por los dos cordones policiales, se produjo un pequeño tumulto. Un hombre hacía vanos esfuerzos por apartar a la gente y escapar, pero cuatro o cinco de los agentes de paisano se acercaban hacia él con gran rapidez. La gente que rodeaba al hombre gritó. Hubo forcejeo y se hizo un claro en el que aparecieron varios hombres que habían derribado a Jesús Fuertes y le mantenían sujeto. Uno de ellos se levantó con un arma en las manos y la entregó a otro que parecía su superior. Intercambiaron unas palabras y señalaron hacia donde yo me hallaba. Entonces se acercaron a mí.

—¿Es usted el que ha gritado? —me preguntó el hombre que portaba el arma en las manos y a quien los cordones policiales habían franqueado el paso.

—Sí, señor —respondí con una sonrisa de triunfo.

—¿Quiere seguirme?

—Por supuesto, pero antes quisiera ver llegar al Papa —le respondí.

El auto de *el Romano* se hallaba a poco menos de ciento cincuenta metros de su punto de destino. Levanté la mirada hacia el lugar en donde detuvieran a Jesús Fuertes y me apercibí de que ya se lo habían llevado y los espectadores habían vuelto a ocupar el hueco. Todo un alarde de eficiencia y discreción.

Escuché a aquel hombre dar una orden que no entendí y el cordón policial se abrió para dejarme el paso franco. Di las gracias y me adelanté. Acababa de salvar la vida de *el Romano* y ya ni me acordaba de mi estómago. Si en aquellos momentos me hubieran dicho que estaba levitando, me lo habría creído sin rechistar. Me sentía feliz, inmensamente feliz.

—¿Por qué gritó? —siguió preguntando aquel hombre en perfecto inglés.

—Yo soy quien ha llamado a la embajada norteamericana —le informé medio a gritos—. Aquí están mis credenciales de periodista —y le entregué los documentos.

El coche se detuvo y el griterío se tornó ensordecedor. *El Romano* descendió y saludó a la multitud. Un segundo automóvil se detuvo y de él salió Pasquale Chigi.

Tras unos momentos, en los que *el Romano* impartía su bendición, la comitiva se puso en camino y *el Romano* me vio, y se acercó a mí. Se detuvo justo enfrente de mí y me saludó. Pasquale se situó a su altura y yo le dirigí una sonrisa.

—¿Todo va bien, Mario? —me preguntó *el Romano.*

—Muy bien —le contesté—. Creo que ya no será necesario publicar nada. Ya tiene usted el camino libre para comunicarlo con sus propias palabras.

Todo estaba bien, todo sonreía, el mundo entero cantaba en mi interior y me sentía transportado hacia regiones plenas de felicidad. *El Romano* ya no tenía nada que temer. Yo le había salvado.

Una, dos y tres. Caí de mi éxtasis al compás de las tres detonaciones y el cuerpo de *el Romano* se plegó ante mis atónitos ojos. Apenas tuve tiempo de frenar su caída. ¿Qué había sucedido? ¿Qué era aquello...? ¡Dios mío! ¡Sangre!

Cuando arrodillado junto al cuerpo del moribundo levanté la mirada hacia la mano que poco antes sostenía la humeante pistola, me di cuenta de que no le conocía en absoluto, de que mis conversaciones con él no me habían permitido percatarme de que me hallaba frente a un hombre capaz de matar y de que todos mis arrogantes conocimientos sobre la psicología humana se venían abajo en un abrir y cerrar de ojos, dejándome en la más profunda de las frustraciones, con el corazón hecho jirones por la pérdida de la más firme esperanza de que disponía la humanidad. ¡Oh, Dios! ¿Qué nos estaba sucediendo?

Comencé una plegaria sin saber por qué ni por quién. Mi interior se debatía en la duda de si rezar por quien se estaba muriendo, por quien le causara la muerte o por el mundo, sobre el que se cernía el peso de un futuro oscuro y sobrecogedor, quizá fruto de alguna nefasta maldición.

Apenas transcurrieron un par de minutos entre que yo me arrodillé y unas manos me apartaron para dejar paso al médico que le atendió en su último instante, pero se me antojaron una eternidad, tal fue el cúmulo de imágenes que desfilaron por mi mente. Mis ojos se encontraron con los del asesino y una pregunta cruzó el éter sin sostenerse en la palabra: «¿Por qué?» Y él también me respondió con la mirada: «Era necesario.»

Entonces me di cuenta de todo. Para Pasquale, aquello no era más que una ejecución, el cumplimiento de la sentencia dictada por un secreto juicio que él atribuía a Dios Todopoderoso, Omnipotente y Justo. Su mirada era lejana y su sonrisa revelaba la satisfacción por el deber cumplido.

Se entregó mansamente cuando le arrebataron el arma de las manos y dijo muy despacio: «Hágase la voluntad de Dios». Ésas fueron también las últimas palabras de quien fallecía poco después: «Hágase la voluntad de Dios».

«Era necesario», dijo Pasquale Chigi, el cara de palo. ¡Pobre diablo! Desconocía por completo el significado y la trascendencia de su acto. El improvisado verdugo veía en la ejecución el punto final a la destrucción que únicamente existía en su mente, pero no se daba cuenta de que su magnicidio elevaba a la categoría de mártir al hombre que había planteado una de las mayores revoluciones de la historia de la humanidad y abría las puertas de su consecución.

Del pecho de *el Romano* brotaba la sangre empapando la sotana y convirtiendo en fuego la inmaculada blancura de sus vestiduras. Poco pudo hacer el afanoso médico.

El Romano había exhalado su último suspiro en mis brazos, apretando mi mano con toda su fuerza, mientras sus labios esbozaban una sonrisa y sus ojos me enviaban su último mensaje de paz.

«Hágase la voluntad de Dios». Apenas unas palabras para concretar su paso por la tierra, su fe en la Divina Voluntad, su amor hacia los hombres, todos, sin distinción de ninguna clase. Y, ahora, alguien que no vio colmados sus deseos, que se sintió defraudado y ultrajado porque su visión del mundo no coincidía con la de *el Romano,* había segado su vida en un desesperado intento por encarrilar la situación. ¡Pobre hombre! ¿Acaso a Judas no le sucedió otro tanto? ¡Pobre Judas!, figura en la que se centran todos los odios, a quien se le niega arrogantemente hasta el perdón de Dios, jamás en la tierra hubo otro hombre más aborrecido, despreciado y vilipendiado, a no ser Caín, de quien poco se sabe y mucho se menta. ¿No era Pascuale Chigi el tercer nombre que añadir a tan exigua lista? Pero, ¿por qué?, si hasta *el Romano* le había perdonado. Éste era el último mensaje, el que llegó hasta mí, su deseo de que yo también comprendiera y perdonase.

Dos escasos minutos arrodillado junto a él, contemplando cómo la vida se le escapaba a borbotones, sin poderlo remediar, y una mirada apresurada hacia el hombre que perseguía su destrucción. Todo un universo de vivencias condensado en apenas un abrir y cerrar de ojos.

En mis rodillas reposaba la cabeza de *el Romano,* quizás el último vestigio de una utopía, como así la había catalogado en alguna ocasión. Pero el hombre avanza merced a las ideas, que, a veces, parecen utópicas.

Pascuale Chigi no podía ser condenado. Acababa de prestar el mayor servicio que cabía imaginar: crear un mártir. En mi bolsillo descansaba el sobre que contenía el testamento de *el Romano* (ahora ya se le podía denominar de esta forma) y el testigo pasaba a mis manos con el único objeto de mostrar a la luz pública los principios de la nueva revolución. Él, *el Romano,* había cubierto un largo trecho en solitario. Yo carecía por completo de su claridad, de su fuerza, de su voluntad de servicio, de su espíritu de sacrificio y de su amor por el género humano. Por eso dispuso que no anduviera solo, que, junto a mí, otros hombres, cuyo prestigio eclipsaba mis pobres logros, se pusieran en movimiento.

¡Dios! Por mi mente desfilaron las imágenes de Gina tendida sobre la acera, de Bolone acosado por quienes fueron sus amigos, de Serena y Michele con sus ojos centelleantes mientras hablaban del futuro, de Frascatti a ciegas y temeroso, de Bonevski elevando la mirada hacia la techumbre de los archivos en busca de palabras, los nombres de cuantos hombres y mujeres eran maltratados, de aquellos sacerdotes y prelados que sufrían persecución, de quienes fueron enterrados tras sucumbir a manos de los que se arrogan la total posesión de la verdad, los recuerdos de mis encuentros con Hans Brükner, su cuerpo tendido y cubierto de sangre y su mano señalando el bolsillo, mis conversaciones con Pasquale Chigi, su postrera locura y cuantas palabras brotaron de labios de *el Romano.*

¡Dios mío! El mundo entero andaba desquiciado y perseguía destruir a quien hablaba con el corazón. *El Romano* había puesto en evidencia a los poderosos y ensalzado a los humildes, destapado la tumba de la arrogancia y desparramado su contenido para que el hedor de sus podredumbres derribase las fronteras y convirtiese al hombre en hombre, despertándole del ignominioso sueño de la codicia y del ansia de poder.

Éste fue su gran pecado: pretender que, por encima de los países y las nacionalidades, el ser humano se apercibiese de su ser y se convirtiera en humano, abandonando la creencia de que los contrarios son pozos de vicios por el sólo hecho de hallarse al otro lado del océano o tras las montañas y defender posturas antagónicas, quizá con idéntica saña que nosotros. Él deseaba que reaccionásemos, que fuésemos capaces de apartar de nosotros ese miedo secular que nos han inculcado y ver, ver claro, y captar colores y formas, no espectros que sólo viven en nuestro interior.

Una hora después, se conocería la noticia en todos los rincones del universo y, a la mañana siguiente, yo transcribiría al pie de la letra cuanto reposaba en mi bolsillo y, luego, lo vendería todo y le pediría a Gina que me acompañase hasta la paz y la calma de algún lugar lejano y perdido en donde pudiera hacerme con el sosiego necesario para relatar lo que aconteció en aquellos días. El mundo entero tenía que saberlo.

Cuando me puse en pie, tras que hubiesen retirado el cuerpo del Papa, miré el vacío dejado y sólo se me ocurrió musitar: ¡Hasta pronto, *Romano*!

OTRAS OBRAS DE ALBERT SALVADÓ

Si habéis disfrutado con la lectura de esta obra, quizás os interese conocer otras obras de Albert Salvadó, todas también disponibles en formato de libro electrónico.

ABRE LOS OJOS Y DESPIERTA

A mediados del siglo XVII, Václav Hus, un sabio que vive en Praga, recibe la visita de un joven de Pisa llamado Tolino Salerno. El joven le pregunta si conoce la existencia de una leyenda que habla de la Rosa de Jade. Václav decide confiar en su visitante y le explica que se trata de un cristal tallado en forma de rosa que esconde el secreto de la belleza eterna, que desapareció de la tumba de Marco Polo y nadie sabe dónde está. Y aún le explica muchas más cosas, sin embargo, a cambio, le pide que le diga dónde ha oído hablar de esta leyenda que conoce muy poca gente.

Entonces, Tolino le explica lo que le sucedió en Pisa, durante la época en la que tuvo lugar en Roma el juicio contra Galileo Galilei por parte de la Iglesia. Aquí conoció a un misterioso personaje llamado Fredo el Loco, exprofesor de la universidad y amigo de Galileo, a quien defendió con vehemencia. Por esta razón pasó a ser un proscrito, por enfrentarse a un mundo académico inmovilista y a una jerarquía eclesiástica que lo quería dominar todo. Este hombre, un genio de las matemáticas, de la física y de la filosofía, abre un nuevo mundo a los ojos de Tolino y le muestra una interpretación de la vida y de todo el universo que desborda la imaginación y los sentidos hasta tal punto que traspasa la frontera del espacio y del tiempo y le obliga a abrir los ojos y despertar a la realidad.

Las nuevas amistades de Tolino lo llevan a tener que

huir de Pisa para no perder la vida, pero con la firme voluntad de regresar, porque allí ha dejado su gran amor.

Sin embargo, lo más sorprendente de esta historia es que, si los pensamientos de Fredo el Loco se aplicasen hoy en día, serían perfectamente coherentes y de acuerdo con nuestros tiempos.

Quien haya leído «El informe Phaeton» quizá necesite leer «Abre los ojos y despierta». Y quien no haya leído «El informe Phaeton», posiblemente lo hará al acabar el relato de Tolino Salerno.

EL INFORME PHAETON

Ésta no es una novela normal. Si la empieza, tiene que acabarla. No porque se lo diga el autor, sino porque, quizás, no podrá dejarla hasta cerrar la última página.

A través de un relato lleno de misterio, un escritor halla una explicación alternativa a todo lo que nos han contado, que mueve su interior y le abre las puertas de un mundo fascinante, hasta conducirle a un descubrimiento demoledor que lo cambia todo: el Diluvio Universal lo provocamos nosotros mismos: el ser humano. No hubo ninguna intervención divina. Y lo demuestra.

Dice la leyenda de los indios Hopi: «La explosión demográfica, la multiplicación de las mega-polis y de los transportes aéreos hicieron que el Hombre no se conformase únicamente con la creación... siempre deseaba más y más. No dejaba de producir incluso lo que no necesitaba y cuanto más tenía, más reclamaba.»

¿De qué «mega-polis» y de qué «transportes aéreos» hablaban? Porque la leyenda Hopi tiene siglos y siglos de antigüedad.

Por otro lado, hay un mínimo de 83 relatos y

leyendas que hablan de un gran cataclismo y de montañas de agua que se nos vinieron encima. Y todos esos relatos hablan de un hombre previsor, que en nuestro caso fue Noé. Pero cada región tiene su salvador particular: Nata, Ouassou, Montezuma, Manu, Bergelmir, Yima, Nan-Choung y otro muchos Noés repartidos por toda la geografía mundial.

La pirámide de Keops... ¿Sólo es una tumba para un faraón?

Y, por si fuese poco, existe un libro silenciado y apartado de la Biblia, llamado el Libro de Enoc (uno de los patriarcas bíblicos) que habla sin tapujos de experimentos genéticos, naves, estaciones orbitales...

Ante semejante despliegue de información silenciada, el protagonista de esta misteriosa historia se pregunta: ¿Lo que nos han contado es la verdad? Y lo que es más interesante: ¿Las leyendas son sólo leyendas o son gritos de un pasado que nos implora que no lo olvidemos?

EL RELATO DE GÜNTER PSARRIS

Los que la han leído dicen que se trata de un relato duro, pero que es, a la vez, el más tierno y humano que ha escrito Albert Salvadó.

En una cabaña en mitad de los Pirineos, tres hombres encuentran el cadáver de un pastor, la fotografía de un oficial nazi y un manuscrito.

Ésta es la apasionante historia de Günter Psarris, a quien el mundo convirtió en asesino, aunque él nunca dejó de ser una gran persona. Vivió durante la Segunda Guerra mundial en la Alemania de la locura, fue encerrado en el campo de Mauthausen y sobrevivió. Sin embargo, el precio que pagó por ello fue muy elevado.

Ésta es también la historia de alguien que amó con

locura, que fue deportado y que el mundo, lejos de su casa, le trató con dureza y le robó cuanto tenía. Incluso el amor. Y ésta es una historia llena de esperanza y de lecciones, de un episodio reciente de la humanidad que ha quedado marcado por la violencia, la brutalidad, el salvajismo y el desprecio absoluto por todo aquello que es sagrado: la vida humana. Sin embargo, Günter Psarris sabe que la vida continua y que el amor es eterno. Y eso nadie se lo puede robar.

LA GRAN CONCUBINA DE EGIPTO

Obra ganadora del IX Premio Néstor Luján de Novela Histórica (2005)

En el año 1100 antes de Jesucristo gobierna el faraón Ramsés XI, los caminos no son seguros, los comerciantes están asustados, las naciones vecinas no respetan a Egipto, la nación se rompe... Herihor, general del ejército del faraón, viaja a Tebas para salvar el imperio de las garras de Penehasy, usurpador nubio. Tras la gran victoria, recibe una revelación de los dioses y ocupa el puesto de Sumo Sacerdote. Él será el primer miembro de una nueva dinastía: la dinastía de los sacerdotes. Y pacta con el otro gran general, Smendes, que Ramsés XI continuará siendo el faraón, pero ahora habrá dos reyes: Smendes reinará en el norte y Herihor reinará en el sur. Ellos pactan la división de poderes y toman todas las decisiones. Sin embargo, la muerte de Herihor se convierte en un misterio que amenaza con desencadenar la peor de todas las crisis. Su cuerpo ha desaparecido y si no pueden enterrarlo su sucesor no puede acceder al trono, con lo que Ramsés puede reclamar de nuevo el reino de Tebas. ¿Dónde está el cuerpo de Herihor?, se preguntan todos y el misterio crece,mientras su esposa Nodyme, la Gran Concubina de Egipto, mueve los hilos con una sutileza digna del mejor de los gobernantes y decide por encima de todos.

EL ANILLO DE ATILA

Obra ganadora del Premio Fiter i Rossell del Círculo de las Artes y las Letras.

En pleno siglo V, Constantinopla y Roma contemplan con preocupación cómo todas las tierras entre el Rin, el Danuvio, el Volga y el mar Báltico rinden homenaje y pleitesía al nuevo emperador de los hunos, como se hace llamar Atila.

Y la preocupación se convierte en pánico cuando empieza a circular la leyenda que habla de un hombre que está por encima de los demás mortales, porque ha recibido de manos de los dioses la espada de Marte.

Severo Antonio Braulio Teodosio, general, embajador y senador, vivirá una vida entera para descubrir que somos los hombres que levantamos los imperios y, también somos nosotros, quienes los hundimos.

Mientras, todo el Imperio cae a su alrededor, él, desde su villa de Tarraco, relata a su amigo Pablo Orosio, que escribió la historia de aquellos días, sus recuerdos, los de una época increíble, en la que la aparición de un hombre irrepetible, el gran Atila, se unió a otra figura que marcó el final absoluto del Imperio Romano de Occidente: Gala Placidia. Nieta, hija, hermanastra, esposa y madre de emperadores, se sentó durante treinta años en la silla imperial.

El gran Severo, espectador privilegiado por los cargos que ocupó, grita: ¡Nunca, en toda la historia, hubo una mujer tan predestinada! Y relata con todos los pormenores cómo Gala Placidia enfrentó a los mejores generales de Roma entre sí, impulsó a Atila a atacar un Imperio debilitado y ahogado por la corrupción, la traición, la codicia y el vicio, y dejó en el trono a su hijo Valentiniano, un verdadero monstruo.

El resultado no podía ser otro, y la historia ha hecho justicia.

EL MAESTRO DE KEOPS

Obra ganadora del PREMIO NÉSTOR LUJÁN DE NOVELA HISTÓRICA.

Esta es la historia de la época del faraón Snefrú y la reina Heteferes, padres de Keops, el constructor de la mayor y más impresionante de las pirámides. También es la historia de Sedum, un esclavo que llegó a ser el maestro de Keops, del sumo sacerdote Ramosi y del nacimiento de la primera pirámide.

Sebekhotep, el gran sabio de aquellos tiempos, decía: «Todo está escrito en las estrellas. La mayor parte de nosotros vivimos sin ser conscientes de ello; algunos son capaces de leer en ellas y ver el destino; pero muy pocos aprenden a escribir sobre ellas y pueden cambiar el destino».

Ramosi y Sedum aprendieron a escribir e intentaron cambiar sus destinos, pero su suerte fue muy desigual. He aquí el relato del enfrentamiento de dos inteligencias: una luchaba por el poder y la otra por la libertad.

EL PUÑAL DEL SARRACENO
(Primera parte de la trilogía de JAIME I EL CONQUISTADOR)

Sin duda alguna, la trilogía de de JAIME I EL CONQUISTADOR es una de las obras cumbre de Albert Salvadó. Estuvo durante más de cuatro meses en las listas de los más vendidos. Se han vendido en formato impreso más de 70.000 trilogías.

EL PUÑAL DEL SARRACENO es la primer aparte de esta trilogía y abarca los primeros 20 años del monarca que se sentó en el trono durante más de 60 años.

Ser hijo de rey no es sinónimo de nacer predestinado, y LA HISTORIA DE JAIME I, llamado EL CONQUISTADOR, constituye la prueba más evidente. A la tierna edad de tres años era un prisionero, pero un hombre con una voluntad de hierro es capaz de cambiar el futuro y convertirse en el rey más grande de su tiempo. Pocos reinados han sido tan largos como el suyo. ¡Más de sesenta años en el trono! Sin embargo para llegar hay que luchar. Y no tan solo en el campo de batalla. Jaime tuvo que escalar los peldaños que conducen al trono, y para hacerlo, antes tuvo que recibir la enseñanza que se adquiere en la Escuela de los Sonidos y que sólo podría otorgarle Luís de Estemariu, un caballero templario proscrito.

LA REINA HÚNGARA
(Segunda parte de la Trilogía de JAIME I EL CONQUISTADOR)

LA REINA HÚNGARA es la segunda parte de la trilogía de JAIME I EL CONQUISTADOR, una de las obras cumbres de Albert Salvadó. Ha estado más de cuatro meses en las listas de los más vendidos.

Jaime ya es rey. Ha conseguido escalar los peldaños que ascienden hasta el trono, ha pacificado ARAGÓN y

CATALUÑA y se ha sentado en lo más alto del poder. Ahora llega el momento de contemplar el horizonte e iniciar las grandes conquistas. MALLORCA y VALENCIA le aguardan.

Y aparece también con toda fuerza de la pasión, su conquista más importante, Violante de Hungría, LA REINA HÚNGARA, una de las historias de amor más tiernas y, al mismo tiempo, más turbulenta. Entre plazas, castillos y luchas internas con los nobles, caen las murallas y los corazones. Y en medio se alza Violante, LA REINA HÚNGARA. Sin duda es la etapa más apasionante y más apasionada de JAIME I EL CONQUISTADOR.

HABLAD O MATADME
(Tercera parte de la trilogía de JAIME I EL CONQUISTADOR)

HABLAD O MATADME es la tercera y última entrega de la trilogía de JAIME I EL CONQUISTADOR, la gran aventura en la Europa del siglo XIII, una de las obras cumbre de Albert Salvadó, sin duda alguna. Más de cuatro meses en las listas de los más vendidos.

El rey Jaime ya ha conquistado Mallorca y Valencia, pero sus enemigos son cada vez más poderosos. Ahora se enfrenta a la Iglesia, a las envidias e intrigas de los nobles y a las luchas de sus hijos por conquistar el poder. Los reinos de Castilla y León se enfrentan con Aragón y Cataluña y hay revueltas y sublevaciones en la Corona.

En esta tercera parte, Jaime I el Conquistador, el rey que conquistó tierras y corazones, nos ofrece su legado ideológico y en ella descubriremos el desenlace de la trilogía y cómo utilizar la última vocal de la Escuela de los Sonidos, la que Luís de Estemariu, el caballero proscrito, no pudo enseñarle y que abre la puerta del espíritu.

UNA VIDA EN JUEGO

Durante la Semana de la Novela Negra de Barcelona 2009, «Una vida en juego» fue calificada como una novela negra llena de colores. La razón es que en ella se dan cita elementos que permiten clasificarla como novela negra, de misterio, costumbrista, histórica y romántica.

El protagonista es Víctor Pons, que trabaja como jefe de seguridad del casino de la Rabassada, que se inauguró en Barcelona con toda la pompa el 15 de julio de 1911 y que tenía la pretensión de convertirse en el emblema de la ciudad. Esto es un hecho histórico. Y sólo duró un año. Esto es otro hecho histórico.

Como responsable de seguridad del casino se verá enfrentado en toda su crudeza a la codicia y la locura que generan las mesas de juego, pero también será allí donde encuentre el amor de Carla Torres, una joven burguesa.

La muerte en extrañas circunstancias de un cliente de origen italiano, provocará que Víctor tenga que hacer uso de todos sus recursos para evitar un escándalo, por lo que hace desaparecer el cuerpo. Sin embargo, lo que en principio parecía un suicido resultará ser un asesinato y Pons se verá inmiscuido en una trama policial salpicada por la amenaza mafiosa, que le obligará a desentrañar la madeja de lo sucedido, sin darse cuenta de que hay una vida en juego: la suya.

www.ingramcontent.com/pod-product-compliance
Lightning Source LLC
Chambersburg PA
CBHW060537260626
47161CB00003B/945